LOS REYES CATÓLICOS III

Las Hijas de España

LOS REYES CATÓLICOS III

Las Hijas de España

JEAN PLAIDY

VERGARA
GRUPO ZETA

Barcelona • Bogotá • Buenos Aires • Caracas • Madrid • México D.F. • Montevideo • Quito • Santiago de Chile

Título original: *Daughters of Spain*
Edición original: Robert Hale
Traducción: Isabel Ugarte

1.ª edición: noviembre 2005

© 1961 Jean Plaidy

© Ediciones B S.A., 2005
   para el sello Javier Vergara Editor
   Bailén, 84 - 08009 Barcelona (España)
   www.edicionesb.com
   www.edicionesb-america.com

ISBN: 84-666-2485-6

Impreso por Quebecor World

1

LA FAMILIA REAL

Catalina estaba de rodillas en el asiento de una ventana, mirando desde el palacio las laderas pupúreas y las cimas nevadas de la Sierra de Guadarrama.

Faltaba poco para Pascua, y el cielo se veía de color azul cobalto, pero la llanura que se extendía ante las montañas se mostraba como una aridez leonada.

A Catalina le gustaba mirar el paisaje desde la ventana del cuarto de los niños, aunque la visión de afuera le daba siempre un poco de miedo. Tal vez fuera porque, tras haber visto los furiosos combates que precedieron a la toma de Granada cuando ella tenía algunos años menos, la niña temía siempre que los súbditos rebeldes de sus padres volvieran a levantarse y a causar preocupaciones y angustias a su querida madre.

Allí, dentro de las murallas de granito del Alcázar de Madrid, se tenía una sensación de seguridad, debida por completo a la presencia de su madre. Su padre también estaba con ellos por esa época, de modo que constituían una familia unida, reunidos todos bajo ese único techo.

¿Qué podría haber más placentero? Y sin embargo, en ese mismo momento su hermano y sus hermanas estaban hablando de cosas desagradables, de los matrimonios que en algún momento deberían contraer.

—No hagáis eso, por favor —murmuró Catalina para sí—. Estamos todos juntos. Olvidemos que es posible que algún día no seamos tan felices.

De nada serviría que se los pidiera. Catalina era la más pequeña, tenía sólo diez años, y se reían de ella. Solamente su madre la habría entendido de haber ella dado voz a sus pensamientos, aunque inmediatamente habría hecho presente a su hija que hay que afrontar el deber con fortaleza.

Juana, que estaba riéndose a su manera alocada, como si no le importara en absoluto tener que irse, reparó de pronto en su hermanita.

—Ven aquí, Catalina —le ordenó—. No debes sentirte excluida. Tú también tendrás tu marido.

—Y o no quiero tener marido.

—«Ya lo sé, ya lo sé» —imitándola, Juana se burló de ella—. Yo quiero quedarme todo el tiempo con mi madre. ¡Lo único que quiero es ser la hijita querida de la Reina!

—¡Sh! —le advirtió Isabel, la mayor de todos, que tenía quince años más que Catalina—. Debes dominar la lengua, Juana. Es impropio hablar de matrimonio cuando todavía no se ha combinado ninguno para ti.

Isabel hablaba por experiencia. Ya había estado casada, y había vivido en Portugal. Qué suerte tuvo, pensaba Catalina, al no haber permanecido mucho tiempo allí. A la muerte de su marido, Isabel había vuelto a vivir con ellos. Había cumplido su deber, pero no durante mucho tiempo. Catalina no entendía por qué Isabel parecía siempre tan triste. Era como si lamentara haber vuelto a estar entre ellos, como si todavía añorara al esposo perdido. ¿Cómo podía ser que un marido compensara jamás la compañía de su madre, el placer de estar todos juntos y de ser parte de una gran familia feliz?

—Si tengo ganas de hablar de matrimonio, hablaré —anunció Juana—. ¡Hablaré, te digo, hablaré!

Al decirlo se irguió en toda su estatura, echando atrás su cabellera leonada, resplandecientes los ojos con esa mirada desaforada que tan fácilmente aparecía en ellos. Catalina miró con cierta ansiedad a su hermana. Los cambios anímicos de Juana le daban un poco de miedo, pues muchas veces había observado el aire preocupado de su madre cuando sus ojos se detenían en Juana.

Hasta la poderosa reina Isabel se angustiaba por su segunda hija. Y Catalina, cuyos sentimientos hacia su madre bordeaban la idolatría, percibía todos sus estados de ánimo, todos sus temores, y deseaba apasionadamente compartirlos.

—Algún día, Juana aprenderá que tiene que obedecer —dijo la princesa Isabel.

—Tal vez tenga que obedecer a algunas personas —gritó Juana—, pero a ti no, hermana. ¡A ti no!

Catalina empezó a rezar silenciosamente. «Por favor, que no haga una escena... ¡Que no haga una escena ahora, que somos tan felices!»

—Tal vez —intervino Juan, el que siempre procuraba restaurar la paz—, Juana tenga un marido tan complaciente que pueda hacer siempre lo que ella quiera.

Enmarcado en su cabellera rubia, el hermoso rostro de Juan parecía el de un ángel. Y ángel era el nombre favorito de la Reina para su único hijo varón. Catalina entendía muy bien por qué; no era solamente que Juan pareciera un ángel: se conducía como si lo fuera. Catalina se preguntaba si su madre lo amaría más que a todas ellas. Sin duda debía de ser así, porque su hermano no era sólo el heredero de la corona, sino la más bella persona imaginable, tan gentil y bondadoso. Jamás trataba de hacer valer ante nadie la importancia de su alcurnia; a los sirvientes les encantaba atenderlo y para ellos era tanto un placer como un honor estar a su servicio. Y en ese momento él, un muchacho de diecisiete años, de quien se habría pensado que desearía estar con compañeros de su propio sexo, cazando o dedicado a algún otro deporte, estaba allí en el cuarto de los niños con sus hermanas... Tal vez porque sabía que les gustaba tenerlo con ellas o porque, lo mismo que Catalina, valoraba el placer de pertenecer a una familia como la de ellos.

Ahora, Juana sonreía: la idea de tener un marido complaciente a quien ella pudiera imponer su voluntad le agradaba.

Isabel, la hermana mayor, los observaba a todos con cierta tristeza. ¡Qué niños eran!, pensaba. Era una pena que fueran todos tanto menores que ella. Claro que en los primeros años de su reinado, su madre había tenido poco tiempo para tener hijos, ocupada por la gran guerra y por tantos asuntos de estado: por eso no era sorprendente que Juan, el siguiente en la familia, tuviera ocho años menos que ella.

Isabel deseaba que no siguieran hablando de matrimonio; era un tema que le traía amargos recuerdos. Se veía a sí misma, cinco años atrás, aferrándose a su madre como se aferraba ahora Catalina, aterrorizada porque debía dejar su hogar para ir a Portugal a casarse con Alonso, el heredero de la corona portuguesa. Entonces, la promesa de una corona no había tenido para ella encanto alguno. Al dejar a su madre había llorado como sin duda lloraría la pobre Catalina cuando le llegara el turno.

Pero Isabel había encontrado a su joven esposo tan aterrado ante el matrimonio como ella misma lo estaba, y entre ambos no había tardado en establecerse un vínculo que poco a poco floreció en amor... Tan profundo, tan agridulce, y de tan breve vida.

La princesa se decía que durante toda la vida la acosaría la visión de los hombres que traían desde el bosque el pobre cuerpo destrozado. Recordó al nuevo heredero del trono, el joven Manuel que tanto se había esforzado por consolarla, que le había dicho que la amaba y la había instado a que olvidara a su marido muerto para casarse con él y quedarse en Portugal; a que no regresara, en su triste condición de viuda, a los dominios de sus padres y se prometiera con el primo de su difunto esposo, que era ahora el heredero del rey de Portugal.

Estremecida, Isabel se había apartado del apuesto Manuel.

—No —gimió—. No quiero volver a casarme. Seguiré siempre pensando en Alonso hasta que me muera.

Eso había sucedido cuando la joven tenía veinte años, y desde entonces había mantenido su voto por más que su madre intentara persuadirla de que cambiara de opinión; en cuanto a su padre, mucho menos paciente, se mostraba cada vez más irritado con ella.

Un escalofrío la recorrió cuando pensó en regresar a Portugal para casarse. Los recuerdos serían demasiado dolorosos y no podría poder soportarlos.

Sintió que los ojos se le llenaban de lágrimas, y al levantar la vista advirtió que la pequeña Catalina la miraba con gravedad.

Pobre Catalina, pensó, también a ella le llegará el turno, y enfrentará con valor su destino, de eso estoy segura. Pero, ¿ y los otros?

María, de trece años, estaba absorbida en su bordado. No le interesaba para nada oír hablar de matrimonios. A veces, a Isabel le parecía un poco estúpida, porque sucediera lo que sucediese, su hermana no mostraba excitación ni resentimiento; se limitaba a aceptar las cosas. La vida sería mucho menos difícil para María.

¿Y Juana? Era mejor no pensar en Juana. Ella jamás sufriría en silencio.

En ese momento, la muy alocada se había puesto en pie de un salto y tendía la mano a Juan.

—Ven, hermano, vamos a bailar —le dijo—. María, toma tu laúd y tócanos algo.

Plácidamente, María dejó el bordado para tomar el laúd y tocó las primeras notas, quejosas, de una pavana.

Hermano y hermana bailaron juntos. Formaban una pareja armónica, y sólo los separaba un año de diferencia, pero ¡qué contraste hacían! La misma idea se les ocurrió simultáneamente a Isabel y a Catalina. La diferencia era tan marcada que era muy frecuente que la gente la comentara al verlos juntos. Los nombres de ambos se parecían tanto, los dos tenían la misma estatura, pero jamás nadie habría adivinado que fueran hermanos.

Hasta el cabello de Juana daba la impresión de crecer con rebeldía; tenía el mismo toque castaño de su madre, pero estaba un poco más atenuado en ella, lo que le daba el aspecto de una joven leona; sus grandes ojos miraban siempre inquietos; su estado de ánimo podía cambiar en un segundo. Juana daba la impresión de no estar jamás tranquila; hasta cuando dormía tenía aspecto de estar inquieta.

Y qué diferente era Juan, con ese bello rostro suyo que hacía pensar en los ángeles. Ahora estaba bailando con su hermana porque ella se lo había pedido. Y Juan sabía que al pensar en un matrimonio y en un marido se había excitado. Al bailar se tranquilizaría; el movimiento físico la ayudaría a calmar la excitación de su mente.

Aunque Juan no hubiera querido bailar cuando su hermana le pidió que lo hiciera, había cambiado inmediatamente de actitud. Eso era característico de él;

tenía la rara condición de no querer solamente complacer a los otros, sino de descubrir que los deseos de
ellos eran los suyos propios.

Catalina volvió al asiento de la ventana, a mirar
una vez más hacia afuera: la llanura y las montañas, las
gentes que llegaban y las que se iban.

Sintió que junto a ella estaba su hermana Isabel,
que le rodeó los hombros con un brazo mientras Catalina se daba vuelta para sonreírle. En ese momento,
la mayor había sentido la necesidad de proteger a la
más pequeña de los males que podían caer sobre las
hijas de la Casa de España. El recuerdo de Alonso
siempre la hacía sentir así. Después buscaría al confesor de su madre, para hablar con él de su dolor. Isabel
prefería hablar con él porque jamás le ofrecía consue-
los fáciles, sino que la reñía tal como, si fuera necesario, él mismo se flagelaría; el aspecto de su rostro pálido y consumido era el mejor consuelo para Isabel.

Había veces en que la princesa ansiaba retirarse a
un convento y pasarse allí la vida en oración, hasta que
la muerte viniera a reunirla con Alonso. Si no fuera
una de las hijas de España, habría podido hacerlo.

—Mira —indicó Catalina, señalando una austera
figura con hábito de franciscano—, ahí está el confesor de la Reina.

Isabel siguió con los ojos al hombre que, en compañía de otro, estaba a punto de entrar en el Alcázar. Aunque no podía ver claramente los rasgos enflaquecidos y
la expresión austera del monje, bien los conocía.

—Me alegro de que haya venido —expresó.

—Isabel, a mí..., me da un poco de miedo.

La expresión de Isabel se hizo más seria.

—Jamás debes tener miedo de los hombres buenos, Catalina, y en España no hay hombre mejor que Jiménez de Cisneros.

En sus habitaciones, la Reina estaba sentada ante su mesa de trabajo. Su expresión era serena, pero no daba indicio de su estado de ánimo. Isabel estaba por cumplir con un deber desagradable y que se le hacía doloroso.

Heme aquí, pensaba, rodeada de toda mi familia. España goza de mayor prosperidad de la que ha conocido en mucho tiempo: ahora tenemos un reino unido, un reino cristiano. En los últimos tres años desde que Fernando y yo conquistamos juntos el último baluarte de los moros, la bandera cristiana ha ondeado sobre todas las ciudades de España. El explorador Cristóbal Colón ha hecho bien su trabajo, y España tiene allende los mares un Reino cada vez más vasto. Como Reina, me regocija la prosperidad de mi país. Como madre, me siento en este momento muy feliz porque tengo a toda mi familia reunida bajo el mismo techo. Todo debería estar bien, y sin embargo...

Sonrió al hombre que estaba sentado frente a ella observándola.

Era Fernando, su marido, un año menor que ella, todavía tan apuesto. Si en sus ojos había algo de taimado, Isabel siempre se había negado a reconocerlo: si en sus rasgos había un toque de sensualidad, estaba dispuesta a decirse que al fin y al cabo era un hombre, y que ella no habría querido que fuera de otra manera.

Y por cierto que era un hombre; militar de valía, estadista sutil, un hombre para quien no había muchas cosas en la tierra que merecieran tanto amor como el dinero. Y sin embargo, con su familia era pródigo en afecto. Los niños lo amaban... No tanto como a su madre, claro. Pero, pensaba Isabel, por haberlos dado a luz la madre está más cerca de ellos de lo que puede estarlo cualquier padre. Aunque esa no era la respuesta. Sus hijos la amaban porque se daban cuenta de que la devoción que recibían de ella era más profunda: sabían que una vez que les hubieran elegido marido, su padre se regodearía en las ventajas materiales que pudieran aportarle esos matrimonios: la felicidad de sus hijos sólo sería para él de importancia secundaria. Pero su madre —que también deseaba que todos ellos hicieran buenos matrimonios— sufriría lo mismo que ellos con la separación.

Todos amaban tiernamente a su madre. Sólo ellos conocían la ternura que se ocultaba con tanta frecuencia por debajo de la serenidad, pues era solamente para ellos que la reina Isabel se quitaba el velo con que resguardaba del mundo su ser más auténtico.

En ese momento, Isabel estaba con los ojos fijos en el documento que esperaba sobre la mesa, ante ella, y se daba perfecta cuenta de que también la atención de Fernando estaba concentrada obstinadamente en él.

Era de eso de lo que tenían que hablar, e Isabel sabía que él iba a pedirle, directamente, que lo destruyera.

No se equivocaba. La boca de Fernando se endureció, y durante un momento la Reina tuvo casi la impresión de que él la odiaba.

—Entonces, ¿os proponéis hacer esa designación? —Isabel se sintió herida por la frialdad del tono. Nadie podía poner en su voz tanto odio y tanto desprecio como Fernando.

—Sí, Fernando.

—Hay veces —continuó él— en que desearía que escucharais mi consejo.

—Y en que mucho desearía yo poder seguirlo.

Fernando hizo un gesto de impaciencia.

—Pues es bien fácil. Tomais ese documento y lo hacéis pedazos, y con eso queda resuelto el problema.

Al hablar se había inclinado hacia delante, preparándose para hacerlo, pero la mano blanca y regordeta de Isabel se extendió sobre el papel, para protegerlo.

En la boca de Fernando se dibujó un gesto de obstinación que le daba un aire infantil.

—Lo siento, Fernando —repitió Isabel.

—Conque una vez más me recordáis que sois vos la Reina de Castilla. Que haréis vuestra voluntad. y entonces daréis a este... a este advenedizo el cargo más alto de España, cuando podríais...

—Dárselo a uno que lo merece mucho menos —completó con suavidad la Reina—: a vuestro hijo..., que no es hijo mío.

—Isabel, estáis hablando como una campesina. Alfonso es mi hijo, eso no lo he negado jamás. Nació cuando vos y yo estábamos separados..., como lo estuvimos tantas veces durante aquellos primeros días. Yo era joven..., de sangre ardiente..., y encontré una amante, como cualquier hombre joven. Debéis entenderlo.

—Lo he entendido y lo he perdonado, Fernando. Pero eso no significa que pueda conceder a vuestro bastardo el Arzobispado de Toledo.

—Por eso se lo concedéis a ese monje muerto de hambre... A ese simple..., a ése...

—Es de buena familia, Fernando. Verdad que no pertenece a la realeza, pero por lo menos es legítimo hijo de su padre.

Fernando asestó un puñetazo a la mesa.

—Estoy harto de esos reproches. Eso no tiene nada que ver con el nacimiento de Alfonso, confesadlo. Lo que queréis es demostrarme..., como tantas veces lo habéis hecho..., que sois la Reina de Castilla, y que Castilla tiene para España más importancia que Aragón; es decir que vos sois la soberana.

—Oh, Fernando, jamás ha sido ése mi deseo. Castilla... Aragon... ¿Qué son, comparadas con España? Ahora, España está unida. Vos sois su Rey, yo su Reina.

—Pero la Reina concederá el Arzobispado de Toledo a quien ella desee.

Isabel lo miró con tristeza.

—¿No es así? —le gritó él.

—Sí, así es —reconoció Isabel.

—¿Y es esa vuestra decisión final al respecto?

—Es mi decisión final.

—Entonces, ruego a Vuestra Alteza que me permita retirarme —la voz de Fernando estaba cargada de sarcasmo.

—Fernando, vos sabéis...

Pero él no quería esperar. Tras una reverencia, salió con arrogancia de la habitación.

Isabel permaneció sentada ante su mesa. La escena le traía a la memoria otras muchas que se habían producido durante su vida de casados. Por parte de Fernando, había siempre ese continuo forcejeo por una situación de superioridad; en cuanto a ella, deseaba ser perfecta como esposa y como madre. Le habría sido muy fácil decir: Haced como queráis, Fernando. Conceded el Arzobispado según vuestra voluntad.

Pero ese alegre hijo de él no era la persona adecuada para tan alto cargo. No había más que un hombre en España a quien Isabel consideraba digno de él, y la Reina siempre debía pensar primero en España. Por eso estaba ahora decidida a que el franciscano Jiménez fuera el Primado de España. Por más que su designación disgustara a Fernando.

Isabel se levantó y fue hasta la puerta de la habitación.

—¡Alteza! —varios cortesanos que habían estado esperando se pusieron rápidamente de pie.

—Id a ver si fray Francisco Jiménez de Cisneros está en el palacio. Si lo halláis, decidle que es mi deseo que se presente ante mí sin demora.

Fray Francisco Jiménez de Cisneros iba orando en silencio mientras se acercaba al palacio. Bajo la áspera sarga de su hábito, el cilicio le irritaba la piel, causándole un orgulloso placer. Durante su viaje desde Ocaña a Madrid no había comido otra cosa que algunas hierbas y bayas, pero estaba acostumbrado a largas abstinencias.

Su sobrino, Francisco Ruiz, a quien amaba tan tiernamente como él era capaz de amar, y que estaba más próximo de él que sus propios hermanos, lo miró con ansiedad.

—¿Qué pensáis que signifique el llamado de la Reina? —le preguntó.

—Querido Francisco, como pronto lo sabremos, no vale la pena que nos perdamos en conjeturas.

Pero Francisco Ruiz estaba excitado. Sucedía que el cardenal Mendoza, que ocupara el cargo más alto de España, el Arzobispado de Toledo, había muerto poco tiempo antes, y el puesto estaba vacante. ¿Sería posible que a su tío hubieran de conferirle tal honor? Bien podía Jiménez declarar que no le interesaban los grandes honores, pero había algunos honores que tentarían al más devoto de los hombres.

¿Y por qué no?, preguntábase Ruiz. La Reina tiene —y con razón— una elevada opinión de su confesor. No puede haber tenido jamás un consejero tan valioso después de que el propio Torquemada fue su confesor, y ella admira a esos hombres que no temen decir lo que piensan, que son evidentemente indiferentes a las riquezas mundanas.

Torquemada, que sufría cruelmente de gota, era ya un anciano a quien, sin duda, poco tiempo de vida le quedaba. Estaba casi completamente recluido en el monasterio de Ávila. Jiménez, en cambio, estaba en la plenitud de sus poderes mentales.

Ruiz estaba seguro de que si a su tío lo llamaban a Madrid era para concederle ese gran honor.

En cuanto al propio Jiménez, por más que lo intentara, no podía apartar del todo de su mente esa misma idea.

¡Arzobispo de Toledo! ¡Primado de España! No podía entender la extraña sensación que crecía dentro de él; pero había en sí mismo muchas cosas que no podía entender. Ansiaba sufrir las mayores torturas corporales, como las había sufrido Cristo en la cruz, pero aunque su cuerpo clamara por ser así tratado, había dentro de él una voz que preguntaba: «Vaya, Jiménez, ¿no será porque no puedes soportar que haya nadie más grande que tú? Nadie debe sobrellevar con más estoicismo el dolor, nadie debe ser más devoto. ¿Quién eres tú Jiménez? ¿Eres un hombre o un Dios?

—Arzobispo de Toledo —se regocijó en su interior la voz—. El poder será tuyo. Serás el más grande de los hombres, después de los Soberanos. Y hasta los Soberanos pueden ceder ante tu influencia. ¿Acaso no estás tú a cargo de la conciencia de la Reina? Y la Reina. ¿no es quien en verdad gobierna a España?

«Todo esto es tu vanidad, Jiménez. Estás ávido de ser el hombre más poderoso de España; más poderoso que Fernando, cuyo mayor deseo es llenar sus arcas y extender su Reino. Más grande que Torquemada, el que encendió las hogueras que hoy calcinan en todo el país los huesos de los herejes. Más poderoso que nadie. Jiménez. Primado de España, el brazo derecho de la Reina. ¿Gobernarás España, tal vez?»

Aunque me lo ofrezcan, se dijo Jiménez, no aceptaré ese cargo.

Cerró los ojos y empezó a rogar que le fueran dadas las fuerzas para rechazarlo, pero era como si el Diablo estuviera desplegando a sus pies los reinos de la tierra.

Se sintió un poco mareado. Las bayas no eran muy nutritivas y cuando estaba de viaje jamás llevaba consigo alimento ni dinero alguno. Confiaba en lo que pudiera encontrar a la vera del camino o en la ayuda de las gentes con quienes se encontraba.

—Mi Maestro no llevaba pan ni vino —le gustaba decir—, y aunque las aves tenían sus nidos y los zorros sus madrigueras, no había lugar donde el Hijo del Hombre pudiera reposar su cabeza.

Lo que había hecho su Maestro, también debía hacerlo Jiménez.

Cuando entraron en el palacio, el mensajero de la Reina le salió inmediatamente al encuentro.

—¿Fray Francisco Jiménez de Cisneros?

—Yo soy —respondió Jiménez, que sentía cierto orgullo cada vez que oía pronunciar todos sus títulos; su nombre de bautismo no era Francisco, sino Gonzalo, y se lo había cambiado para poder llevar el mismo que el del fundador de la Orden a la cual pertenecía.

—Su Alteza la Reina Isabel desea que vayáis sin demora a presentaros ante ella.

—Iré inmediatamente a su presencia.

Ruiz le tiró de la manga.

—¿No deberíais quitaros el polvo del viaje antes de presentaros ante Su Alteza?

—La Reina sabe que he venido de viaje, y espera encontrarme cubierto de polvo.

Ruiz miró con cierto desaliento a su tío. La magra figura, el rostro consumido en que la pie! pálida se tensaba sobre los huesos, contrastaban demasiado con el aspecto del último Arzobispo de Toledo, el difunto

Mendoza, hombre sensual, epicúreo y enamorado de la comodidad y de las mujeres.

¡Arzobispo de Toledo!, pensaba Ruiz. ¡Seguramente, no podrá ser!

Isabel sonrió con agrado al ver entrar a su confesor en sus habitaciones, y con un gesto indicó al asistente que los dejaran a solas.

—Os he hecho venir desde Ocaña —explicó, con tono casi de disculpa— porque tengo noticias para vos.

—¿Qué noticias tiene para mí Vuestra Alteza?

En su actitud faltaba la obsequiosidad que Isabel acostumbraba encontrar en el tratamiento de sus súbditos, pero la Reina no protestó; admiraba a su confesor porque éste no mostraba excesivo respeto por las personas.

A no ser por la vida de auténtica santidad que llevaba, se podría haber dicho que Jiménez era hombre de grandísimo orgullo.

—Pienso que esta carta de Su Santidad el Papa os lo explicará —así diciendo, Isabel se volvió hacia la mesa y tomó de encima de ella el documento que tanto había disgustado a Fernando, para ponerlo luego en manos de Jiménez.

—Abridla y leedla —lo instó.

Jiménez obedeció. Mientras leía las primeras palabras se produjo un cambio en sus rasgos. No se puso más pálido, porque eso habría sido imposible, pero la boca se le endureció y se le angostaron los ojos; durante unos segundos, su magro cuerpo fue escenario de una ardua batalla.

Las palabras le bailaban ante los ojos, escritas con letra del propio Papa, Alejandro VI, anunciándole:

«A nuestro amado hijo, Fray Francisco Jiménez de Cisneros, Arzobispo de Toledo...»

Isabel esperaba que el franciscano cayera de rodillas, dándole las gracias por tan grande honor, pero no fue así. Jiménez se quedó en pie, muy quieto, mirando fijamente ante sí, olvidado del hecho de que estaba en presencia de la Reina. De lo único que tenía conciencia era de su conflicto interior, de la necesidad de entender cuáles eran los verdaderos motivos ocultos tras sus sentimientos.

Poder. Gran poder. No tenía más que aceptarlo. ¿Para qué quería él el poder? No estaba seguro. Se sentía tan inseguro como lo había estado muchos años atrás, cuando vivía como un ermitaño en el bosque de Castañar.

Entonces le pareció que los diablos se burlaban de él.

—Estás ávido de poder, Jiménez —le decían—. Eres vanidoso y pecador. Eres ambicioso, y la ambición fue causa de la caída de los ángeles.

Dejó el papel sobre la mesa y murmuró:

—Ha habido un error. Esto no es para mí.

Después giró sobre sus talones y salió de la habitación dejando atónita a la Reina, que lo siguió con la mirada.

Luego la perplejidad de Isabel dio paso al enojo. Jiménez bien podría ser un santo pero había olvidado de qué manera debía comportarse ante su Reina. Pero inmediatamente su enojo desapareció. Es un hombre bueno, se recordó: entre los que me rodean, uno de los pocos que no buscan su provecho personal. Esto significa que ha rechazado tan alto honor. ¿Qué otro hombre en España sería capaz de hacerlo?

Isabel mandó buscar a su hija mayor.

La joven Isabel se habría arrodillado ante su madre, pero la Reina la tomó en sus brazos y la abrazó estrechamente durante algunos segundos.

Santa Madre de Dios, pensó la princesa, ¿qué puede querer decir esto? Mi madre sufre por mí. ¿Será por algún marido que me veré obligada a aceptar? ¿Será eso lo que la entristece?

La Reina apartó de sí a su hija y compuso la expresión de su rostro.

—Hija muy querida, no se os ve tan bien como sería mi deseo —empezó—. ¿Cómo estáis de vuestra tos?

—Tengo un poco de vez en cuando, Alteza. Como siempre.

—Isabel, hija mía, ahora que estamos juntas y a solas, dejemos de lado toda ceremonia. Llámame madre, que me encanta oír en tus labios esa palabra.

—Oh, madre mía —empezó a decir la princesa, que no tardó en estar sollozando en brazos de su madre.

—Es eso, mi preciosa —murmuró Isabel—. ¿Todavía piensas en él? ¿Es eso?

—Era tan feliz..., tan feliz. Madre, ¿podéis comprenderme? Al principio, estaba yo tan asustada, y cuando descubrí que nos amábamos..., fue todo tan maravilloso. Y planeábamos vivir así durante el resto de nuestros días...

Sin hablar, la Reina seguía acariciando el cabello de su hija.

—Fue tan cruel..., tan cruel. ¡Era tan joven! Y ese día, cuando salimos al bosque, parecía como todos los demás días. Si él estaba conmigo apenas diez minutos antes de que todo sucediera...

—Fue la voluntad de Dios —señaló suavemente la Reina.

—¿La voluntad de Dios? ¡Destrozar así un cuerpo joven! ¡Llevarse caprichosamente a alguien tan joven, tan lleno de vida y de amor!

El rostro de la Reina asumió una expresión de severidad.

—La pena te ha agotado, hija mía, y olvidas tus deberes para con Dios. Si Su deseo es hacemos sufrir, debemos aceptar con alegría el sufrimiento.

—¡Con alegría! Yo jamás lo aceptaré con alegría.

La Reina se persignó rápidamente, mientras una oración le hacía temblar los labios. Está rezando para que a mí me sea perdonada la maldad de mi estallido, pensó Isabel. Por más que *ella* sufriera, jamás se entregaría a sus sentimientos como yo me dejé llevar por ellos.

Inmediatamente, la princesa se sintió contrita.

—Oh, madre, perdonadme. No sé lo que digo. A veces me sucede. Los recuerdos vuelven a mí y entonces temo...

—Debes rezar, querida mía, para que te sea concedido mayor dominio de ti. No es el deseo de Dios que te excluyas del mundo como lo estás haciendo.

—¿Queréis decir que no es el deseo de mi padre? —quiso saber Isabel.

—Ni el de tu padre celestial, ni el del terreno —murmuró conciliadoramente la Reina.

—Quisiera Dios que pudiera irme a un convento. Mi vida terminó junto con la de él.

—Estás cuestionando la voluntad de Dios. Si Él hubiera querido que tu vida terminara, te habría llevado a ti junto con tu marido. Ésta es tu cruz, querida mía; piensa en Él, y llévala de tan buen grado como Él llevó la suya.

—Él tenía que morir y nada más. Yo tengo que vivir.

—Querida mía, ten cuidado. Esta noche, y todas las noches, doblaré mis plegarias por ti. Me temo que el sufrimiento te ha afectado la mente; pero con el tiempo olvidarás.

—Han pasado cuatro años ya desde que sucedió, madre, y todavía no he olvidado.

—¡Cuatro años! Te parece largo porque tú eres muy joven. Para mí, es como si fuera ayer.

—Para mí será siempre como si la muerte de Alonso hubiera sido ayer.

—Debes luchar contra esas ideas morbosas, hija mía. Es pecado cultivar el dolor. Envié por ti porque tengo una noticia para darte. Tu suegro ha muerto, y hay nuevo Rey en Portugal.

—Si hubiera vivido, Alonso habría sido el Rey... Y yo su Reina.

—Aunque no haya vivido, tú todavía puedes ser Reina de Portugal.

—Manuel...

—Hija querida, Manuel te renueva su ofrecimiento. Ahora que ha llegado al trono, no te olvida. No quiere tener otra esposa que tú.

¡Manuel! Bien lo recordaba la princesa. Bondadoso e inteligente, era más dado al estudio de lo que lo había sido su alegre primo Alonso; pero Isabel sabía que Manuel había envidiado su novia a Alonso, y ahora, volvía a pedir la mano de ella.

—Preferiría más bien entrar en un convento.

—Todos podemos sentirnos tentados a hacer lo que nos parece más fácil que cumplir con nuestro deber.

—Madre, ¿no estaréis ordenándome que me case con Manuel?

—Una vez te casaste, por orden de tu padre y mía. Yo no volvería a ordenártelo, pero sí quisiera que tuvieras en cuenta tu deber para con tu familia..., para con España.

Isabel cruzó tensamente ambas manos.

—¿Os dais cuenta de lo que me pedís? Que vaya a Lisboa como fui para Alonso..., y que allí encuentre esperándome a Manuel... Y a Alonso..., muerto.

—Hija mía, que Dios te dé valor.

—Todos los días se lo ruego, madre —respondió lentamente la princesa—. Pero no puedo regresar a Portugal. Jamás podré ser otra cosa que la viuda de Alonso, en toda mi vida.

La Reina suspiró mientras acercaba a su hija para que la joven se sentara junto a ella; la rodeó con un brazo y, apoyando el rostro contra el pelo de la princesa, pensó: Ya llegará el momento en que se convenza de que debe ir a Portugal y casarse con Manuel. Todos debemos cumplir con nuestro deber, y por más que durante un tiempo nos rebelemos, de poco nos sirve.

Fernando levantó los ojos al oír entrar a la Reina. y le sonrió con expresión levemente sardónica. Le resultaba divertido que el monje franciscano a quien tan tontamente, en su opinión, le habían ofrecido el arzobispado de Toledo se hubiera limitado a escapar a la vista de su título escrito de puño y letra del Papa. Eso haría que Isabel aprendiera a pensar un poco antes de conceder grandes títulos a quienes no eran dignos de ellos. El hombre era un rústico.

¡Vaya perspectiva agradable! Que el Primado de España fuera un monje que se hallaba más a gusto en la choza de un ermitaño que en un palacio real. En cambio, ¡qué Primado habría sido su querido Alfonso, tan apuesto, tan osado! Y si en algún momento se sentía inseguro, bien dispuesto habría estado su padre a ayudarlo.

Fernando jamás podía mirar a su hijo Alfonso sin recordar las noches de voluptuosidad pasadas con su madre. ¡Qué mujer! Y digno de ella era su hijo.

Por más que sintiera afecto por Juan, Fernando deseaba casi que Alfonso hubiera sido su hijo legítimo. En Juan había cierto aire de delicadeza, en tanto que Alfonso era pura virilidad. Fernando podía estar seguro de que su bastardo sabría cómo gozar bien de su juventud, como lo había hecho su padre.

Era para enfurecerse, pensar que no podía concederle Toledo. Eso sí habría sido un digno regalo de padre a hijo.

Pero Fernando no desesperaba. Era posible que, ahora que el monje había huido, Isabel admitiera su error.

—He hablado con Isabel —anunció la Reina.

—Espero que se dé cuenta de la suerte que tiene.

—No es así como ella la llama, Fernando.

—¿Qué? ¡Con todo lo que Manuel esta dispuesto a hacer por ella!

—Pobre niña, ¿podéis acaso esperar que le dé *placer* regresar al lugar donde fue antes tan feliz?

—Pues allí mismo volverá a serlo.

Isabel observó burlonamente a su marido. Fernando sí sería feliz, de haber estado en el lugar de su hija. Para él, un matrimonio así podía significar un reino y no podía ver que hubiera gran diferencia en el hecho de que el novio fuera Manuel en vez de Alonso.

La Reina ahogó la tristeza que le daba la idea. No era ella quien tenía nada que lamentar: Isabel estaba totalmente satisfecha con su destino.

—¿La pusisteis al tanto de vuestros deseos, espero? —interrogó Fernando.

—No podía darle una orden, Fernando. La herida no está cicatrizada aún.

Fernando se sentó ante la mesa de madera pulida y le asestó un puñetazo.

—Yo no entiendo esa manera de hablar —declaró—. La alianza con Portugal es necesaria para España. Manuel la desea, y puede sernos muy beneficiosa.

—Dadle un poco de tiempo —murmuró Isabel, en un tono tal que Femando entendió que lo que él deseara no importaría; su hija tendría un poco más de tiempo.

Suspiró.

—Tenemos una fortuna en nuestros hijos, Isabel —reflexionó—. Por mediación de ellos realizaremos la grandeza de España. Ojalá hubiéramos tenido muchos más. Ah, si hubiéramos podido pasar más tiempo juntos durante esos primeros años de nuestro matrimonio.

—Indudablemente habríais tenido más hijas e hijos legítimos —asintió Isabel.

El sonrió con astucia pero consideró que no era el momento de traer a colación el asunto de Alfonso y del Arzobispado de Toledo.

—Maximiliano está interesado en mis propuestas —dijo en cambio.

Isabel asintió con tristeza. En esas ocasiones se olvidaba de que era la Reina de un gran país en expansión. Únicamente podía pensar en su condición de madre.

—Todavía son jóvenes... —empezó a decir.

—¡Jóvenes! Juan y Juana están en edad de casarse. Y en cuanto a nuestra hija mayor, ya ha tenido tiempo suficiente para hacer el papel de viuda.

—Decidle qué noticias tenéis de Maximiliano.

—Que está dispuesto a aceptar a Juana para Felipe, y a darnos a Margarita para Juan.

—Serían dos de los mejores matrimonios que podríamos concertar para nuestros hijos —admitió pensativamente Isabel—. Pero tengo la sensación de que Juana todavía es demasiado joven..., demasiado inestable.

—Pronto será demasiado mayor, querida mía... E inestable, siempre seguirá siéndolo. No, el momento es éste, y me propongo seguir adelante con mis planes. Les diremos en qué consisten nuestras propuestas. No hay necesidad de ponerse triste. Os aseguro que a Juana le encantará el proyecto. Y en cuanto a ese ángel de vuestro hijo, no tendrá que separarse del lado de su madre. Será la archiduquesa Margarita quien venga a él, de modo que la única que tendrá que abandonaros será vuestra pobre e inestable Juana.

—Ojalá pudiéramos persuadir a Felipe de que viniese a vivir aquí.

—¡El heredero de Maximiliano! Oh, son alianzas muy importantes, las de nuestros hijos con los hijos de Maximiliano. ¿Habéis caído en la cuenta de que los descendientes de Felipe y de Juana heredarán los puertos de Flandes, además de ser dueños de Borgoña y de Luxemburgo, por no mencionar siquiera Artois y el Franco Condado? Me gustaría ver la cara del Rey de Francia cuando se entere de estas alianzas. Y cuando Isabel se case con Manuel, podremos bajar la guardia en la frontera portuguesa. Oh, sí, ya lo creo que me gustaría ver la cara del Rey de Francia.

—¿Qué sabéis de los hijos de Maximiliano, de Felipe y de Margarita?

—No tengo más que buenos informes, nada más —respondió Fernando, frotándose las manos. Los ojos le brillaban.

Isabel hizo un lento gesto de asentimiento. Fernando tenía razón, por supuesto. Tanto Juana como Juan estaban en edad de casarse, y ella estaba dejando que la madre se tragara a la Reina cuando hacía planes desatinados para que sus hijos siguieran estando siempre junto a ella.

Fernando había empezado a reírse.

—Felipe heredará la corona imperial. La casa de Habsburgo estará vinculada con nosotros. Los proyectos italianos de Francia poco éxito tendrán cuando los dominios alemanes se pongan de nuestra parte en contra de ellos.

En él siempre lo primero es el estadista, pensó Isabel; el padre viene después. Para —él, Felipe y Margarita no son dos seres humanos... Son la Casa de Habsburgo y los dominios alemanes. Pero había que admitir que el plan de Fernando era brillante. Los imperios de ultramar seguían creciendo, gracias a osados exploradores y aventureros. Pero el sueño de Fernando había sido siempre el de conquistas más próximas. Lo que planeaba era adueñarse de Europa, y ¿por qué no habría de conseguirlo? Tal vez llegara a ser dueño del mundo.

Era el hombre más ambicioso que jamás hubiera conocido Isabel, que había visto cómo el amor de su marido por el poder iba creciendo con los años. Ahora se preguntaba con inquietud si eso no se debería al hecho de que ella hubiera tenido que recordarle con tanta frecuencia que la Reina de Castilla era ella, y que en Castilla la palabra de la Reina era ley. ¿Tal vez el *amor propio* de Fernando había quedado de tal manera lesionado que él había decidido apoderarse del mundo entero, fuera de Castilla?

—Si esos matrimonios se hicieran —comentó Isabel—, parecería que os habríais ganado la amistad de toda Europa, excepción hecha de esa pequeña isla..., de esa islita entrometida y obstinada.

Fernando la miró a la cara mientras contestaba:

—Ya sé que os referís a Inglaterra, Reina mía, ¿no es eso? Y estoy de acuerdo con vos. Esa islita puede ser para nosotros uno de los mayores problemas. Pero no me he olvidado de Inglaterra. Enrique Tudor tiene dos hijos, Arturo y Enrique, y mi deseo es casar a Arturo, el príncipe de Gales, con nuestra pequeña Catalina. Entonces, querida mía, toda Europa estará emparentada conmigo. Y decidme, ¿qué hará entonces el Rey de Francia?

—¡Catalina! Si no es más que una niña.

—Arturo también es muy joven; será un matrimonio ideal.

Isabel se cubrió la cara con las manos.

—¿Qué es lo que os pasa? —la interpeló su marido—. ¿No os felicitáis de que vuestros hijos tengan un padre que combina para ellos tan excelentes matrimonios?

Durante un momento, Isabel no pudo hablar. Estaba pensando en Juana, en la rebelde Juana a quien no había habido disciplina capaz de sojuzgar., y que sería arrebatada de su lado para enviarla a las llanas y desoladas comarcas de Flandes, para convertirla en esposa de un hombre a quien no había visto jamás, pero que era el más indicado por ser el heredero de los Habsburgo, Pero sobre todo pensaba en Catalina... en la tierna Catalina... alejada de su familia para ser la mujer de un príncipe extranjero, para vivir su vida en una isla helada donde si sus informes no la engañaban, rara vez brillaba el sol y la tierra estaba envuelta en brumas.

Tenía que suceder, se dijo. Y siempre lo supe, pero eso no me lo hace más fácil de soportar, ahora que está tan próximo.

La Reina había terminado de confesarse y Jiménez le ordenó su penitencia. Isabel era culpable de dejar que sus sentimientos personales interfirieran con su deber; era una debilidad de la que ya antes había sido culpable. La Reina debe olvidarse de que es madre.

Isabel aceptó mansamente los reproches de su confesor. Jiménez jamás se apartaría de la senda del deber, de eso estaba segura. La Reina miraba el rostro enflaquecido, los labios rígidos y rectos que jamás había visto suavizarse en una sonrisa.

Sois un hombre bueno, Jiménez, pensaba; pero es mucho más fácil para vos que jamás habéis tenido hijos. Cuando pienso en los ojos de mi pequeña Catalina elevados en mí, me parece oír su voz que me ruega: no me dejéis ir. No quiero ir a esa isla de nieblas y lluvias. Aborreceré al príncipe Arturo, y él también me odiará. Y por vos, madre, siento un amor que jamás podré ofrecer a ninguna otra persona.

—Ya lo sé, mi amor, ya lo sé —susurró para sí Isabel—. Si de mí dependiera...

Pero advirtió que sus pensamientos se desviaban de sus pecados: antes de haber tenido siquiera la absolución, volvía a caer una vez más en la tentación.

La próxima vez que viera a Catalina, haría comprender a la niña cuál era su deber.

Isabel se puso de pie; dejaba de ser una penitente para asumir su dignidad de Reina, que la invistió como si fuera una capa. Mientras sus ojos se detenían en el monje, Isabel frunció el ceño.

—Amigo mío —le dijo—, seguís rechazando el honor que quisiera concederos. ¿No estáis aún dispuesto a ceder?

—Alteza, jamás podría aceptar un cargo para el cual me siento inadecuado —respondió Jiménez.

—Vamos, Jiménez, bien sabéis que ese cargo os viene como anillo al dedo. Y sabéis que podría ordenaros que lo aceptarais.

—Si Vuestra Alteza tomara semejante actitud, no me quedaría a mí otro recurso que retirarme a mi choza en el bosque del Castañar.

—Creo que es eso lo que deseáis hacer.

—Pienso que me va mejor el papel de ermitaño que el de cortesano.

—No os pedimos que seáis un cortesano, Jiménez, sino el Arzobispo de Toledo.

—Son una y la misma cosa, Vuestra Alteza.

—Pues yo estoy segura de que si vos tomarais el cargo, serían muy diferentes —Isabel le sonrió serenamente, en la certidumbre de que en el término de pocos días Jiménez aceptaría el Arzobispado de Toledo.

Cuando la Reina lo despidió, el monje regresó a la pequeña cámara que ocupaba en el palacio, y que parecía casi una celda. A modo de cama, había paja desparramada en el suelo, y su almohada era un leño, y jamás se encendía fuego en esa habitación, fuera cual fuese el tiempo.

En palacio se comentaba que fray Francisco Jiménez de Cisneros se gozaba en castigarse.

Al entrar en el recinto de su celda, Jiménez se encontró con un monje franciscano que lo esperaba; era su hermano Bernardín, como pudo ver cuando el recién llegado se echó hacia atrás la caperuza.

En el hosco rostro de Jiménez se pintó una expresión tan parecida a la del placer como él era capaz de tenerla. Estaba encantado de que Bernardín hubiera ingresado en la hermandad franciscana. De muchacho, Bernardín había sido un rebelde, y lo último que se hubiera podido esperar de él era que entrase en la Orden.

—Vaya, hermano —lo saludó—, seáis bienvenido. ¿Qué es lo que hacéis aquí?

—Vengo a haceros una visita. He oído que sois muy estimado en la corte.

—Es muy frecuente que el hombre que un día es muy estimado en la corte caiga en desgracia al siguiente.

—Pero vos no estáis en desgracia. ¿Es verdad que vais a ser Arzobispo de Toledo?

Los ojos de Bernardín chispeaban de placer, pero Jiménez se apresuró a negar:

—Os han informado mal; yo no soy Arzobispo de Toledo.

—¡No puede ser que os hayan ofrecido el cargo y lo hayáis rechazado! Imposible que seáis tan tonto.

—Lo he rechazado.

—¡Jiménez! ¡Qué... idiota! Es una estupidez...

—Ya basta. ¿Qué sabéis vos de estas cosas?

—Solamente el bien que podríais haber hecho a vuestra familia si hubiérais consentido en ser el hombre más importante de España.

—Ya me temía yo que no habían hecho de vos un monje, Bernardín. Decidme, ¿qué ventajas puede esperar un buen franciscano del hombre más importante de España?

—No esperaréis respuesta a cuestión tan estúpida. Cualquier hombre esperaría los más altos honores. ¿A quién ha de honrar un arzobispo, si no es a su propia familia?

—¿Es mi hermano el que así habla?

—¡No seáis hipócrita! —estalló Bernardín—. ¿Pensáis acaso que a *mí* podéis ocultarme vuestros verdaderos sentimientos? Habéis rechazado el cargo, ¿no es eso? ¿Por qué? Pues para que os insistan más todavía; ya lo aceptaréis. Y, entonces, cuando veáis el poder que tenéis en vuestras manos, tal vez deis algo a un cofrade necesitado que además, casualmente, es vuestro hermano.

—Preferiría que me dejarais en paz —declaró Jiménez—. No me gusta vuestra manera de hablar.

—¡Oh, vaya tonto que tengo por hermano! —clamó Bernardín, y su expresión cambió súbitamente. Acaso os hayáis olvidado de que hay muchos males que podéis reparar. Vaya, si incluso en el seno de nuestra propia orden hay mucho que os disgusta. Tenemos algunos hermanos a quienes les atrae demasiado el lujo. A vos os gustaría ver que todos nos atormentamos el cuerpo con el cilicio; os gustaría vernos dormir con almohadas de madera, y ayunar hasta morirnos de hambre. Pues bien, santo hermano, está en vuestro poder imponernos todas esas penurias.

—Idos de aquí —le gritó Jiménez—. Vos no sois hermano mío, aunque a los dos nos haya parido la misma madre y vos llevéis también el hábito de franciscano.

Bernardín le dedicó una irónica reverencia.

—Aunque vos seáis un hipócrita, aunque seáis tan santo que no estéis dispuesto a aceptar los honores que os permitirían ayudar a vuestra familia, no está tan mal ser hermano de Francisco Jiménez de Cisneros. Ya hay hombres que se cuidan de la forma en que me tratan, y que buscan mis favores —Bernardín se acercó más a su hermano, susurrándole—: Todos saben que llegará el momento en que no podréis resistiros a aceptar el honor. Todos saben que yo, Bernardín de Cisneros, seré un día hermano del Arzobispo de Toledo.

—No tendrán esa satisfacción —le aseguró Jiménez. Con una risa burlona, Bernardín se separó de su hermano. Una vez que se encontró a solas, Jiménez se dejó caer de rodillas en oración. La tentación era muy grande.

—Oh, Señor —murmuró—, si aceptara este gran honor, serían tantas las reformas que podría llevar a cabo... Trabajaría en Tu nombre, trabajaría por Tu gloria y por la de España. ¿No sería quizá mi deber aceptar este honor?

—No, no —se reprendió—. Lo que estás buscando es el poder temporal. Quieres vestir la púrpura del arzobispo y ver cómo se arrodillan ante ti las gentes.

Pero eso no era verdad.

¿Qué era lo que quería? Jiménez no lo sabía.

—¡Jamás aceptaré el Arzobispado de Toledo! —prometió en alta voz.

Pocos días después, fue llamado nuevamente a presencia de la Reina.

Isabel lo recibió con una graciosa sonrisa, en la que había un asomo de triunfo, y le puso en la mano un documento.

—Es para vos, fray Francisco Jiménez —anunció—. Como veréis, es de Su Santidad y viene dirigido a vos.

Una vez más, el Papa se dirigía a Jiménez llamándolo Arzobispo de Toledo, y la carta contenía instrucciones directas de Roma.

No debía haber más negativas, Alejandro VI escribía, desde el Vaticano, que fray Francisco Jiménez de Cisneros era a partir de ese momento Arzobispo de Toledo y que cualquier negativa por su parte a aceptar el cargo sería considerada como desobediencia por la Santa Sede.

La decisión había sido tomada por *él*.

Jiménez se preguntaba si el sentimiento que lo invadía sería la euforia. Ya no se trataba de que nadie le mostrara los reinos de este mundo; el Santo Padre, en persona, lo obligaba a aceptar su destino.

Isabel estaba en compañía de sus hijos. Toda vez que podía sustraer algún tiempo a sus deberes de estado le gustaba compartirlo con ellos, y era un consuelo la certeza de que ellos disfrutaban de esa intimidad tanto como ella.

Juan le rodeó los hombros con un chal.

—Hay corriente de la ventana, madre mía.

—Gracias, Ángel.

Silenciosamente, Isabel elevó una plegaria de agradecimiento porque, aunque todas las demás fueran arrebatadas de su lado, su Ángel estaría siempre cerca de ella.

Catalina se le apoyaba contra la rodilla, felizmente soñadora. Pobre e indefensa Catalina, la más pequeña. Bien recordaba Isabel el día en que había nacido la niña, un triste día de diciembre en Alcalá de Henares. Poco pensaba entonces que su quinta hija sería la última.

Juana no podía dejar de parlotear.

—Madre, ¿cómo son las mujeres en Flandes? Me han dicho que tiene el cabello dorado... la mayoría de ellas. Que son mujeronas de pechos enormes.

—Sssh, sssh —intentó silenciarla la princesa Isabel que, sentada en su taburete, deslizaba entre los dedos el rosario. La Reina pensó que había estado rezando;

continuamente estaba rezando. ¿Qué pedía? ¿Un milagro que volviera a la vida a su joven esposo? ¿O rogaba no verse obligada a dejar su hogar para volver nuevamente a Portugal en condición de novia? Eso no sería menor milagro de lo que podría haberlo sido el retorno de Alonso a la vida.

—Pero la Reina dijo que no debía haber ceremonias —gritó Juana—. Cuando estamos reunidos de esta manera, nunca hay ceremonia.

—Exactamente, hija mía —admitió la Reina—. Pero no es correcto hablar del tamaño que tienen los pechos de las mujeres en el país de tu futuro esposo.

—Pero madre, ¿por qué no? Si esas mujeres podrían ser de tremendísima importancia para mí.

La Reina se preguntó si a su hija le habrían llegado historias referentes al apuesto galán que habría de ser su marido. ¿Cómo era posible? ¿Tendría segunda vista? ¿Qué es lo que hay de extraño en mi Juana? Cómo se va pareciendo a su abuela... Tanto que jamás puedo mirarla sin sentir que el miedo se me anuda en el corazón como una hiedra que estrangula a un árbol... sofocando mi alegría.

—Debes escuchar a tu hermana, Juana —le aconsejó—. Isabel es mayor que tú, y por eso es muy posible que tenga más experiencia.

Juana hizo chasquear los dedos.

—Felipe será un Rey más importante de lo que jamás hubiera podido ser Alonso... o de lo que pueda ser Manuel.

La princesa Isabel se había puesto de pie y la Reina advirtió que tenía las manos crispadas y que una oleada de color había inundado sus pálidas mejillas.

—Cállate, Juana —ordenó.

—No me callaré, no —Juana se había puesto a bailar por la habitación mientras los otros la observaban consternados. A ninguno de ellos se le habría ocurrido jamás desobedecer a la Reina. Tampoco Juana se habría atrevido, a menos que estuviera al borde de uno de esos estados de ánimo tan raros.

A la Reina había empezado a latirle desordenadamente el corazón, pero en lo exterior su sonrisa se mantuvo serena.

—No haremos caso de Juana mientras no muestre buenos modales —anunció—. Tú también, Ángel, pronto estarás casado.

—Espero ser un marido satisfactorio —murmuró el príncipe.

—Serás el marido más satisfactorio que jamás haya existido —dictaminó Catalina—. ¿No será así, madre?

—Yo también lo creo —asintió la Reina.

Sin dejar de bailar, Juana se había acercado a ellos y, arrojándose a los pies de su madre, estaba ahora boca abajo, sosteniéndose la cara con las manos.

—Madre, ¿cuándo partiré? ¿Cuándo me haré a la vela rumbo a Flandes?

Sin hacerle caso, la Reina se volvió hacia Catalina para preguntarle:

—Tú estás ansiosa de que lleguen las festividades por el casamiento de tu hermano, ¿verdad, hija mía?

Juana había empezado a dar puñetazos en el piso.

—Madre; ¿cuándo... cuándo...?

—Cuando hayas pedido disculpas a tu hermana por lo que le has dicho estaremos dispuestos a hablar contigo.

Juana frunció el ceño y, mirando furiosamente a Isabel, se disculpó:

—Oh, lo lamento. Felipe será un Rey tan importante como lo habría sido Alonso si hubiera vivido. Y yo seré una Reina tan buena como habrías sido tú, si el caballo de Alonso no lo hubiera matado de una patada.

Con un leve grito, la princesa Isabel se fue hacia la ventana.

—Niña querida —señaló pacientemente la Reina a su rebelde hija—, debes aprender a ponerte en el lugar de otros, a pensar lo que estás por decir y preguntarte a ti misma cómo te sentirías si te lo dijeran a ti.

Con el rostro crispado, Juana estalló:

—Es inútil, madre. Yo jamás podré ser como Isabel, ni tampoco creo que Felipe pueda ser como Alonso.

—Ven aquí —la llamó la Reina, y Juana se acercó a su madre. La Reina tomó en sus brazos a esa hija que le había causado tantas noches de insomnio. ¿Cómo puedo separarme de ella?, se preguntaba. ¿Qué será de ella en un país extranjero, donde no habrá nadie que la entienda como yo la entiendo?

—Juana, quisiera verte calma —le dijo—. Pronto te encontrarás entre personas que no te conocen como nosotros, y que tal vez no sean tan tolerantes contigo. Pronto tendrás que viajar a Flandes con una gran armada, para encontrarte con tu marido, Felipe, y los mismos barcos que te lleven a él traerán aquí a su hermana Margarita para Juan.

—Y me dejarán en Flandes, donde las mujeres son de pechos grandes... y Felipe será mi marido. Y será un gran gobernante, ¿no es así, madre? Más que mi padre... Eso, ¿es posible?

—Sólo al término de su vida se puede juzgar la grandeza de un gobernante —murmuró la Reina, con los ojos fijos en su hija mayor. Por la rígida postura del cuerpo de la joven sabía que ésta se esforzaba por contener las lágrimas.

—Será necesario enseñarte muchas cosas antes de que te vayas —suspiró, mientras tomaba la mano de Juana—. Es una pena que no puedas ser tan calma como Ángel.

—Pero madre —intervino entonces Catalina—, para Ángel es fácil mantener la calma. Él no tiene que irse: será su novia la que venga *aquí*.

La Reina bajó la vista al pequeño rostro solemne de su hija menor, y comprendió en ese momento que separarse de Catalina sería lo que más habría de desgarrarle el corazón.

Todavía no le diré que ella tendrá que irse a Inglaterra, caviló. Faltan todavía años para que tenga que dejarnos, y ningún sentido tiene decírselo ahora.

Fernando entró en la habitación, y el efecto de su presencia fue inmediato. Para él era imposible mirar siquiera a sus hijos sin que se notara que estaba pensando en el brillante futuro que había planeado para ellos. Al mirar cómo su hija mayor se acercaba, la primera, a saludarlo, la Reina sabía que Fernando la veía como el vínculo de amistad con Portugal... símbolo de una frontera pacífica que le permitiría continuar con más comodidad la lucha contra sus tradicionales enemigos, los franceses. En cuanto a Juan y Juana, eran la alianza con los Habsburgo. Y María... su padre apenas si la miraba, porque en su mente no se había formado todavía ningún plan grandioso basado en encontrar para ella una alianza conveniente.

La Reina apoyó la mano en el brazo de Catalina como si quisiera protegerla. ¡Pobre pequeña Catalina! Para su padre, significaba la amistad con Inglaterra. La habían elegido como novia de Arturo, el príncipe de Gales, porque solamente tenía un año más que él, es decir que era más adecuada que María, cuatro años mayor que Arturo.

—Os veo felices —comentó Fernando, al observar a su familia.

¡Felices!, pensó la Reina. Mi pobre Isabel con el dolor pintado en el rostro, la resignación de mi Ángel, los desvaríos de Juana, la ignorancia de Catalina... ¿Es eso felicidad?

—...¡Y buenas razones tenéis para estarlo! —prosiguió Fernando.

—Juana está ansiosa por saber todo lo que le sea posible de Flandes —le comentó la Reina.

—Eso está bien, muy bien. Todos debéis ser dignos de vuestra buena suerte. Isabel es afortunada. Ya conoce bien Portugal, y es una singular bendición la que recae sobre ella. Pensó haber perdido la corona de Portugal y ahora, milagrosamente, se encuentra con que le es devuelta.

—Yo no puedo regresar a Portugal, padre —empezó a decir la princesa—. No podría... —se interrumpió, mientras en la habitación se instalaba un breve silencio de horror. Era obvio que la princesa Isabel estaba a punto de cometer la terrible incorrección de llorar en presencia del Rey y de la Reina.

—Tenéis nuestra autorización para retiraros, hija —dijo con suavidad la Reina. Con una mirada de agradecimiento a su madre, la joven hizo una reverencia.

—Pero primero... —empezó a decir Fernando.

—Id ya, querida mía —lo interrumpió con firmeza la Reina, sin prestar atención a las chispas de cólera que inmediatamente se encendieron en los ojos de Fernando.

Por sus hijos, como por su país, Isabel estaba dispuesta a hacer frente a la ira de su marido.

—Ya es tiempo de que esa muchacha se case —estalló Fernando—. No es natural la vida que lleva aquí continuamente en oración. ¿Y por qué pide? ¡Por los muros del convento, cuando debería estar pidiendo por hijos!

Todos los niños se mostraban atemorizados, salvo Juana, a quien cualquier conflicto le provocaba excitación.

—Yo ya estoy rogando por hijos, padre —exclamó.

—Juana —le llamó la atención su madre, pero Fernando se rió por lo bajo.

—Pues está muy bien. No es demasiado pronto para que empieces tus plegarias. Y ¿qué hay de mi hija menor? ¿No está ansiosa por aprender los usos de Inglaterra?

Francamente azorada, Catalina clavó los ojos en su padre.

—¿Qué dices, hija mía? —prosiguió él, mirándola con afecto.

La pequeña Catalina, la menor, sólo diez años... y sin embargo, tan importante para los proyectos de su padre.

Isabel había atraído hacia sí a la niña.

—Todavía faltan años para el matrimonio de nuestra hija menor —murmuró—. Todavía no es necesario que Catalina piense en Inglaterra.

—No faltará tanto —declaró Fernando—. Enrique es hombre impaciente; incluso sería posible que pidiera que Catalina vaya a educarse allá. Estará deseoso de convertirla en una inglesita tan pronto como sea posible.

Isabel percibía los estremecimientos que recorrían el cuerpo de su hija, y se preguntó qué podía hacer para tranquilizarla. ¡Haberle dado de esa manera la noticia! Había veces que la Reina tenía que dominar su enojo contra ese marido que en algunas cosas podía ser tan impetuoso, y tan inhumano en otras.

¿Acaso no podía ver la expresión dolorida del rostro de la niña? ¿O no podía entender su significado?

—Hay algo que tengo que hablar con vuestra madre —anunció Fernando—, de manera que vosotros podéis retiraros.

En orden de edad, los niños se acercaron a saludar a sus padres. La llegada de Fernando a las habitaciones de los niños había vuelto a imponer el tratamiento ceremonial.

La pequeña Catalina fue la última. Isabel se inclinó hacia ella para acariciarle la mejilla. Los grandes ojos oscuros la miraron desconcertados; en ellos empezaba ya a aparecer el miedo.

—Iré a verte más tarde, hija mía —le susurró la Reina, y durante un momento el miedo se atenuó, como había sucedido siempre cuando la niña era muy pequeña y sufría algún dolorcillo. «Cuando venga madre te sentirás mejor.» Siempre era así con Catalina; la presencia de su madre ejercía sobre ella un efecto tal que podía calmar cualquier dolor.

Fernando sonreía con esa sonrisa de astucia que era el signo de que había puesto en marcha algún nuevo proyecto, por cuya sagacidad él mismo se felicitaba.

—Fernando —le advirtió Isabel cuando se quedaron a solas—, ésta es la primera noticia que ha tenido Catalina de que debe ir a Inglaterra.

—¿Es así realmente?

—Ha sido un golpe para ella.

—Ajá. Algún día será Reina de Inglaterra. Estoy impaciente por ver que se concreten esos matrimonios. Cuando pienso en los grandes beneficios que pueden resultar para nuestro país de esas alianzas doy las gracias a Dios por haber tenido cinco hijos, y desearía haber tenido cinco más. Pero no era de eso de lo que venía a hablaros. Ese tal Jiménez.... vuestro Arzobispo...

—Y el vuestro. Fernando.

—¡El mío! Yo jamás daría mi consentimiento para conceder a un humilde monje el cargo más elevado de España. Y se me ocurre que, en su condición de hombre humilde que de pronto se encontrará en posesión de grandes riquezas, no ha de saber cómo administrarlas.

—Podéis contar seguramente con que no cambiará su modo de vida. Juraría que dará más a los pobres, y creo que uno de sus grandes sueños ha sido siempre construir una Universidad en Alcalá, y compilar una Biblia políglota.

Fernando hizo un gesto de impaciencia, y en sus ojos apareció ese resplandor de avaricia que tan bien conocía Isabel y que para ella era indicio de que él pensaba en las abundantes rentas de Toledo. La Reina comprendió que su marido tenía algún plan para distraer en dirección de él las rentas del Arzobispado.

—Un hombre así no sabría qué hacer con semejante fortuna —prosiguió Fernando—. Se sentiría incómodo. Él prefiere llevar la vida de un ermitaño. y ¿por qué habríamos de impedírselo? Voy a ofrecerle dos o tres cientos por año para sus gastos personales, y no veo por qué el resto de las rentas de Toledo no se han de usar para el bien del país en general.

Isabel permaneció en silencio.

—¿Y bien? —la apremió Fernando, con impaciencia.

—¿Habéis hablado del asunto con el arzobispo?

—Pensé que sería más prudente que lo hiciéramos juntos. Y lo he hecho llamar a nuestra presencia. En breve estará aquí. Espero contar con vuestro apoyo en este asunto.

Isabel no dijo nada. Pronto necesitaré oponerme a Fernando en relación con Catalina, estaba pensando. Durante algunos años, no lo dejaré que me aparte de mi hija. Pero no debemos estar continuamente en pugna uno con otro, y estoy segura de que el arzobispo es más capaz de defenderse solo que mi pequeña Catalina.

—¿Y bien? —repitió Fernando.

—Veré con vos al arzobispo y escucharé lo que él tenga que decir sobre este asunto.

—Estoy muy necesitado de dinero —prosiguió Fernando—. Para poder seguir con éxito las guerras de Italia, tengo que tener más hombres, y necesito armas. Y si no hemos de vernos derrotados a manos de los franceses...

—Ya lo sé —lo interrumpió Isabel—. La cuestión es si es ésa la manera correcta de conseguir el dinero que necesitáis.

—Para un propósito tal, cualquier manera de conseguir el dinero es correcta —afirmó hoscamente Fernando.

Poco después, Jiménez entraba en la habitación.

—¡Ah, Arzobispo! —Fernando acentuó casi irónicamente el título. Imposible que hubiera alguien con menos aspecto de arzobispo. Por lo menos, en la época de Mendoza, el título había tenido otra dignidad. Isabel era una tonta al habérselo concedido a ese santo medio muerto de hambre.

—Vuestras Altezas —murmuró Jiménez, inclinándose ante ellos.

—Su Alteza el Rey tiene una sugerencia para haceros, Jiménez —le explicó la Reina.

Los ojos descoloridos se posaron en Fernando, e incluso él se sintió un poco incómodo ante esa mirada glacial. Era desconcertante verse frente a alguien que no sentía miedo ante él. No había nada que ese hombre temiera. Se lo podía despojar de su cargo: se encogería de hombros. Se lo podía llevar a la hoguera, y mientras se encendiera el fuego, su agonía sería para él un deleite. Sí, indudablemente era desconcertante para un Rey ante quien los hombres temblaban encontrarse con alguien a quien su autoridad le importaba tan poco como a Jiménez.

—Pues bien —empezó jactanciosamente Fernando, a pesar suyo—, la Reina y yo hemos estado hablando de vos. Es evidente que sois hombre de gustos simples y que las rentas del Arzobispado serán una carga para vos. Hemos decidido aliviaros de ellas; nos proponemos ser nosotros quienes las administremos en bien del país. Vos recibiréis una asignación adecuada para vuestra casa y vuestros gastos personales...

Fernando se interrumpió porque Jiménez, como si él hubiera sido el soberano y Fernando su súbdito, había levantado una mano en demanda de silencio.

—Vuestra Alteza —respondió Jiménez, dirigiéndose a Fernando, pues bien sabía que la idea era exclusivamente de él—, quiero deciros algo. Yo acepté este alto cargo con gran renuencia; lo único que pudo inducirme a hacerlo fue la orden expresa del Santo Padre. Pero una vez que lo he aceptado, cumpliré con mi deber tal como yo entiendo que debo cumplirlo. Sé que necesitaré esos recursos si he de cuidar de las almas que tengo a mi cargo, y debo deciros sin rodeos que, si permanezco en este cargo, yo y mi Iglesia debemos ser libres, y lo que es mío debe quedar librado a mi jurisdicción, de la misma manera que Vuestra Alteza la tiene sobre sus reinos.

Fernando estaba pálido de cólera.

—Había pensado que teníais la mente puesta en lo sagrado, arzobispo —comentó—, pero parece que vuestras rentas no dejan de interesaros.

—Mi mente está puesta en mi deber, Alteza. Si persistís en adueñaros de las rentas de Toledo, debéis también destituir de su puesto al arzobispo. ¿Qué tiene que decir al respecto Su Alteza la Reina?

—Todo debe ser como vos decís, arzobispo —respondió en voz baja Isabel—. Ya encontraremos otros medios para satisfacer las exigencias del estado.

Jiménez se inclinó.

—¿Tengo la autorización de Vuestras Altezas para retirarme?

—La tenéis —respondió Isabel.

Cuando Jiménez hubo salido, esperó a que se desencadenara la tormenta. Fernando había ido hacia la ventana; estaba con los puños contraídos, luchando, bien lo sabía la Reina, por dominar su enojo.

—Lo lamento, Fernando —expresó—, pero no podéis privarlo de sus derechos. Las rentas son de él, y no podéis despojarlo de ellas por el solo hecho de que sea un hombre de costumbres santas.

Fernando se volvió para hacerle frente.

—Una vez más, señora, dais muestras de vuestra decisión de humillarme y escarnecerme —declaró.

—Cuando no estoy de acuerdo con vuestros deseos, es siempre con grandísima pena.

Fernando se mordió los labios para no pronunciar las palabras que pugnaban por escapar de ellos. Naturalmente, Isabel tenía razón; para ella era una verdadera felicidad estar de acuerdo con él. Lo que perpetuamente se interponía entre ambos era la conciencia moral de la Reina.

—Santa Madre —murmuró para sí Fernando—, ¿por qué me disteis por esposa a una mujer tan *buena*? Su conciencia eterna, su devoción al deber, aunque éste se oponga a nuestro bien, son causa de las continuas fricciones que hay entre nosotros.

De nada servía enojarse con Isabel: ella era como había sido siempre.

—Ese hombre y yo seremos enemigos durante toda la vida —masculló el al oírlo.

—No, Fernando —rogó la Reina—, no debe ser así. Ambos debéis servir a España, y eso debe ser un vínculo entre vosotros. ¿Qué importa que consideréis vuestro deber desde ángulos diferentes, si el objetivo es el mismo?

—¡Es un insolente, ese arzobispo de Toledo!

—No debéis culpar a Jiménez porque el elegido haya sido él y no vuestro hijo natural, Fernando.

Fastidiado, él chasqueó los dedos.

—¡Eso! Eso ya está olvidado. ¿No estoy acaso acostumbrado a que no se tengan en cuenta mis deseos? Es el hombre mismo... ese santo que se mata de hambre y se pasea por el palacio con su raído hábito de sarga. Recuerdo la época de Mendoza...

—Mendoza ya ha muerto, Fernando, y estamos en la época de Jiménez.

—¡Pues es una pena! —murmuró Fernando, mientras Isabel pensaba cómo hacer para que su marido y el arzobispo no se interfirieran recíprocamente.

Aunque en realidad, sus pensamientos no estaban puestos en Jiménez ni en Fernando. Desde el momento en que Catalina había salido de la habitación con su hermano y sus hermanas, la Reina estaba pensando en su hija.

Debía ir lo antes posible a hablar con ella, y explicarle que para ese casamiento que la llevaría a Inglaterra faltaba aún mucho tiempo.

—No me parece que estéis prestándome atención —señaló Fernando.

—Estaba pensando en nuestra hija, en Catalina. Iré a decirle que no permitiré que se aleje de nosotros mientras no sea mucho mayor.

—No hagáis promesas aventuradas.

—No haré promesas, pero tengo que consolarla —insistió Isabel—. Bien sé yo cuánto lo necesita.

Con esas palabras se separó de él, dejándolo frustrado como otras tantas veces, admirándola con las buenas razones que tenía para hacerlo, pues debía admitir que aunque a veces su mujer lo exasperaba hasta lo indecible, a ella debía gran parte de lo que tenía.

Fernando pensó con amargura que Isabel intentaría proteger a Catalina de los proyectos matrimoniales de él de la misma manera que se había opuesto obstinadamente a que Toledo fuera a manos de su hijo Alfonso. Y sin embargo, él estaba tan atado a ella como su mujer a él. Los dos eran uno; eran España.

Isabel no pensaba más que en su hija mientras acudía, presurosa, a las habitaciones de la niña. Tal como había esperado, Catalina estaba sola. Tendida en su cama, la pequeña tenía el rostro hundido en las almohadas como si tapándose los ojos, pensó tiernamente la Reina, pudiera no ver algo que le desagradaba insoportablemente.

—Mi pequeña —susurró al entrar.

Catalina se dio vuelta y una súbita alegría le iluminó la cara.

Isabel se tendió junto a ella y tomó en sus brazos a la niña, que durante unos momentos se aferró infantilmente a su madre, como si al hacerlo pudiera no separarse jamás de ella.

—Yo no quería decírtelo durante mucho, muchísimo tiempo —le susurró la Reina.

—Madre... ¿cuando tendré que separarme de vos?

—Para eso faltan años, querida mía.

—Pero mi padre dijo....

—Oh, tu padre es un impaciente. Es tanto lo que ama a sus hijas, y tan feliz se siente al teneros, que anhela ver que tengáis vuestros propios hijos, y se olvida de lo pequeñas que sois. ¡Casar a una chiquilla de diez años!

—A veces, separan a una princesa de su madre para llevarla a vivir en una corte extranjera, en la corte de su prometido.

—Tú no te separarás de mí en muchos años, te lo prometo.

—¿Cuántos años, madre?

—Los que falten para que crezcas y estés en edad de casarte.

Catalina se acurrucó más contra ella.

—Para eso falta mucho, mucho tiempo. Cuatro años, o cinco tal vez.

—Por cierto. De modo que ya ves qué tontería sería preocuparse ahora por lo que puede suceder de aquí a cuatro o cinco años. Vaya, si para entonces ya casi serás una mujer, Catalina, y querrás tener tu marido, y no estarás tan ansiosa de quedarte con tu madre.

—¡Yo siempre querré quedarme con mi madre! —declaró apasionadamente Catalina.

—Oh, ya veremos —suspiró Isabel.

En silencio, se quedaron una junto a otra. Catalina se había consolado. A ella cuatro o cinco años le parecían una eternidad, aunque para su madre eran un tiempo muy corto.

Pero su propósito estaba cumplido; el golpe se había atenuado. Isabel hablaría de Inglaterra con su hija menor. Se informaría lo mejor que pudiera sobre el rey Tudor que, según decían algunos, había usurpado el trono de Inglaterra. Aunque, naturalmente, sería mejor que a oídos de la niña no llegaran esas habladurías. Su madre le hablaría de los hijos del Rey, el mayor de los cuales debía ser su marido... un niño un año menor que ella. ¿Qué podía inspirarle temor en eso? También había otro varón, Enrique, y dos niñas: Margarita y María. Catalina se acostumbraría pronto a sus usanzas, y llegaría un momento en que olvidara su hogar en España.

No es verdad, se dijo Isabel, Catalina no olvidará jamás.

Creo que es, de todos, la más próxima a mí, pensó la Reina. Qué feliz me sentiría si este matrimonio quedara en nada y pudiera conservar durante toda la vida a mi lado a mi pequeña Catalina.

Pero no dio expresión a ese deseo, que era indigno de la Reina de España, y de la madre de Catalina. Por el momento, parecía que el destino de Catalina estuviera entre los ingleses. Y, como hija de España, la princesa tendría que cumplir con su deber.

2

JIMÉNEZ Y TORQUEMADA

La cabalgata había llegado finalmente al puerto de Laredo, en el límite oriental de Asturias. Durante el viaje desde Madrid a Laredo la inquietud de la Reina había crecido al mismo ritmo que la excitación de su hija.

Isabel había decidido acompañar a Juana hasta que la infanta abandonara el suelo español. Incluso le habría gustado acompañarla a Flandes, temerosa como estaba de lo que pudiera suceder allí a su díscola hija.

Isabel había dejado su familia y sus obligaciones de Estado para estar con su hija, y durante el viaje largo y con frecuencia tedioso no había dejado ni un momento de rezar por el futuro de Juana ni de preguntarse continuamente qué sería de ella cuando llegara a Flandes.

La Reina había pasado una noche a bordo del barco en el cual su hija debía hacerse a la vela, y ahora estaba con ella en cubierta, esperando el momento de la partida, para despedirse de Juana. A su alrededor había un espléndido despliegue naval, una flota digna del rango de la infanta, encargada de conducirla a Flandes para de allí regresar trayendo a la archiduquesa Margarita, la novia de Juan. Entre grandes y pequeños, había ciento veinte barcos en esa magnífica armada. Todos estaban en condiciones de defenderse, en previsión de que necesitaran luchar contra los franceses. Fernando, sin embargo, se había mostrado bien dispuesto a darles ese destino, ya que transportar a Flandes a la inestable infanta era equiparable, como acción de guerra contra los franceses, a entrar efectivamente en batalla.

En esa ocasión, Fernando no estaba con su mujer y su hija: había ido a preparar un ataque contra Francia. Para Isabel era más bien un alivio estar sola para despedirse de Juana; su angustia era tal que no habría podido soportar la visión del placer que como bien lo sabía ella, se reflejaría en los ojos de su marido al ver partir a la infanta.

Con los ojos brillantes, Juana se volvió hacia su madre.

—¡Y pensar que todo esto es por mí! —exclamó.

Isabel siguió mirando los barcos, porque en ese momento se le hacía imposible mirar el rostro de su hija: sabía que le haría pensar en el de su propia madre, que seguía llevando una borrosa existencia en el castillo de Arévalo, incapaz de distinguir entre el pasado y el presente, enfureciéndose en ocasiones con seres que habían muerto mucho tiempo antes y que ya no podían dañarla. Había habido momentos en que a

Isabel le inspiraban terror los estallidos de violencia de su madre, como se lo inspiraban ahora los de su hija.

¿Cómo le irá con Felipe? era otra de las cosas que se preguntaba. ¿Será bueno con ella? ¿La comprenderá? —Es un hermoso espectáculo —asintió en un murmullo.

—¿Cuánto tardaré en llegar a Flandes, madre?

—Eso dependerá del tiempo.

—Espero que habrá tormentas.

—¡Oh, no, hija mía! Roguemos porque el mar esté calmo y tengáis buen viento.

—Me gustaría que nos demoráramos un poco. Me gustaría que Felipe estuviera esperándome... con impaciencia.

—Te estará esperando —murmuró la Reina.

Juana se apretó las manos sobre el pecho.

—Estoy ansiosa por verlo, madre —expresó—. He oído decir que es apuesto. ¿Sabíais que la gente empieza a llamarlo Felipe el Hermoso?

—Es un placer tener un novio apuesto.

—Le gusta la danza, y la alegría. Le gusta reír. Es el hombre más fascinante de Flandes.

—Tienes suerte, querida mía, pero recuerda que él tiene suerte también.

—Así lo espero. Así será.

Juana había empezado a reírse, con una risa de excitación y de intenso placer.

—Pronto será hora de que nos despidamos —se apresuró a decir la Reina, y se volvió impulsivamente hacia su hija para abrazarla, mientras en su interior rogaba: «Oh, Dios, haz que suceda algo para que no se separe de mí. Haz que no tenga que hacer este viaje largo y riesgoso».

Pero, ¡qué estaba pensando! Si ése era el mejor matrimonio que pudiera hacer Juana. Era la maldición de una Reina que sus hijas no fueran más que un préstamo que recibía mientras eran niñas. Eso debía tenerlo siempre presente.

Juana se retorcía en los brazos de la Reina. No era el abrazo de su madre el que anhelaba, era el de su marido.

¿Será demasiado ávida, demasiado apasionada?, se preguntó la Reina. Y Felipe, ¿qué clase de hombre es? Cómo desearía haberlo conocido, haber podido hablar con él, advertirle que Juana es un poco diferente de otras muchachas.

—¡Mirad! —exclamó Juana—. Ahí viene el Almirante.

Era verdad. Don Fadrique Enríquez, Almirante de Castilla, había subido a cubierta, e Isabel supo que había llegado el momento de despedirse de Juana.

—Juana —le dijo, tomando de ambas manos a la muchacha para obligarla a que la mirara—, debes escribirme con frecuencia. Nunca debes olvidar que mi mayor deseo es ayudarte.

—Oh, no, no lo olvidaré —en realidad, Juana no la escuchaba. Estaba soñando con «Felipe el Hermoso», el hombre más atractivo de Europa. Tan pronto como esa magnífica armada la hubiera llevado a Flandes, Juana sería su esposa, y todo lo que la separaba de él la llenaba de impaciencia. Estaba ya apasionadamente enamorada de ese novio a quien jamás había visto. El deseo que crecía dentro de ella le provocaba tal frenesí que tenía la sensación de que si no podía satisfacerlo pronto, la frustración la haría gritar.

La ceremonia de la despedida era casi más de lo que la infanta podía soportar. Sin advertir la angustia de la Reina, no prestó oídos a los sensatos consejos de su madre. En ella no había más que una necesidad, ese abrumador deseo de Felipe.

Isabel no salió de Laredo hasta que la armada no se perdió de vista. Sólo entonces se dio vuelta, dispuesta a emprender el viaje de regreso a Madrid.

—Que Dios la guarde —rogó—. Que le dé toda la atención que tan desesperadamente necesita mi pobre Juana.

La pequeña Catalina esperaba el regreso de su madre. Esto es lo que me sucederá a mí un día, pensaba. Mi madre me acompañará a la costa, aunque tal vez no sea a Laredo. ¿A qué ciudad habrá que ir para embarcarse hacia Inglaterra?

Juana se había ido con regocijo. Durante los últimos días, su risa destemplada había resonado en el palacio. Había cantado y bailado, mientras hablaba continuamente de Felipe; era una desvergüenza la forma en que hablaba de él. No era la forma en que Catalina hablaría jamás de Arturo, el príncipe de Gales.

Pero no quiero pensar en eso, se dijo Catalina. Todavía falta mucho. Mi madre no me dejará partir en años y años... aunque el Rey de Inglaterra diga que quiere que me eduquen como una princesa inglesa.

—¿Todavía esperando, Catalina? —preguntó su hermana Isabel, que acababa de entrar en la habitación.

—Me parece que hace tanto tiempo que madre se fue…

—Cuando regrese ya lo sabrás. Con estar así a la espera no conseguirás que vuelva antes.

—Isabel, ¿piensas tú que Juana será feliz en Flandes?

—No creo que Juana sea feliz ni esté contenta en ninguna parte.

—Pobre Juana. Ella cree que cuando esté casada con Felipe vivirá para siempre en la felicidad. Es tan buen mozo, dice, que hasta lo llaman Felipe el Hermoso.

—Mejor es tener un buen marido que uno buen mozo.

—Estoy segura de que el príncipe Arturo es bueno. Todavía es un niño, así que faltan años para que se case. Y Manuel también es bueno, Isabel.

—Sí, Manuel es bueno —convino Isabel.

—¿Te vas a casar con él?

Isabel sacudió la cabeza y apartó el rostro.

—Oh, siento haber hablado de eso, Isabel —se disculpó Catalina—. Te trae recuerdos, ¿no es eso?

Su hermana asintió, sin hablar.

—Sí, fuisteis felices, ¿verdad? —continuó Catalina—. Tal vez fue mejor que Alonso haya sido tan buen marido, aunque haya muerto tan pronto... Mejor que haberte casado con un hombre a quien odiaras y que no hubiera sido bondadoso contigo.

Isabel miró pensativamente a su hermana menor.

—Sí. Fue mejor así —asintió.

—Y tú has visto a Manuel, y lo conoces bien. Sabes que es bueno. Entonces, Isabel, si tuvieras que casarte con él, tal vez no fueras tan desdichada. Portugal está cerca... y en cambio...

De pronto, al mirar los ojos ansiosos de su hermanita, Isabel olvidó su propio problema. Rodeó con sus brazos a Catalina, abrazándola afectuosamente.

—Inglaterra tampoco está tan lejos —le aseguró.

—Tengo el temor —confesó lentamente Catalina— de no regresar jamás, una vez que esté allí... de no volver a veros nunca. Es eso lo que se me hace tan difícil de soportar... No verte nunca más, ni a Juan, María y nuestro padre... ni a madre... no volver a ver a *madre*...

—Yo también lo pensé, pero ya ves que volví. Nada es seguro, de manera que es una tontería decir «Nunca volveré». ¿Cómo puedes estar segura?

—No lo diré. Diré «Regresaré» porque sólo si pienso así puedo soportar tener que irme.

Isabel se apartó de su hermana y fue hacia la ventana, seguida por Catalina.

Al asomarse vieron que dos jinetes subían la pendiente que conducía al palacio.

Catalina suspiró, decepcionada, al darse cuenta de que no eran parte del séquito de la Reina.

—Pronto sabremos quiénes son —comentó Isabel—. Vamos a ver a Juan. Si tienen noticias importantes los mensajeros se las llevarán a él.

Cuando llegaron a las habitaciones de Juan, los mensajeros estaban ya con él y el príncipe había dado órdenes de que se retiraran para que les fuera ofrecido algo de comer.

—¿Qué noticias traían? —preguntó Isabel.

—Vienen de Arévalo —le informó Juan—. Nuestra abuela está muy enferma, y pide constantemente por nuestra madre.

La Reina entró en la habitación familiar, cuyo recuerdo la rondaría con su tristeza durante toda la vida.

Apenas llegada a Madrid, había vuelto a partir hacia Arévalo, rogando que no fuera demasiado tarde y, sin embargo, esperando a medias que sí lo fuera.

La Reina viuda de Castilla, la ambiciosa madre de Isabel, esa Princesa de Portugal que había padecido el azote de su familia y cuyas aberraciones mentales habían oscurecido la vida de su hija, Juana, estaba en su lecho de muerte.

Era por causa de su madre por lo que Isabel sentía la garra del terror cada vez que advertía alguna nueva rareza en Juana. La locura latente en la sangre real, ¿se habría salteado una generación para florecer en la siguiente?

—¿Es Isabel...?

Los ojos sin expresión estaban vueltos hacia arriba, pero no veían a la Reina, que se inclinaba sobre la cama. Veían en cambio a la pequeña Isabel, la que la Reina había sido cuando su futuro constituía para su madre la mayor preocupación del mundo.

—Madre, madre querida, aquí estoy —le aseguró Isabel.

—Alfonso, ¿eres tú, Alfonso?

No se le podía decir que Alfonso había muerto hacía tantos años. No sabemos cómo murió, pero creemos que fue envenenado.

—Alfonso es el verdadero Rey de Castilla...

—Oh, madre, madre —susurró Isabel—, de todo eso hace tanto tiempo... Fernando y yo somos ahora los Reyes de España. Soy mucho más que la Reina de Castilla...

—Yo no confío en él —gimió la enferma, torturada. Isabel apoyó la mano en la frente sudorosa de su madre.

—Traedme agua perfumada para refrescarle la frente —pidió a una de las damas.

La enferma empezó a reírse, con una risa espantosa que evocó a Isabel los días en que ella y su hermano menor, Alfonso, habían vivido en el sombrío palacio de Arévalo, con una madre que día tras día iba enloqueciendo un poco más.

—Idos ahora, y dejadme con ella —dijo, recibiendo el tazón de agua de manos de la criada, y se puso a enjugar la frente de su madre.

La risa se había suavizado y la respiración de la moribunda se había vuelto trabajosa.

Ya no podía faltar mucho. Había que llamar a los sacerdotes para que le administraran los últimos ritos. Pero, ¿qué podía saber de eso la agonizante, en su triste desvarío? No tenía idea de que estaba viviendo sus últimos momentos; creía que era otra vez joven, luchaba desesperadamente por el trono de Castilla para que pudieran heredarlo su hijo Alfonso o su hija, Isabel.

Sin embargo, tal vez fuera posible que pudiera darse cuenta de que estaban administrándole la extremaunción; tal vez algunos segundos de lucidez le permitieran entender las palabras del sacerdote.

Isabel se levantó y llamó con un gesto a una de las mujeres que esperaban en un rincón de la habitación.

—Vuestra Alteza... —murmuró la criada.

—Mi madre está muy mal —explicó Isabel—. Llamad a los sacerdotes, para que estén con ella.

—Sí, Alteza.

Isabel volvió junto al lecho y esperó.

La Reina viuda había vuelto a recostarse contra las almohadas; con los ojos cerrados, movía débilmente los labios. Su hija, mientras intentaba rogar por el alma de su madre, sólo pudo encontrar palabras que eran una intromisión en su plegaria: «Oh, Dios, Tú que hiciste a Juana tan semejante a ella, Te lo ruego, cuida Tú de mi hija».

Catalina esperaba ansiosamente el regreso de su madre de Arévalo, pero tardó mucho tiempo en poder estar a solas con ella.

Desde que la niña había sabido que debía ir a Inglaterra, no le alcanzaba el tiempo que podía pasar en compañía de su madre. Isabel lo comprendía y se esforzaba por llamar a Catalina a su presencia cada vez que le era posible.

Indicó a todos los presentes que se retiraran para poder estar a solas con Catalina; la alegría que se pintó en el rostro de la niña, y que conmovió profundamente a la Reina, fue suficiente recompensa.

Isabel hizo que Catalina acercara un taburete para sentarse a sus pies. La niña, feliz, apoyó la cabeza en las faldas de su madre, mientras la Reina dejaba correr los dedos por el espeso cabello castaño de su hija.

—¿Te pareció entonces que estuve mucho tiempo fuera? —le preguntó.

—Muchísimo, madre. Primero os fuisteis con Juana, y después, tan pronto como regresasteis tuvisteis que partir para Arévalo.

—Es muy poco lo que hemos podido estar juntas últimamente. Debemos recuperar el tiempo perdido.

Pero me alegré de poder estar algún tiempo con mi madre, antes de que muriera.

—Os sentís desdichada, madre.

—¿Te sorprende que me sienta desdichada ahora que no tengo madre? ¿Acaso no puedes entenderlo tú, que tanto amas a la tuya?

—Oh, sí. Pero vuestra madre no era como tú...

Isabel sonrió.

—Oh, Catalina, no sabes tú las angustias que me ha dado.

—Lo sé, madre. y espero no causaros jamás ni la menor angustia.

—Si me la causaras sería únicamente por lo mucho que te amo. Bien sé que jamás harías tú nada que me acongojara.

Catalina tomó la mano de su madre y se la besó con una emoción que asustó a Isabel.

Es demasiado tierna, pensó; debo darle fuerzas.

—Catalina —le dijo—, ya tienes edad para saber que mi madre estaba en Arévalo, más o menos como una prisionera, porque... porque mentalmente no era... normal. No estaba segura de lo que en realidad sucedía. No sabía si yo era una mujer o una niñita como tú. No sabía que yo era la Reina; pensaba que mi hermanito vivía, y que era él el heredero de Castilla.

—Y eso... ¿os asustó?

—Cuando era pequeña me asustaba. Me asustaba su desvarío. Y como la amaba, sabes... no podía soportar que sufriera así.

Catalina asintió sin palabras. Esas confidencias la hacían feliz. La niña sabía que había sucedido algo en virtud de lo cual su relación con su madre se había vuelto casi dolorosamente preciosa. Era algo que se había producido cuando Catalina deseubrió que la destinaban a ir a Inglaterra. Y la infanta creía que la Reina no quería dejarla ir como a una criatura ignorante. Su madre quería hacerle entender algo del mundo, para que ella pudiera tomar sus propias decisiones, para que fuera capaz de dominar sus emociones... en realidad, para que fuera una persona adulta, capaz de cuidar de sí misma.

—Juana es como ella —se atrevió a decir Catalina.

La Reina contuvo el aliento.

—Juana es demasiado alegre —respondió rápidamente—. Ahora que va a tener marido, se dominará mejor.

—Pero mi abuela tuvo marido, y tuvo hijos, y no se controlaba.

Durante unos segundos, la Reina permaneció en silencio.

—Oremos las dos por Juana —murmuró después.

Tomó a Catalina de la mano, y las dos se dirigieron a la pequeña antesala donde Isabel había dispuesto un altar; allí se arrodillaron, a rogar no solamente porque Juana tuviera un buen viaje, sino a pedir que pasara sana y salva por la vida.

Cuando regresaron a la habitación Catalina volvió a sentarse en su taburete, a los pies de la Reina.

—Catalina —le dijo Isabel—, espero que cuando llegue os hagáis amigas de la archiduquesa Margarita. Debemos recordar que se sentirá extranjera entre nosotros.

—Yo pienso si estará asustada —susurró Catalina, procurando no pensar al mismo tiempo en que ella tenía que emprender un peligroso viaje por mar a Inglaterra.

—Tiene dieciséis años y viene a un país extranjero, para casarse con un joven a quien jamás ha visto. No sabe que en nuestro Juan encontrará al más bueno y afectuoso de los maridos. Todavía no sabe la suerte que ha tenido. Pero mientras se da cuenta de eso, quiero que tú y tus hermanas seáis muy bondadosas con ella.

—Lo seré, madre.

—Yo sé que lo serás.

—Yo haría cualquier cosa que me pidierais... con alegría haría lo que me mandarais.

—Bien lo sé, mi preciosa hija. Y cuando llegue el momento de que tú me dejes, lo harás con el corazón lleno de valor. Bien sabrás tú que dondequiera que estés, y donde quiera que yo esté, no te olvidaré jamás mientras viva.

A Catalina le temblaron los labios al contestar.

—Jamás lo olvidaré. Cumpliré siempre con mi deber, como vos querríais que lo cumpla, y sin quejarme.

—Pues me enorgulleceré de ti. Ahora toma tu laúd, querida mía, y toca para mí un rato, que pronto vendrán a interrumpirnos. Pero no te preocupes, que eludiré mis obligaciones para estar contigo todo lo que me sea posible. Ahora toca algo, hija mía.

Catalina fue en busca de su laúd y empezó a tocar, pero hasta las melodías más alegres sonaban lamentosas, porque la niña no podía sacarse de la cabeza la idea de la rapidez con que pasaba el tiempo, y de que debía llegar el día en que también ella debería partir hacia Inglaterra.

Transcurrieron semanas de tristeza para la Reina, que estaba de luto riguroso por su madre. Al mismo tiempo, en el mar se habían producido tales tempestades que Isabel estaba inquieta por la seguridad de la armada que conducía a Juana a Flandes.

Le llegó la noticia de que la flota había tenido que refugiarse en un puerto inglés, porque algunos barcos habían resultado dañados por la tormenta. La Reina se preguntaba cómo conseguiría don Fadrique Enríquez mantener bajo su dominio a la rebelde Juana. No debía de ser tarea fácil; cuanto antes estuviera la infanta casada con Felipe, mejor sería.

Pero un viaje por mar era cosa muy riesgosa, y hasta podía ser que Juana no llegara jamás a su destino.

Una tormenta en el mar podía destruir los sueños más caros de Fernando. Si Juana se perdía en el viaje a Flandes, y Margarita al venir a España, sería el fin de la proyectada alianza con los Habsburgo. Isabel no podía pensar en otra cosa que en el riesgo que corrían sus hijos, y sus plegarias eran constantes.

Intentó concentrarse en otras cosas, pero no era fácil excluir de su mente la idea de que Juana estaba en peligro; y desde la reciente muerte de su madre, la Reina había tenido pesadillas en las que muchas veces la enferma de Arévalo se convertía en la inestable Juana.

Tenía suerte, se dijo, con su Arzobispo de Toledo. Otros podían vilipendiarlo y criticarlo porque Jiménez hubiera despojado a su cargo de todo color y pintoresquismo, por ser tan intransigente y despiadado en su condenación de los demás como lo era consigo mismo. Pero Isabel sentía por él la misma admiración que había sentido —y que aún experimentaba— por Tomás de Torquemada.

Tomás había establecido sólidamente la Santa Inquisición en el país, y Jiménez haría todo lo que estuviera a su alcance por mantenerla. Cortados los dos por la misma tijera, eran hombres a quienes Isabel —de una devoción tan austera como la de ellos— deseaba tener como colaboradores.

La Reina sabía que Jiménez estaba introduciendo reformas en la Orden a la cual pertenecía. Siempre le había parecido deplorable que muchos monjes que vestían el hábito de los franciscanos no se ajustaran a las reglas que para ellos había establecido su fundador. Les gustaba vivir bien, gozaban con las fiestas y los buenos vinos, amaban a las mujeres y de muchos de ellos se decía que eran padres de hijos ilegítimos. Todo eso enfurecía a un hombre como Jiménez que, lo mismo que Torquemada, no tenía pasta para encogerse de hombros ante las debilidades ajenas.

Por todo eso, Isabel no se sorprendió demasiado cuando, mientras seguía llorando a su madre y esperando ansiosamente la noticia de que Juana hubiera llegado sana y salva a Flandes, se encontró un día con un pedido de audiencia del General de la orden franciscana, que había venido de Roma especialmente para verla.

La Reina lo recibió sin demora, y le rogó que expusiera el motivo de su visita.

—Vuestra Alteza —clamó el hombre—, el motivo es la inquietud de ver que el Arzobispo de Toledo intenta introducir reformas en nuestra Orden.

—Ya lo sé, General —murmuró la Reina—. Es su deseo que sigáis todos las normas establecidas por vuestro fundador. Él, personalmente, las sigue, y considera que es deber de todos los franciscanos hacer lo mismo.

—Me temo que su alto cargo se le ha subido a la cabeza —se lamentó el General.

La Reina sonrió dulcemente. Sabía que el General era un franciscano de la Orden Conventual, en tanto que Jiménez pertenecía a los Observantes, una secta que creía que las reglas impuestas por el fundador debían ser respetadas hasta en los menores detalles. Los Conventuales se habían apartado de la rigidez de las reglas, convencidos de que no necesitaban llevar una vida monacal para hacer el bien en el mundo. Eran amantes de la buena vida, e Isabel bien podía comprender y compartir el deseo de Jiménez de abolir sus reglas y de obligarlos a seguir las normas de los Observantes.

—Ruego a Vuestra Alteza que me preste su apoyo —prosiguió el General—. Os ruego que informéis al Arzobispo de que haría mejor en atender a sus obligaciones sin traer complicaciones a la Orden de la cual se honra en ser miembro.

—La conducta del Arzobispo está librada a su propia conciencia —señaló Isabel.

—¡Qué locura es ésta! —exclamó el General, olvidándose de que se hallaba en presencia de la Reina de España—. ¡Tomar a un hombre así para confiarle el cargo más alto de España! ¡Arzobispo de Toledo! La mano derecha del Rey y de la Reina... un hombre que se siente más cómodo en una cabaña del bosque que en un palacio. Un hombre sin capacidad, sin títulos de nobleza. Vuestra Alteza debería separarlo inmediatamente de su alto cargo y poner en él a alguien que sea digno de ese honor.

—Creo que estáis loco —respondió en voz baja Isabel—. ¿Habéis olvidado con quién estáis hablando?

—No estoy loco —replico el General—. Sé que estoy hablando con la reina Isabel... que un día será un puñado de polvo, como yo y como todo el mundo.

Con esas palabras se dio vuelta y salió presuroso de la habitación.

Aunque asombrada por su actitud, Isabel no pensó en hacer castigar a ese hombre.

Se quedó atónita al comprobar el odio que era capaz de provocar Jiménez, pero estaba más segura que nunca de que su decisión de hacer de él el Arzobispo de Toledo había sido acertada.

Francisco Jiménez de Cisneros estaba en cama, en su casa de Alcalá de Henares. Prefería esa vivienda, más simple, al palacio en que podría haber vivido en Toledo, y más de una vez echaba de menos su choza de ermitaño, en el bosque de Nuestra Señora del Castañar.

El arzobispo estaba pensando en Bernardín, ese hermano suyo descarriado que pronto debía venir a verlo; lo había mandado buscar, y no creía que Bernardín se atreviera a desobedecerle.

Le disgustaba tener que recibir a su hermano mientras estaba en cama, pero Jiménez estaba pasando por una de sus épocas de enfermedad, que en opinión de algunos se debían a lo magro de su dieta y a la vida rigurosa que llevaba. Se pasaba la mayor parte del tiempo en una habitación que era casi una celda, de piso sin embaldosar, y donde no había calefacción por más que apretara el frío. Castigarse era una absoluta necesidad para Jiménez.

Si en ese momento estaba en una cama cómoda y lujosa, era solamente porque allí debía recibir a quienes venían a verlo por asuntos relacionados con el Estado y con la Iglesia. A la noche abandonaría esos lujos para tenderse en su duro jergón, con un leño por almohada.

Estaba ansioso de atormentar su cuerpo, y deploraba que le hubieran llegado órdenes del Papa imponiéndole que aceptara la dignidad de su cargo. Habían sido muchos los que presentaban quejas de él. Se quejaban porque con frecuencia se lo veía en su gastado hábito de franciscano que él mismo había remendado con sus propias manos. Muchos se preguntaban si era ésa la forma en que debía conducirse un Arzobispo de Toledo.

Era inútil decirles que ése era el camino de un hombre que deseaba seguir los pasos de su Maestro.

Pero le habían llegado instrucciones de Roma.

«Querido hermano», le había escrito Alejandro, «bien sabéis que, como la Jerusalén del cielo, la Santa Iglesia Universal tiene muchos y diversos adornos. Es un error buscarlos con demasiada avidez, como también es un error rechazarlos con total desprecio. Cada estado en la vida tiene sus condiciones apropiadas, que son placenteras para Dios y dignas de elogio. Por consiguiente todos, y especialmente los prelados de la

Iglesia, deben evitar la arrogancia que se expresa en ostentación excesiva, y la superstición expresada en excesiva humildad, pues en ambos casos la autoridad de la Iglesia se debilitará. Por ello os aconsejamos y exhortamos a que ordenéis vuestra vida de manera adecuada al rango que tenéis; y como el Santo Padre os ha llevado de vuestra humilde condición a la de Arzobispo, es razonable que aunque viváis en vuestra conciencia de acuerdo con las reglas de Dios (por lo cual mucho nos regocijamos), mantengáis en vuestra vida exterior la dignidad de vuestro rango.»

Tales eran las órdenes del Papa; imposible ignorarlas. Por eso, desde entonces Jiménez usaba las magníficas vestiduras de un Arzobispo, aunque por debajo siguiera llevando el hábito franciscano y, en contacto con la piel, el cilicio.

Jiménez tenía la sensación de que había algo de simbólico en la forma en que su cuerpo enflaquecido se aparecía al público. El pueblo veía al Arzobispo, pero por debajo del Arzobispo estaba el hombre de verdad, el franciscano.

Pero, ¿cuál era el hombre de verdad? Muchas veces, los dedos querían írsele a intervenir en los problemas de Estado. Jiménez anhelaba ver una España grande entre las naciones, y verse él mismo al timón, guiando de triunfo en triunfo a la gran nave del Estado, hasta que el mundo entero estuviera bajo el dominio de España... o de Jiménez.

—Ah —se apresuraba a exclamar el arzobispo cuando tal idea se le ocurría—. Es porque deseo ver ondear la bandera cristiana sobre la tierra entera.

Su deseo era ver a todos los países gobernados como estaba gobernada España desde que Torquemada había encendido en casi todas las ciudades las hogueras de la Inquisición.

Pero ahora su pensamiento debía orientarse hacia Bernardín, porque su hermano no tardaría en estar con él, y tendría que hablarle con la mayor severidad.

—Sois mi hermano —empezó a ensayar las palabras que le diría—, pero eso no significa que haya yo de trataros con especial indulgencia. Bien sabéis cómo pienso: detesto el nepotismo, y jamás me valdré de él en nada que me ataña.

Y Bernardín seguiría ante él, sonriendo con su manera indolente y cínica, como si quisiera recordar a su poderoso hermano que tampoco él vivía siempre a la altura de la rigidez de su código.

Y era verdad que había hecho excepciones. Estaba el caso de Bernardín, sin ir más lejos. Lo había incorporado a su personal doméstico, con un lucrativo puesto de camarero. ¡Qué locura!

—Sin embargo, era mi hermano —se dijo Jiménez, en voz alta.

Y ¿cómo le había demostrado Bernardín su gratitud? Dándose aires, provocando complicaciones, evadiéndose de las situaciones difíciles en que él mismo se metía mediante el truculento recurso de recordar a los que buscaban justicia:

—Soy hermano del Arzobispo de Toledo, y cuento con su favor. Si os atrevéis a quejaros de mí, ya lo lamentaréis.

—¡Qué vergüenza! —clamó Jiménez—. La misma debilidad que tanto deploro en otros.

¿Qué había hecho entonces con Bernardín? Confinarlo en un monasterio, donde su hermano había planteado contra él quejas compartidas por los numerosos enemigos del Arzobispo.

No le había quedado otro recurso que enviar a su hermano a prisión, por más que sufriera en conciencia.

—Mí propio hermano... ¡en prisión! —habíase dicho—. Sí —se respondía—, pero es el destino que merece. ¡Tu propio hermano! Oh, ¡si no es más que el pequeño Bernardín, siempre tan inclinado a la travesura!

Había terminado por sacarlo de la cárcel y devolverle su cargo de camarero, no sin antes hablar seriamente con él, rogándole que llevara otra clase de vida.

Pero todo había sido inútil; Bernardín no se había enmendado. No había pasado mucho tiempo sin que Jiménez tuviera noticias de que su hermano había interferido con la justicia de las Cortes, amenazando a un juez con que, si no se avenía a pronunciar cierto veredicto, incurriría en las iras del Arzobispo de Toledo.

Ése fue el desastre final. Por esa razón Jiménez había hecho llamar a Bernardín, porque todos sus pecadillos del pasado parecían veniales si se los comparaba con esa interferencia en la justicia de las Cortes.

Jiménez se enderezó y llamó a su sobrino, Francisco Ruiz, que acudió presuroso junto al lecho de su tío. ¡Cómo hubiera querido que su hermano fuera tan de fiar como ese hombre!

—Francisco, cuando venga Bernardín haced que lo traigan a mi presencia y dejadnos solos.

Ruiz asintió con la cabeza y, obedeciendo a un ademán de Jiménez, salió inmediatamente del cuarto del enfermo.

—Quisiera estar solo —le explicó suavemente Jiménez—, porque deseo rezar.

Estaba todavía en oración cuando hicieron pasar a su hermano.

Jiménez abrió los ojos para mirar a la oveja descarriada, buscando en vano un signo de penitencia en el rostro de Bernardín.

—Ya veis, hermano, que me he visto obligado a permanecer en cama —díjole.

—Os ruego que no busquéis mi compasión —respondió el otro—. Si estáis enfermo es por la vida ridícula que lleváis. Si vivierais con cierta comodidad, estaríais sano y fuerte.

—No os he mandado llamar para que me aconsejéis sobre mi modo de vida, Bernardín, sino para reconveniros por la que vos lleváis.

—¿Y qué pecados he cometido ahora?

—Vos lo sabéis mucho mejor que yo.

—A vuestros ojos, hermano, son pecado todas las acciones humanas.

—De ninguna manera, Bernardín.

—Las mías, sí. Las vuestras, naturalmente, son virtudes.

—Últimamente, me vi en la necesidad de enviaros a prisión.

Con los ojos brillantes, Bernardín se acercó más al lecho.

—No intentéis hacer de nuevo algo semejante, porque os juro que en ese caso lo lamentaréis.

—Vuestras amenazas jamás conseguirán apartarme de mi deber, Bernardín.

Inclinándose sobre la cama, Bernardín cogió rudamente del hombro a Jiménez, que se esforzó por apartarlo, inútilmente. El arzobispo volvió a recostarse, jadeante, sobre las almohadas.

Su hermano soltó la carcajada.

—Vaya no soy yo quien está a vuestra merced; todo lo contrario. ¡El Arzobispo de Toledo no es más que un saco lleno de huesos! Estáis enfermo, hermano, y yo podría poneros estas manos al cuello y apretar... apretar. En pocos segundos, los Soberanos podrían encontrarse con que ya no tienen Arzobispo de Toledo.

—Bernardín, no debéis siquiera pensar en semejante crimen.

—Pensaré lo que se me dé la gana —exclamó Bernardín—. ¿Acaso me habéis hecho alguna vez algún bien? ¿Acaso habéis hecho alguna vez algún bien? Si hubierais sido un hermano normal, ahora yo sería obispo. En cambio, ¡soy un camarero de vuestro personal doméstico! Y se me convoca ante Su Señoría el Arzobispo para responder de un cargo. ¿De qué cargo, os pregunto? Del de haber querido conseguir por mí mismo lo que la mayoría de los hermanos me habrían concedido.

—Tened cuidado, Bernardín.

—¿Tener cuidado yo el más fuerte? Sois vos quien deberíais tener cuidado, Gonzalo Jiménez... Oh, perdón... El nombre que os dieron nuestros padres no es bastante bueno para un hombre tan santo. Francisco Jiménez, estáis en mi poder. Podría mataros mientras estáis ahí tendido. Sois vos quien debería pedirme indulgencia... no yo.

En los ojos de Bernardín brillaba ahora la embriaguez del poder. Lo que decía era verdad: en ese momento, su encumbrado hermano estaba a merced de él, y él no podía menos que saborear ese poder, anhelante de ejercitarlo.

Mi hermano jamás hará nada por mí, decíase. De nada sirve a nuestra familia, ni a sí mismo siquiera. Lo mismo daría que se hubiera quedado en su ermita, en el Castañar. ¡Maldito sea! No hay en él ningún sentimiento natural.

En ese momento, Bernardín rememoró todos sus sueños, los que Jiménez podría haber convertido en realidad.

Mientras tanto, recuperado el aliento, el arzobispo empezó a hablar:

—Bernardín, os hice venir porque lo que he sabido de vuestra conducta en las Cortes ha sido para mí motivo de preocupación y de disgusto...

Bernardín empezó nuevamente a reírse. Con un movimiento brusco arrancó la almohada de bajo la cabeza de su hermano y la alzó en alto, con una risa demoníaca. Después, inmovilizando a Jiménez de espaldas en la cama, le oprimió largamente la almohada contra la cara.

Oyó los desesperados intentos de respirar de su hermano, que con ambas manos pugnaba por apartarse la almohada de la cara. Pero Jiménez era débil, y Bernardín era fuerte.

Después de un rato, Jiménez se quedó inmóvil.

Bernardín levantó la almohada y, sin atreverse a mirar el rostro de su hermano, salió presurosamente de la habitación.

Tomás de Torquemada había dejado la paz de su monasterio de Santo Tomás, en Ávila, para dirigirse a Madrid. El viaje le imponía una áspera exigencia, porque Torquemada era ya muy anciano, y buena parte de su antiguo fuego y de su vitalidad lo habían abandonado.

Sólo la firme creencia en que su presencia era necesaria en la corte había podido inducirlo, en ese momento, a que saliera de Ávila.

El amor que sentía por su monasterio era, para él, uno de los grandes amores de su vida. El otro, tal vez, era la Inquisición española. En la época en que su salud se lo permitía, esos dos amores se habían disputado su atención. Había sido un placer estudiar los planos de su monasterio, y después verlo crecer, gloriándose en los arcos bellamente esculpidos y en las tallas primorosas. De tiempo en tiempo, la Inquisición lo había apartado de ese amor: pero la visión de los herejes que se dirigían al quemadero, cubiertos con los horrendos sambenitos amarillos, le había dado tanto placer como los claustros frescos y silenciosos de su monasterio.

—¿Qué era lo que más le enorgullecía? ¿Haber sido el creador de Santo Tomás de Ávila, o el Inquisidor General?

Esta última dignidad estaba ahora reducida a un mero título, viejo como estaba ya, y acosado por la gota. Pero el monasterio sería por siempre un monumento a su memoria, algo que nadie podría jamás arrebatarle.

Iría primero a Alcalá de Henares, a visitar al Arzobispo de Toledo, con cuyo apoyo creía poder contar para el proyecto que le ocupaba la mente.

En medio del séquito que lo rodeaba y lo protegía, el camino se le hacía penoso. Cincuenta hombres de a caballo lo rodeaban, y la comitiva iba precedida por un centenar de infantes y seguida por otros cien.

La Reina le había rogado personalmente que se cuidara durante el viaje, y a Torquemada no se le escapaba la prudencia del consejo. Había muchos que, tras haber perdido en la hoguera a sus seres queridos, podían abrigar proyectos de venganza. Torquemada jamás podía estar seguro, mientras viajaba por los pueblos y las aldeas o recorría los caminos solitarios, de que los hombres y mujeres con quienes se encontraba no abrigaran algún resentimiento contra él.

Ahora que estaba cada vez más enfermo, el miedo lo acosaba con frecuencia; un ruido en la noche era suficiente para que llamara a sus sirvientes.

—¿Están vigiladas las puertas?

—Sí, Excelencia —le respondían.

—Aseguraos de que así sea.

No quería tener cerca de él a nadie por cuyas venas corriera sangre judía. No hacía tantos años que, en virtud de un decreto de él, todos los judíos que no quisieron aceptar la fe cristiana habían sido implacablemente expulsados de España. Pero quedaban muchos judíos. A veces, durante la noche, Torquemada pensaba en ellos y soñaba que se metían furtivamente en sus habitaciones.

Antes de comer, hacía probar en su presencia cada plato que le presentaban.

Cuando un hombre envejece piensa a menudo en la muerte. Y Torquemada, que había mandado a la muerte a millares de seres humanos, temía ahora que alguien que hubiera padecido bajo su poder quisiera acortar los días de vida que le quedaban.

Pero el deber lo llamaba, y se le había ocurrido un plan que quería someter a consideración de los Soberanos.

A última hora de la tarde llegó a Alcalá. La residencia de Jiménez estaba a oscuras.

Ruiz recibió a Torquemada en lugar de su señor.

—¿Algún mal aqueja a Fray Francisco Jiménez de Cisneros? —preguntó Torquemada.

—Está recuperándose de una grave enfermedad.

—Entonces, tal vez no debería detenerme, sino continuar mi viaje hacia Madrid.

—Permitidme que le diga que Vuestra Excelencia está aquí. Si se siente relativamente bien, estará sin duda deseoso de veros. Si no tenéis inconveniente, le informaré de vuestra llegada, después de haberos conducido a una habitación donde podáis reposar, y donde haré que os lleven algo de comer.

Torquemada accedió cortésmente a la propuesta, y Ruiz se dirigió a hablar con Jiménez, que no había abandonado su lecho de enfermo desde aquel horroroso encuentro con su hermano.

El arzobispo abrió los ojos al oír entrar a Ruiz, el sobrino a quien debía la vida. Ruiz se había precipitado al interior de la habitación al ver salir de ella a

Bernardín porque, conociéndolo bien, había temido que fuera capaz de hacer daño a su hermano. Había sido Ruiz quien reviviera a su tío, más muerto que vivo, y le salvara la vida.

Desde entonces, Jiménez cavilaba sobre la actitud que debía tomar. Era obvio que no podía hacer que Bernardín volviera a estar a su servicio, pero además había que hacer justicia. Un crimen semejante debía ser castigado. Pero, ¿cómo podía él denunciar a su propio hermano por intento de asesinato?

Ruiz se acercó al lecho.

—Tío —anunció—, ha llegado Tomás de Torquemada.

—¡Torquemada aquí! —Jiménez intentó enderezar su cuerpo debilitado—. ¿Qué es lo que quiere?

—Hablar con vos unas palabras, si estáis en condiciones de verlo.

—Debe de ser algo importante lo que lo trae.

—Debe de serlo, pues está muy enfermo y la gota le hace sufrir muchísimo.

—Es mejor que lo hagáis pasar a mi presencia, Ruiz.

—Si no os sentís con las fuerzas suficientes, puedo explicárselo.

—No, es menester que lo vea. Hacedlo pasar.

Al entrar en el dormitorio de Jiménez, Torquemada se acercó a abrazar al Arzobispo.

Ambos tenían muchos rasgos en común: el aire torvo del hombre que cree haber descubierto el recto camino de la vida, la delgadez extrema provocada por las privaciones y el ascetismo implacable; ambos conocían bien el ayuno y el cilicio, que consideraban indispensables para la salvación. Los dos tenían que luchar con el mismo demonio, el de un orgullo mayor del que llegan a conocer la mayoría de los hombres.

—Me apena veros tan enfermo, Arzobispo —se condolió Torquemada.

—Pues yo me temo que tampoco vos estáis en condiciones de viajar, Inquisidor.

Al llamarlo así, Jiménez le daba el título que más placer proporcionaba a Torquemada, en cuanto le recordaba que era él quien había instaurado en España una Inquisición de la que no había habido jamás precedente alguno.

—La gota me hace padecer cruelmente —admitió Torquemada.

—Extraña enfermedad, para un hombre de vuestros hábitos —comentó Jiménez.

—Indudablemente extraña. ¿Y cuál ha sido vuestra última dolencia?

—Un enfriamiento, me imagino —se apresuró a responder Jiménez. No quería decirle que su propio hermano había estado a punto de asfixiarlo, porque si lo hacía, Torquemada habría exigido que Bernardín fuera sometido a proceso y severamente castigado. Era indudable que, de haber estado en el lugar de Jiménez, Torquemada habría impuesto la más rigurosa justicia.

Tal vez no sea yo tan fuerte como él, decíase Jiménez. Pero él tiene también más tiempo de disciplina.

—Pero no creo que hayáis venido aquí para hablar de nuestras enfermedades —siguió diciendo.

—No. Voy camino de la corte y, como sé que contaré con vuestro apoyo en el asunto que me propongo someter a la consideración de la Reina, vine a veros para poneros al tanto de mi misión, que se refiere a la princesa Isabel, cuya viudez se prolonga ya demasiado.

—Ah, pensáis que resueltos ya los matrimonios con la casa de Habsburgo, es menester no olvidar a la hija mayor.

—Dudo de que se trate de un olvido. La princesa se resiste a volver a Portugal.

—Su resistencia es comprensible —señaló Jiménez.

—Para mí no es comprensible —declaró fríamente Torquemada—. Evidentemente, su deber es concretar la alianza con Portugal.

—A mí me asombra que no lo hayan hecho antes —coincidió Jiménez.

—La Reina es de esas madres que en ocasiones rehuyen su deber.

Los dos, que en su momento habían sido confesores de la Reina, intercambiaron miradas de entendimiento.

—Es una mujer de gran bondad —concedió Torquemada—, pero cuando se trata de sus hijos tiende a olvidar su deber en su deseo de complacerlos.

—Bien lo sé.

—Es obvio —continuó Torquemada— que hay que enviar inmediatamente a la princesa Isabel a Portugal, como prometida de Manuel. Pero debe haber una condición, que es la que deseo plantear a los soberanos.

—¿Una condición?

—Cuando expulsé a los judíos de España —evocó Torquemada—, muchos de ellos buscaron refugio en Portugal —su rostro se oscureció súbitamente y los ojos le brillaron con un fanatismo salvaje; parecían lo único viviente en un rostro que estaba muerto. En ese momento, todo el odio de Torquemada por los judíos se expresaba en sus ojos y en su voz—. Están contaminando el aire de Portugal. Quiero verlos expulsados de Portugal, tal como yo los eché de España.

—Si se realizara ese matrimonio, no tendríamos el poder de dictar la política de Manuel respecto de los judíos —objetó Jiménez.

—No, pero podemos hacer de ella una condición del matrimonio —exclamó Torquemada, triunfante—. Manuel está ansioso por esa alianza... más que ansioso. Para él no es solamente un matrimonio importante, la unión con un vecino poderoso. El joven rey es hombre débil y sentimental. Considerad su tolerancia hacia los judíos. Y tiene ideas raras. Su deseo es ver que todas las razas convivan en su país, cada una con su propia fe. Ya veis que es un tonto, y que no tiene conciencia de su deber hacia la fe cristiana. Quiere gobernar con lo que él, estúpidamente, llama tolerancia, pero no es más que un joven herido de amor.

—Conoció a la princesa cuando ella fue a Portugal, a casarse con Alonso —murmuró Jiménez.

—Sí, la conoció, y su único plan desde que ella enviudó ha sido convertirla en su esposa. ¿Y por qué no? Isabel debe llegar a ser Reina de Portugal, pero con una condición: que los judíos sean expulsados de ese país, lo mismo que fueron expulsados del nuestro.

Jiménez volvió a recostarse en su lecho, agotado, y Torquemada se puso de pie.

—Os estoy fatigando —reconoció—. Pero cuento con vuestro apoyo, en caso de necesitarlo, aunque no lo creo —el antiguo fuego había vuelto a adueñarse de ese viejo que se acercaba ya a los ochenta años—. Se lo plantearé a la Reina, y estoy seguro de que podré hacerle ver cuál es su deber.

Cuando Torquemada se despidió de él, el Arzobispo se quedó pensativo.

Torquemada era hombre más fuerte que él, aunque a ninguno de los dos le parecía importante el sufrimiento humano. Con demasiada frecuencia se lo infligían a sí mismos, para dolerse de que otros lo padecieran.

Pero en ese momento, a Jiménez le preocupaba más su propio problema que el de Isabel y Manuel. Ya había decidido lo que debía hacer con Bernardín. Enviaría de nuevo a su hermano a su monasterio y le concedería una pequeña pensión, pero con la condición de que jamás saliera de su reclusión ni intentara volver a ver a su hermano.

En lo que se refiere a los míos, soy un hombre débil, pensaba Jiménez. Y se maravilló de poder contemplar sin conmoverse las penurias que indudablemente caerían sobre los judíos de Portugal si Manuel se avenía a aceptar la condición que le impondrían, al mismo tiempo que se preocupaba por un hombre que, de no haber sido por un azar, habría terminado convirtiéndose en asesino...Y todo, simplemente porque ese hombre resultaba a ser su hermano.

La princesa Isabel apartó los ojos de su madre para mirar el agrio rostro de Torquemada.

Sentía la garganta seca y tenía la sensación de que si hubiera intentado protestar no habría podido articular palabra. Su madre tenía una expresión tierna, pero decidida. La princesa sabía que la Reina había tomado una decisión... o tal vez que, como había sucedido tantas veces, la decisión le había sido impuesta por ese hombre de gesto hosco que había sido su confesor. Y entre los dos, la joven Isabel se sentía impotente. Aunque le pedían su consentimiento, no lo necesitaban. Las cosas se harían respondiendo a los deseos de ellos, no a los de la princesa.

Pero hizo un nuevo intento.

—No podría volver a Portugal.

Torquemada se había puesto de pie y la infanta pensó de pronto en los hombres y mujeres que, a altas horas de la noche, eran conducidos a secretas prisiones para ser interrogados hasta que el agotamiento —y cosas mucho peores, ella bien lo sabía— los obligaba a decir lo que él quería hacerles decir.

—El deber de una hija de España es hacer lo que es bueno para España —la regañó Torquemada—. Es pecado decir «no quiero» o «eso no me importa». Nada de eso es atendible. Éste es vuestro deber, y debéis cumplir con vuestro deber so pena de poner en peligro vuestra alma.

—Sois vos quien dice que es mi deber —objetó la princesa—. ¿Cómo puedo yo estar segura de que así sea?

—Hija mía —intervino la Reina—, todo aquello que beneficie a España es vuestro deber, y el de todos nosotros.

—Madre, no sabéis lo que me estáis pidiendo —gimió la princesa.

—Bien que lo sé. Es vuestra cruz, querida mía, y debéis cargar con ella.

—Sois la portadora de una espada de dos filos para España —le insistió Torquemada—. Podéis contraer este matrimonio que traerá seguridad a nuestras fronteras, y podéis ayudar a establecer firmemente la fe cristiana en territorio portugués.

—Estoy segura de que Manuel jamás accederá a la expulsión de los judíos —gimió Isabel—. Yo lo conozco, he hablado con él. Es hombre de ideas liberales, y quiere que haya libertad de pensamiento en Portugal. Él me lo dijo; jamás se avendrá a eso.

—Libertad para pecar —se escandalizó Torquemada—. Lo que él desea es este matrimonio, y ésta será nuestra condición.

—Yo no podré hacerlo —insistió, con desánimo, Isabel.

—Pensad en lo que significa —le susurró su madre— tener la gloria de terminar con la herejía en vuestro nuevo país.

—Madre querida, a mí no me importa...

—¡Un momento! —la silenció, como un trueno, la voz de Torquemada—. Por esas palabras podríais ser conducida ante el tribunal.

—Estáis hablando con mi hija —interpuso con cierta frialdad la Reina.

—Alteza, no es la primera vez que he tenido que recordaros de vuestro deber.

Humildemente, la Reina guardó silencio. Era verdad. El sentido del deber de ese hombre era más riguroso que el de ella. Isabel no podía evitar que su amor por su familia se interpusiera a menudo entre ella y su deber.

Tenía que ponerse de parte de Torquemada. Fernando también insistiría en ese matrimonio; ya habían consentido durante demasiado tiempo a su hija. Y si podían imponer esa condición, sería un triunfo para la Santa Iglesia, de modo que Isabel debía olvidar la ternura que le inspiraba su hija y erigirse en defensora del deber.

Su voz se hizo áspera al decirle:

—Debéis dejar de conduciros como una niña; sois una mujer, y una hija de la Casa Real. Os prepararéis para ese matrimonio, porque hoy mismo enviaré un despacho a Manuel.

En los rasgos de Torquemada se dibujaron líneas de aprobación. No sonrió, porque jamás sonreía, pero su expresión era lo que más podía aproximarse en él a una sonrisa.

Al oír hablar así a su madre, Isabel comprendió que toda protesta era inútil.

—Por favor, ¿puedo tener vuestra autorización para retirarme? —preguntó en voz baja, inclinando la cabeza.

—La tenéis —respondió la Reina.

Isabel huyó a sus habitaciones, sin prestar atención a la pequeña Catalina mientras pasaba.

—Isabel, Isabel, ¿qué te pasa? —la llamó su hermana.

Sin hacerle caso, Isabel siguió corriendo; lo único en que pensaba era en llegar a su habitación antes de echarse a llorar, pues sentía que el único alivio que podía encontrar en ese momento eran las lágrimas.

Se arrojó sobre su cama como derribada por una tormenta.

Catalina entró y se acercó a la cama de su hermana. Aunque atónita, la niña sabía por qué lloraba Isabel. Sentía dentro de sí cada sollozo; sabía exactamente cómo se sentía su hermana. Era como un ensayo de lo que algún día habría de sucederle a ella.

—¡Isabel! —murmuró suavemente, después de un largo rato.

Su hermana abrió los ojos para mirarla.

—Soy Catalina.

La princesita se subió a la cama y se tendió junto a su hermana.

—Entonces, ¿es eso? —le preguntó—. ¿Tienes que irte?

—Es que Torquemada. Ese hombre... con sus proyectos y sus maquinaciones.

—¿Es él, entonces, quien tomó la decisión?

—Sí. Tengo que casarme con Manuel, pero habrá una condición.

—Pero Manuel es bueno, Isabel, y te ama. No serás desdichada con él. En cambio, Inglaterra es una tierra extraña.

Isabel se quedó en silencio; después, de pronto, rodeó con sus brazos a su hermanita, afectuosamente.

—Oh, Catalina, es lo que todas nosotras tenemos que soportar. Pero faltan años para que tú tengas que ir a Inglaterra.

—Los años pasan.

—Y los planes cambian.

Catalina se estremeció.

—Ahora todo ha cambiado, Catalina —le explicó Isabel—. Ojalá me hubiera ido antes. Entonces, Manuel me habría amado como me amaba cuando fui la mujer de Alonso, ¿sabes?

—Ahora también te amará.

—No, ahora pesará una sombra sobre nuestro matrimonio. Tú no sabes lo que sucedió aquí cuando fueron expulsados los judíos, porque eras demasiado pequeña, pero yo oí las conversaciones de los sirvientes. Separaban a los niños pequeños de sus padres, los arrancaban de sus hogares. Algunos murieron... otros fueron asesinados. Se sufrió muchísimo en todo el país. Y Manuel no querrá hacer en su país lo mismo que se hizo en el nuestro... pero si no lo hace, no se hará el matrimonio.

—¿Quién dijo eso?

—Torquemada, y es un hombre que se sale siempre con la suya. Ya ves, Catalina, que si me voy a Portugal no será nunca lo mismo que antes. Habrá una oscura sombra sobre mi matrimonio. Tal vez Manuel me odie. Esos judíos... moribundos a la vera de los caminos... nos maldecían. Y si yo voy a Portugal, sobre mí recaerán sus maldiciones.

—Pero esas maldiciones no te alcanzarán, porque estarás haciendo algo que está bien.

—¿Que está bien?

—Si es lo que nuestra madre quiere, estará bien.

—Catalina, estoy asustada; es como si sus maldiciones resonaran ya en mis oídos.

Las dos permanecieron en silencio, una junto a otra. Isabel estaba pensando en las carreteras de Portugal, llenas de hordas de exiliados, de hombres y mujeres con el corazón destrozado, sin hogar, seguros de encontrar la muerte en los caminos, a manos de asesinos o simplemente de hambre y de frío.

—Eso será mi matrimonio con Manuel —susurró. Pero Catalina no la oía; estaba pensando en un barco que se haría a la vela rumbo a un país de brumas y de gentes extrañas; y en ese barco, la pasajera era ella.

3

LA ARCHIDUQUESA
MARGARITA

La archiduquesa Margarita se aferró a las amuradas del barco. El viento arreciaba y las nubes de tormenta se cerraban.

¿Era buen momento, en pleno invierno, para hacer un peligroso viaje por mar? Margarita no lo creía. Pero, pensaba, ¿de qué me habría servido pedir que esperaran hasta la primavera?

Ya había habido muchas demoras, y su padre estaba ansioso de ver realizado ese matrimonio; lo mismo, al parecer, que el Rey y la Reina que debían ser sus suegros.

—Es la voluntad de ellos, no la mía —murmuró la muchacha.

A los dieciséis años, otras jóvenes habrían estado aterrorizadas; eran muchas las cosas que en su futuro podían inspirarle terror. Llevar una vida nueva en un país extranjero, tener un nuevo marido; y, en ese momento mismo, la amenaza de una tormenta en el mar.

Pero la expresión en el rostro de la archiduquesa era de calma. Ya la vida la había golpeado lo bastante para que Margarita aprendiera que es una tontería sufrir por anticipado algo que tal vez no tuviera que sufrir en la realidad.

Se volvió hacia la temblorosa doncella que la acompañaba y le apoyó la mano en un brazo.

—Es posible que la tormenta no nos alcance —le dijo—. Quizás estalle a nuestras espaldas; en el mar pueden suceder esas cosas. Y este viento nos lleva con mayor rapidez a España.

La mujer se estremeció.

—Y si hubiéramos de morir —caviló Margarita—, pues sería nuestro destino. Creo que hay formas de morir peores que ahogarse.

—Vuestra Gracia no debería hablar así; es tentar a Dios.

—¿Piensas que Dios cambiaría Sus planes por la charla ociosa de una muchacha como yo?

Los labios de la mujer murmuraron una plegaria.

Yo debería estar rezando con ella, pensó Margarita. La tormenta será fuerte; se lo siente en el aire. Tal vez, realmente, mi destino no sea el de una esposa.

Sin embargo no se movió: siguió allí, con el rostro vuelto hacia el cielo, en un gesto no de desafío, sino de resignación.

¿Es que acaso alguno de nosotros puede saber, se preguntaba, cuándo llegará nuestra última hora?

Volvió hacia la mujer su rostro armonioso.

—Vete a mi cabina —le dijo—, que yo bajaré luego.

—Vuestra Gracia debería venir ahora conmigo. No es éste lugar adecuado para vos.

—Todavía no —respondió Margarita—. Bajaré cuando empiece a llover.

—Vuestra Gracia...

—Es una orden —le recordó Margarita con tranquila firmeza, y sonrió al ver la presteza con que la mujer se alejó de su lado.

Qué terror inspira la muerte a la gente, reflexionó Margarita. ¿Sería porque recordaban sus pecados? Tal vez fuera menos riesgoso morirse joven. A los dieciséis años, una muchacha que había crecido tan vigilada como ella no podía haber cometido tantos pecados.

Volvió a enfrentar con su rostro la creciente furia del viento.

¿A qué distancia estaremos de la costa de España?, se preguntó. ¿Podremos llegar a ella? Tengo la sensación de que estoy destinada a morir virgen.

Era excepcional que una joven de su edad se mantuviera tan calma al abandonar su hogar para dirigirse a un país extranjero. Pero los dominios de su padre no habían sido durante mucho tiempo el hogar de Margarita, que apenas si conocía a Maximiliano, hombre de múltiples compromisos. Sus hijos eran para él piezas de un gran juego que le permitiría ganar posesiones en el mundo. y tenía la suerte de ser padre de un hijo y de una hija, los dos fuertes y sanos, ambos de porte gentil; en el caso de Felipe, notablemente gentil. Pero no era la apariencia lo más importante, aunque en sus hijos Maximiliano no tenía nada de qué quejarse. Tenía dos hijos valiosos que le permitirían negociar en los mercados del mundo.

Margarita sonrió. Los que tenían suerte eran los hombres, que no necesitaban alejarse de su hogar. El arrogante Felipe no tenía más que esperar que fueran a entregarle la novia. Quienes debían sufrir eran las mujeres.

Y en cuanto a eso, pensaba Margarita, debería estar agradecida por lo poco que me toca sufrir. ¿Me importa acaso si estoy en Francia, en Flandes o en España? En ninguna parte me he sentido en mi hogar. Soy demasiado joven para haber tenido tantos hogares, pero como aprendí muy pronto que mi estabilidad en cualquiera de ellos era muy incierta, también aprendí a no ligarme a ninguno con demasiada ternura.

Tenía un tenue recuerdo de su llegada a Francia; apenas si contaba tres años en esa época, cuando la habían llevado de su hogar en Flandes a la corte francesa para educarla allí. Por su madre, María de Borgoña, Margarita había heredado Borgoña; y el Rey francés, Luis XI, había procurado que Borgoña volviera a poder de Francia mediante el recurso de prometer a Margarita con su hijo, el delfín Carlos.

Fue así como la niña llegó a Amboise. Margarita pensaba muchas veces en el gran castillo que durante años había sido su hogar. Todavía en ese momento, ante la tormenta, inminente, podía imaginarse que no estaba sobre cubierta, sino protegida por aquellas espesas murallas. Recordaba los enormes contrafuertes, las torres cilíndricas y los techos redondeados, que daban la impresión de ser capaces de desafiar al viento y a la lluvia hasta el final de los tiempos.

Dentro de esas murallas la habían preparado para conocer a su prometido... una experiencia bastante aterradora para una niñita de tres años y medio a quien le asignan por novio un muchacho de doce.

La ceremonia del compromiso fue una ocasión que no se borraría jamás de la memoria de Margarita. Recordaba con toda claridad el encuentro con su novio en una pequeña granja cerca de la ciudad de Amboise, llamada después *La Métairic de la Reyne,* hasta donde la habían llevado en una litera. Fue una ceremonia insólita, que indudablemente consideraban adecuada para niños de tan tierna edad. Margarita recordaba que le habían preguntado si aceptaba en matrimonio a Monsieur le Dauphin, y que el Gran Senescal, de pie junto a ella, la había sacudido, diciéndole que debía contestar que sí.

Después la habían puesto en los brazos de Carlos y le habían dicho que lo besara. Margarita estaba destinada a ser la esposa del futuro Rey de Francia, y el pueblo de Amboise demostró su satisfacción poniendo guirnaldas escarlatas en las ventanas y atravesando las calles con gallardetes y estandartes.

Después, la habían llevado de nuevo al castillo, donde Margarita quedó al cuidado de Ana, su cuñada: la duquesa de Borbón, hija mayor del Rey reinante, que tenía ya más de veinte años.

Margarita había sido rápida para adaptarse, y sus profesores estaban encantados con su disposición para el aprendizaje. Será una buena Reina para Francia, decían, y es la mejor esposa posible para el Delfín.

Carlos no había tardado en llegar a ser Rey, lo cual significaba que ella, Margarita, era una persona incluso más importante que antes.

Sin embargo, en realidad jamás había llegado a ser su mujer, porque ocho años después de su llegada a Francia, cuando Margarita era aún una niña, Carlos decidió que prefería como esposa a Ana, duquesa de Bretaña.

De manera que, desafiando la cólera del padre de Margarita, Carlos la había mandado de vuelta a Flandes, sin hacer caso de los votos formulados ocho años atrás, aquel día, en la *Métairic de la Reyne.*

Maximiliano se enfureció ante el insulto, pero Margarita se lo había tomado filosóficamente.

Volvió a pensar en Carlos, que estaba muy lejos de ser el apuesto marido con que podría soñar una muchacha. Era demasiado bajo, y el tamaño enorme de la cabeza acentuaba su falta de estatura. De rostro inexpresivo, tenía una nariz aguileña tan enorme que tras ella desaparecían todos los demás rasgos. Daba la impresión de que se le hacía difícil mantener la boca cerrada, pues tenía labios gruesos y rudos; respiraba con dificultad y se tomaba mucho tiempo panra considerar lo que iba a decir; en cambio, Margarita era de ingenio rápido y palabra fluida.

En realidad, Carlos era bondadoso, pero le interesaban muy poco los libros y las ideas, de modo que a la archiduquesa, que no podía compartir su gusto por justas y torneos, se le hacía aburrido.

Entonces, pensó, tal vez no fuera tan trágico que me haya mandado de vuelta a Flandes.

Y ahora, la despachaban para España.

—Si es que llegamos alguna vez —murmuró Margarita.

Dos de los oficiales de más graduación de la nave se le habían acercado sin que ella lo advirtiera, tan sumida estaba en sus pensamientos.

—Vuestra Gracia —díjole uno de ellos, con una profunda reverencia—, no es seguro que permanezcáis en cubierta. La tormenta está a punto de desencadenarse, y debemos pediros que busquéis refugio en vuestra cabina.

Margarita inclinó la cabeza; sabía que estaban ansiosos por ella, el cargamento más importante que hubieran transportado jamás. Ella representaba todas las ventajas que podía aportar a España la unión con la hija de Maximiliano.

Y además, tenían razón. El viento casi la levantó en vilo cuando intentó atravesar la cubierta. Los dos hombres la sujetaron y Margarita, riendo, les agradeció su ayuda.

El barco rolaba y cabeceaba, y el ruido era espantoso. Resguardada en su cabina, en compañía de dos de sus damas, Margarita alcanzaba a oír en ocasiones, por encima del rugir del viento, los gritos de los marineros.

Vio cómo las dos mujeres se abrazaban, aterradas. Tenían órdenes de no apartarse de ella si había algún peligro, y su temor de Maximiliano era mayor que el miedo que les inspiraba la tormenta.

Tenían el rostro cubierto de lágrimas, los dedos crispados sobre el rosario, y sus labios se movían en una plegaria constante.

—Qué cosa frágil es un barco —comentó Margarita—. ¡Y qué amenazador el océano!

—Debéis rezar, Vuestra Alteza. Temo que algunos de los barcos más pequeños se hayan perdido y que jamás salgamos con vida de éste.

—Si esto es el fin, pues es el fin —resumió Margarita.

Las dos mujeres se miraron, alarmadas por esa calma que no les parecía natural.

—Moriremos sin sacerdote —suspiró una de ellas—, con todos nuestros pecados sobre la conciencia.

—No es tanto lo que habéis pecado —las consoló Margarita—. Si rogáis ahora por el perdón, os será concedido.

—Rogad vos con nosotras.

—Se me hace difícil pedir a Dios que me salve la vida —contestó la joven—, porque si Él ha decidido tomarla, lo que le estoy pidiendo es que vaya contra Sus deseos. Tal vez lleguemos a aborrecer tanto la vida que se nos aparezca más intolerable que la muerte.

—¡Vuestra Gracia! ¡No digáis esas cosas!

—Pero, si en el Cielo hemos de hallar la bienaventuranza, ¿por qué debemos afligirnos tanto ante la idea de llegar a él? Yo no estoy afligida. Si ha llegado mi hora, estoy dispuesta, No creo que mis nuevos suegros vayan a estar muy satisfechos conmigo. Tal vez ya sepan algo de la forma en que Felipe trata a su hija.

Margarita pensaba en su rubio y apuesto hermano. Qué hermoso niño había sido siempre, mimado de todos, de las mujeres especialmente. Sospechaba que desde muy temprana edad debía haber sido iniciado en las artes amatorias, porque seguramente a alguna lozana moza de servicio se le habría hecho irresistible la apostura de su hermano; y Felipe, galanteador nato, habría estado más que ansioso de aprender.

Desde muy joven había tenido amantes, y nunca se había interesado mucho por la esposa que le estaba reservada. La había aceptado con su libre y descuidada modalidad flamenca —porque Felipe tenía las maneras libres de Flandes—, como a una más entre tantas. Margarita sabía que su hermano no renunciaría a sus queridas por el mero hecho de haber tomado esposa.

Y se decía que los españoles eran un pueblo de gran dignidad. No tendrían, indudablemente, las maneras de Flandes. Pobre Juana, su futuro no era de envidiar. Pero tal vez, pensó Margarita, tenga un temperamento como el mío. Entonces aceptará las cosas como son, porque así deben ser, sin pedirle algo que para él es imposible darle.

¿Sabrían en España que Felipe no se había dado prisa en saludar a su prometida, que se había demorado entre sus despreocupados amigos, entre quienes no faltaban mujeres voluptuosas, declarando entre risas que ya tendría tiempo de sobra para casarse?

Me temo que Juana no ha encontrado un buen marido, cavilaba Margarita, y debo reconocerlo aunque el tal marido sea mi propio hermano.

Entonces, tal vez la hermana de Felipe no fuera recibida con mucho entusiasmo a su llegada a España; y si no llegara nunca, ¿quién podría decir, tal como estaban las cosas, que no fuera ése un feliz desenlace?

Las mujeres gemían, encerradas en la cabina.

—Ha llegado nuestra última hora —susurró una de ellas—. Santa Madre de Dios, rogad por nosotras.

Margarita cerró los ojos. Era indudable que el barco iba a hacerse pedazos.

Sí, pensó, éste es el final de las esperanzas que mi padre había depositado en mí. Aquí, en el fondo del océano, descansarán los huesos de Margarita de Austria, hija de Maximiliano, que se ahogó durante su viaje cuando iba a casarse con el heredero de España.

Empezó a componer su epitafio, para no dejarse contagiar por el miedo de quienes la rodeaban; había descubierto que es muy fácil hablar con desaprensión de la muerte cuando se la siente lejana: cuando siente uno que le respira en la cara, cuando escucha su risa burlona, no se puede dejar de sentir algún miedo. ¿Cómo podría nadie estar seguro de lo que le esperaba del otro lado de ese extraño puente que une la Vida y la Muerte?

«Ci gist Margot», murmuró la muchacha, *«la gentilel demoiselle.*

Qu'a deux maris, et encore est pucelle.»

4

EL MATRIMONIO
DE JUAN

Un hermoso día de marzo, lo que quedaba de la castigada flota llegó al puerto de Santander.

Los esperaban para darles la bienvenida Fernando, el Rey, acompañado de su hijo Juan, el prometido.

Juan estaba nervioso, pensando en la muchacha que tan peligrosamente próxima había estado a morir en el mar, y que por un milagro le había sido devuelta. Debía tratar de comprenderla; debía ser bondadoso y gentil.

Su madre le había hablado de ella, por más que Isabel supiera que no necesitaba pedir a su hijo que se mostrara comprensivo tan natural era en él la bondad. Juan esperaba que su prometida no fuera una muchacha frívola e insensata... aunque si lo era, él intentaría comprender su modalidad. Procuraría interesarse en lo que a ella le interesara. Tal vez tendría que aprender a disfrutar de la danza, a interesarse más por las actividades físicas. Era muy improbable que Margarita compartiera sus intereses: era joven y, sin duda, alegre y vital. No se podía esperar que le agradaran los libros y la música, como a él.

Entonces, sería él quien tuviera que modificar sus inclinaciones, intentando, por sobre todas las cosas, que ella estuviera cómoda. ¡Pobre niña! ¿Cómo se sentiría, tras haber tenido que abandonar su hogar?

En ese momento, Fernando le sonrió.

—Bueno, hijo mío, muy pronto la veréis —comentó.

—Sí, padre.

—Me recuerda la primera vez que vi a vuestra madre.

Si no te agrada, habría querido decirle Fernando, no debes tomártelo a pecho. Hay muchas mujeres en el mundo, y bien dispuestas estarán a complacer al heredero de mi corona.

Pero claro que a Juan no se le podían decir esas cosas. No se parecía en nada al mundano Alfonso a quien Fernando había querido conceder el Arzobispado de Toledo. Fernando estaba un poco caviloso: le habría gustado que este hijo suyo se le hubiera parecido un poco más. Era demasiado lo que tenía de Isabel; un sentido del deber demasiado fuerte, y bajo el sol de primavera, daba casi una impresión de fragilidad. Tenemos que conseguir que engorde un poco, que se ponga más fuerte, pensaba Fernando. Y sin embargo, siempre se sentía un poco confundido en presencia de su hijo: Juan lo hacía sentir terreno, un poco incómodo por todos los pecados cometidos durante una larga vida de lujuria. Ángel era un nombre adecuado para él, pero a veces, la compañía de un ángel podía resultar un tanto desconcertante.

Incluso en ese momento, Fernando se daba cuenta de que, en vez de estar impaciente por hacer una estimación de los atributos personales dc su novia —que no de otra cosa necesitaba preocuparse, ya que sus títulos y su herencia eran bien dignos del heredero de España— su hijo estaba pensando qué podría hacer para que ella se sintiera cómoda.

Qué extraño, pensó Fernando, que siendo como soy haya tenido un hijo así.

—En este momento baja del barco —anunció Juan, sonriente.

Uno junto a otro, recorrieron a caballo el camino a Burgos, donde los esperaban para saludarlos la Reina y el resto de la familia real.

La complacencia había sido recíproca, y los dos jóvenes formaban una pareja encantadora. El pueblo, alineado junto al camino para verlos pasar, los saludaba en alta voz, cubriéndolos de bendiciones.

El pueblo amaba a su heredero; lo encontraban no tanto apuesto como bello: su expresión de dulzura no desmentía lo que habían oído comentar sobre él. Se decía que cualquier petición que fuera inicialmente presentada a Juan sería atendida sin lugar a dudas, aunque proviniera del más humilde; incluso, cuanto más humilde fuera el suplicante, con tanta mayor facilidad despertaba la simpatía del príncipe.

—¡Viva el príncipe de Asturias! —gritaba la gente—. ¡Viva la archiduquesa Margarita!

Fernando, que cabalgaba junto a ellos, se había quedado comprensivamente atrás. En esa ocasión, estaba dispucsto a ceder el primer puesto a su heredero y a la novia. No podría haber deseado nada mejor, y se felicitaba: la muchacha parecía perfectamente sana, y nadie diría que una semana atrás había estado a punto de ahogarse en alta mar.

Margarita estaba deseosa de hablar con Juan. Los modales españoles de él le parecían un poco majestuosos: después de haber pasado algunos años en Flandes, a Margarita le resultaba ajena esa restricción.

—El pueblo os ama —señaló.

—Les gusta tener una boda, que significa celebraciones y festejos —respondió Juan.

—Sí, eso es indudable. Pero creo que vos personalmente, les interesáis de manera muy especial. ¿Os resulta comprensible mi español?

—Perfectamente; es muy bueno.

Ella soltó la risa.

—Por malo que fuera, vos diríais que es bueno.

—Es que realmente es muy bueno. Confío en que mi hermana Juana hable tan bien la lengua de su esposo como vos habláis la del hombre que ha de ser el vuestro.

—Ah... Juana —murmuró Margarita.

—¿Visteis bastante a mi hermana? —preguntó Juan, con ansiedad.

—No. Como sabéis, ella viajó a Lila para la boda, y yo tenía que prepararme para regresar con la flota.

Juan advirtió inmediatamente que el tema de Juana hacía sentir incómoda a Margarita, de modo que, por más que estuviera ansioso por tener noticias de su hermana, empezó a hablar de otra cosa.

—Decidme cuáles son vuestros pasatiempos preferidos.

Margarita le dirigió una mirada de agradecimiento.

—Me temo que habréis de encontrarme bastante aburrida —contestó.

—Eso no lo puedo creer.

La muchacha volvió a reírse y Juan advirtió —cosa que a ella le pasó inadvertida—que sus acompañantes se quedaban atónitos ante sus expresiones de alegría. ¡Esos modales flamencos!, pensaban. En España era incorrecto demostrar semejante falta de dignidad.

Pero a Juan le gustaba esa risa, fresca y sin afectación alguna.

—Sí —continuó Margarita—, a mí no me interesan mucho los torneos, el baile y esas diversiones. Me paso mucho tiempo leyendo. Me interesa la historia de los países y las ideas de los filósofos. Creo que mi hermano me consideraba un poquito rara. Según él, no tengo las cualidades adecuadas para agradar a un marido.

—Eso no es verdad —Margarita vio brillar súbitamente los ojos de Juan—. Yo tampoco soy brillante para esas cosas, y en cuanto a cazar, me disgusta francamente.

—A mí también —se apresuró a coincidir Margarita—. No puedo soportar que persigan a los animales para matarlos; me siento como si fuera yo la perseguida. Mi hermano se ríe de mí, y dijo que vos os reiríais también.

—Yo jamás me reiría de vos, ni me burlaría de vuestras ideas si no coincidieran con las mías. Pero creo, Margarita, que vos y yo hemos de pensar lo mismo sobre muchas cosas.

—Eso es algo que me hace muy feliz.

—¿Y no estáis asustada... al venir a un país extranjero... donde os espera un marido extranjero?

—No, no estoy asustada —contestó Margarita con seriedad.

Juan sintió que el corazón empezaba a latirle desordenadamente al mirar el perfil joven y puro de su prometida, su piel tersa y clara.

Tiene todo lo que yo podría haber deseado en una esposa, se dijo. Sin duda, soy el más afortunado de los príncipes. ¡Qué serena es! Parece que nada pudiera alterarla. Va a ser todo tan fácil... tan placentero... maravilloso. No debía haber tenido miedo. Y no me sentiré tímido ni torpe con ella. Es tan joven, y sin embargo tiene una calma semejante a la de mi madre. Mi esposa será una persona maravillosa.

—Estáis sonriendo —observó ella—. Decidme qué es lo que os divierte.

—No es algo que me divierta lo que me hace sonreír —respondió gravemente Juan—. Es la felicidad.

—Es la mejor razón que se puede tener para sonreír —asintió la muchacha.

Entonces, pensó Juan, ya estoy empezando a amarla.

Margarita también sonreía, diciéndose qué afortunada había sido, al recordar los labios toscos de Carlos VIII de Francia.

Estaba contenta de que la hubieran mandado a Francia como novia de Carlos; así comprendería mejor la suerte que tenía de haber llegado a España para casarse con Juan.

Entre los vivas y las bendiciones del pueblo, los dos siguieron cabalgando.

Al pensar en los años futuros, los invadía ya una serena alegría.

En el palacio de Burgos esperaban con ansiedad el arribo de la cabalgata, encabezada por Fernando, su hijo y la novia.

En las habitaciones de los niños, la princesa Isabel dirigía a las sirvientas que se afanaban en preparar a sus hermanas, María y Catalina.

¡Qué silenciosas estaban! Todo habría sido muy diferente si Juana hubiera estado con ellas. Habría estado haciendo mil conjeturas sobre la novia, dando a gritos, a todos, las opiniones más disparatadas.

Isabel estaba más bien satisfecha de que Juana ya no estuviera con ellos.

Ella, que se pasaba tanto tiempo en oración, estaba rogando que la muchacha recién llegada hiciera feliz a su hermano. Esperaba que fuera una joven dulce y religiosa. Sería lamentable que Margarita fuera despreocupada y frívola; Isabel sabía que por España circulaban ya historias relativas a la conducta del hermano de su futura cuñada.

La Reina estaba muy angustiada por Juana, cuyo matrimonio era en ese momento su mayor preocupación. En cuanto a su padre, naturalmente, no hacía más que felicitarse por haber conseguido concretar la alianza que haría de Juana la madre de los herederos de la casa de Habsburgo. Para él no tenía ninguna importancia que su hija fuera desesperadamente desdichada, mientras le diera esos nietos.

Mientras las doncellas la vestían, María estaba plácidamente relajada, tan falta de emoción como siempre. ¡La tonta de María, que ni siquiera tenía imaginación para preguntarse qué sentiría Margarita al llegar a su nuevo país, ni para pensar si ella misma no tendría que hacer lo mismo en un futuro que, en realidad, no estaba tan lejano!

Con Catalina era todo muy diferente. Tenía la carita tensa y angustiada, y no era difícil adivinar los pensamientos que se ocultaban tras sus grandes ojos oscuros.

¡Pobre pequeña Catalina! Iba a ser desgarrador, para ella, tener que irse algún día a Inglaterra.

Una de las damas de la Reina entró en la habitación y, en un susurro, comunicó a Isabel que Su Alteza, la Reina, deseaba veda sin demora, de manera que debía acudir a su presencia.

La joven Isabel dejó sin pérdida de tiempo a sus hermanas para dirigirse a las habitaciones de su madre.

La Reina la esperaba y, al verla, a Isabel se le fue el alma a los pies, al adivinar lo que su madre tenía que decirle.

La Reina besó a su hija antes de empezar.

—Hay noticias de Portugal, y quería ser yo quien os lo dijera. Quería prepararos, porque sin duda vuestro padre os hablará de esto cuando os vea.

A Isabel se le había secado la garganta.

—Sí, madre —articuló.

—Manuel escribe que, si insistimos en esa condición, él está dispuesto a aceptarla.

Las pálidas mejillas de Isabel se colorearon de repente.

—¿Queréis decir —exclamó la princesa—, que arrojará a toda esa gente de su país simplemente porque...

—Simplemente porque está tan ansioso de contraer este matrimonio. De manera, querida mía, que debéis empezar a prepararos realmente para partir hacia Portugal.

—¿Tan... tan pronto? —balbuceó Isabel.

—Me temo que vuestro padre quiere que el matrimonio se celebre este año.

—Oh... ¡no!

—Pues así es. Querida Isabel, yo insistiré en que volvamos a reunimos poco después de vuestra partida. Si vos no podéis venir aquí, a España, seré yo quien vaya a Portugal.

—Madre, ¿me lo prometéis?

—Os lo juro.

Isabel se quedó en silencio.

—¿No hay nada que yo pueda hacer...? —prorrumpió después—. No pensé que él accediera a esta...

—Manuel quiere este matrimonio, y vos deberíais regocijaros. Es algo más que un buen matrimonio; por la parte de él, es una alianza de amor.

—Pero también está mi parte, madre.

—Con el tiempo lo amarás. Lo sé, hija mía, estoy segura. Es un hombre bueno y tierno, que te ama sinceramente. No tienes nada que temer.

—Pero, madre, esa condición...

—Lo único que demuestra es cuánto te ama.

—Pero yo sé que lo hace contra su voluntad.

—Eso es porque, bueno como es, tiene cierta ceguera. Ese santo varón que es Tomás de Torquemada ve en esto la mano de Dios.

Isabel se estremeció. Habría querido gritar que a ella no le gustaba Torquemada, que le daba miedo, que cuando la tos la mantenía despierta por las noches le parecía oír las maldiciones de los judíos exiliados.

Pero su madre no entendería esas fantasías. ¿Cómo podría explicárselas? La princesa sentía que sus emociones la ahogaban y temió que, si no podía calmarse, la acometería uno de sus ataques de tos.

Siempre intentaba no toser en presencia de su madre, porque sabía cuánto se preocupaba por eso la Reina. Para darle angustias, ya bastaba con Juana.

—Madre, si me disculpáis volveré a mis habitaciones —murmuró—. Aún tengo que preparar algunas cosas, para estar lista cuando llegue la comitiva.

La Reina asintió con un gesto.

—Todo saldrá bien —se aseguró cuando su hija hubo salido—. Esto es lo mejor que podría suceder con mi Isabel.

Isabel, la Reina, tomó en sus brazos a la hija de Maximiliano y la abrazó.

Los ojos de la Reina se llenaron de lágrimas. La muchacha era encantadora, sana, y Juan daba la impresión de sentirse ya muy feliz con su novia.

Fernando los contemplaba con los ojos brillantes; era muy grato poder compartir el regocijo general.

—Os damos la bienvenida a Burgos —expresó la Reina—. No puedo deciros lo inquietos que hemos estado por vuestra llegada.

—Estoy feliz de haber llegado, Alteza.

La sonrisa de la niña era tal vez demasiado cálida, demasiado amistosa.

Debo recordar, se dijo la Reina, que ha vivido mucho tiempo en Flandes, y que allí tienen poco sentido del decoro.

Las tres princesas, Isabel, María y Catalina, se adelantaron a dar formalmente la bienvenida a Margarita.

Les pareció extraña, con su atuendo flamenco, su cutis fresco y sus modales familiares, pero les gustó. Hasta María parecía un poco más animada al observarla. En cuanto a Catalina, su valor se veía reforzado por esa muchacha que parecía tan tranquila tras haber venido a un país de extranjeros para casarse con un hombre a quien acababa de conocer.

Un banquete estaba ya preparado, y Juan y su novia se sentaron junto al Rey y a la Reina, hablando de los torneos y festividades que se habían preparado para celebrar el matrimonio.

—Es una pena que estemos en Cuaresma —comentó la Reina—, pero tan pronto como termine se celebrarán los esponsales. Pensamos que el día de la boda puede ser el tres de abril.

Catalina echó una mirada al rostro de la archiduquesa flamenca, y se sintió aliviada al comprobar que Margarita no se alteraba, aparentemente, al oír mencionar la fecha de su boda.

Fue el espectáculo más magnífico que se había visto en España durante muchos años.

Después de todo, era la boda del heredero del trono; pero era algo más que la celebración de una boda. Jamás se había tenido la impresión de que España reservara a su pueblo esperanzas de tan próspero futuro. Hacía muchísimos años que las perspectivas de paz no se presentaban tan brillantes. ¡No habría que pagar más impuestos por batallas inútiles! ¡Los hombres ya no se verían obligados a dejar sus pacíficas tareas para unirse al ejército combatiente! La paz significaba prosperidad, una meta que, finalmente, parecía alcanzada.

El novio, joven y encantador, sería el primer heredero de una España unida, y el pueblo había llegado a darse cuenta de que eran más felices viviendo en un país así que en uno dividido en reinos que se mantenían en una constante lucha recíproca.

Incluso la ahorrativa Isabel había decidido que el matrimonio de su único hijo varón debía ser una ocasión que todos recordaran, de manera que estaba dispuesta a gastar muchísimo dinero para conseguirlo.

En todo el país se celebraban fiestas y torneos; por todas partes los pueblos y ciudades estaban alegremente decorados, y hasta en las aldeas más pequeñas las callejuelas se veían atravesadas por estandartes.

—¡Viva el heredero! —gritaba el pueblo—. ¡Benditos sean el príncipe de Asturias y su novia!

El matrimonio se celebró con la mayor dignidad y ceremonia, consagrado por el Arzobispo de Toledo, en presencia de los grandes de Castilla y de la nobleza de Aragón. Fue un espectáculo de esplendor y magnificencia.

Mientras formulaba sus votos, Margarita comparó una vez más a su novio con aquel niño de doce años con quien se había comprometido en una granja, en las inmediaciones del castillo de Amboise, y volvió a felicitarse por su buena suerte.

Juan había contemplado con aprensión el momento en que se quedarían juntos, a solas. Se había imaginado los terrores de una muchacha joven que tal vez no entendiera del todo lo que se esperaba de ella, se había imaginado a sí mismo explicándoselo, con toda la dulzura posible; y la tarea no le había gustado nada.

Cuando se tendieron en el lecho matrimonial, Margarita fue la primera en hablar.

—Juan, tú me tienes miedo —le dijo.

—Tengo miedo de disgustarte, tal vez —aclaró él.

—No, no me disgustaré —le aseguró Margarita.

—¿Es que tú nunca te disgustas?

—Con las cosas que deben ser, no.

Juan le tomó una mano para besársela.

—Lo siento —murmuró—. Como tú dices, lo que debe ser, debe ser.

De pronto ella soltó la risa y, arrancando la mano de entre las de él, lo abrazó.

—Estoy tan contenta de que seas como eres, Juan. Estoy segura de que tú no podrías hacer nada capaz de disgustarme. Cuando pienso que en este momento podría haber estado acostada junto a Carlos... —se estremeció.

—¿Carlos, el Rey de Francia?

—Tiene los labios gruesos y es gruñón. No es que sea malo, pero sería torpe y... jamás me habría comprendido.

—Yo espero llegar a comprenderte, Margarita.

—Llámame Margot, que es mi nombre especial... con el que me gusta que me llamen aquellos a quienes amo.

—Entonces, ¿tú me amas, Margot?

—Creo que sí, Juan. Así debe de ser, porque... no estoy asustada.

Y la dificultad fue pronto superada, y lo mismo que los había alarmado se convirtió en un placer. Margarita le enseñó a reírse con su alegre modalidad flamenca, y Juan se sintió fascinado por esa manera de hablar informal, que podría haber parecido tosca en otros labios, pero jamás en los de ella.

—Oh, Juan —suspiró Margarita—, y yo que pensé que ahora mis huesos estarían en el fondo del mar y que los peces más grandes ya me habrían devorado y que los pequeñitos andarían jugando con mi esqueleto y metiéndose en mis órbitas vacías...

—No digas esas cosas —pidió él, besándola en los ojos.

—«Aquí yace Margot», me dije. «Se casó dos veces, pero murió virgen».

Después, Margarita volvió a reírse.

—Ahora, ése ya no podría ser mi epitafio, Juan. Porque aquí yace Margot... aquí, junto a ti... pero ya no es virgen... y no lo lamenta.

Ya sin miedo ni vergüenza, volvieron a hacerse el amor.

—Ya hemos dado a nuestros padres lo que querían —comentó Juan, a la mañana.

—La corona de España —lo interrumpió Margarita.

—La herencia de los Habsburgo —salmodió él.

Los dos se rieron y empezaron a besarse, en un súbito arrebato de pasión. Margarita se apartó de su marido y, poniéndose de rodillas sobre la cama, inclinó la cabeza como si estuviera ante los tronos reales.

—Agradecemos a Vuestras Graciosas Majestades, pero podéis quedaros con la corona de España...

—Y con la herencia de los Habsburgo —agregó Juan.

—Porque... —le sonrió Margarita.

—Hicisteis de nosotros recíproco regalo.

Las celebraciones de la boda continuaron. El joven príncipe Juan era la persona más popular en toda España. De él se decía que desde la llegada de Margarita tenía un aspecto más humano y menos angelical, sin que por eso se hubiera atenuado su expresión de dulzura. Su novia era evidentemente una muchacha feliz, y no era de asombrarse que allí donde ellos fueran reinara el regocijo.

La Reina estaba hablando con su marido de la satisfacción que le brindaba ese matrimonio.

—Ya véis qué bien ha resultado todo —dijo Fernando—. Y este matrimonio fue obra mía. Admitiréis que sabía lo que hacía.

—Habéis actuado con el mayor acierto —coincidió Isabel—. Habéis conseguido para nuestro Juan una parte de la herencia de los Habsburgo... y la felicidad.

—¿Y quién no sería feliz, teniendo una parte de la herencia de los Habsburgo? —se asombró Fernando.

El rostro de Isabel reflejó ansiedad.

—No me gustan esos rumores que me llegan sobre Juana. Está tan lejos de casa y...

—¡Tonterías! Todo irá bien; ya se adaptará. Las costumbres de los flamencos son diferentes de las nuestras. Lo que a mí me han dicho es que está apasionadamente enamorada de su marido.

—Demasiado apasionadamente.

—Mi querida Isabel, ¿es que acaso puede ser demasiado el amor de una mujer por su marido?

—Si Felipe no es bondadoso con ella, a Juana se le haría más fácil de soportar la situación si no lo amara tan tiernamente.

—¡Extrañas palabras en vuestros labios! Parecéis dar a entender que en una mujer es una virtud no amar tiernamente a su marido.

—Me interpretáis mal.

—Oh, no temáis por Juana, que muchas veces los rumores mienten.

La Reina sabía que su marido no podía pensar en su hija, Juana, sin asociarla con todas las ventajas que su matrimonio había significado para España. Inútil esperar que Fernando viera las cosas desde un ángulo personal; no era capaz de eso, y con los años se había endurecido más. ¿O me habré ablandado yo?, preguntábase Isabel. No, es solamente que al tener tantos seres queridos me he vuelto más vulnerable.

—¿A qué se debe esta demora con nuestra hija Isabel? —preguntó bruscamente Fernando—. Manuel está impacientándose.

—¿No correspondería que espere hasta que terminen las celebraciones de la boda de su hermano?

—Pero hemos planeado que estas ceremonias se prolonguen durante largo tiempo, tal como el pueblo lo espera. Sin embargo, quiero que pronto Juan y Margarita hagan un largo peregrinaje por el país, dejándose ver en las principales ciudades. Allí donde se detengan habrá festejos y celebraciones; no hay nada mejor que un viaje así para conquistar la devoción del pueblo. Y cuando hay una pareja como la que forman Juan y Margarita... jóvenes, bellos y enamorados... tienen asegurada la ferviente adhesión del pueblo —los ojos de Fernando echaban chispas—. Cuando pienso en todo lo que heredará este muchacho nuestro, me dan ganas de cantar de alegría.

—Tal vez Isabel pudiera acompañarlos durante el viaje.

—¿Y demorar así su partida hacia Portugal?

—Así recordaría al pueblo todo lo que estamos haciendo por ellos, con estas alianzas.

—Eso es innecesario. Isabel debe prepararse para viajar sin pérdida de tiempo a Portugal.

La Reina estaba a punto de protestar, pero el gesto de Fernando era obstinado.

Son mis hijos, no son solamente vuestros, parecía recordarle. Bien podéis ser vos la Reina de Castilla; el jefe de familia sigo siendo yo.

De nada servía protestar, decidió la Reina. Y a la larga, una breve postergación no serviría de mucho a Isabel. Su madre estaba segura de que, cuando estuviera en Portugal, la princesa sería tan feliz con Manuel como lo era Margarita con Juan.

La llegada de Margarita a España había significado un inmenso alivio para Catalina, a quien le parecía ver desarrollarse ante sus ojos el mismo drama que se había convertido en el motivo dominante de su vida. La adaptación de una princesa extranjera al hogar de su novio podía ser un acontecimiento feliz.

Ser testigo de la felicidad de Margarita y Juan era una alegría para cualquiera.

Margarita era muy cordial con las hermanas de su marido. Ingeniosa y divertida, tenía una extraordinaria manera de decir siempre lo que pensaba.

Catalina sabía que su hermana Isabel estaba un poco escandalizada con su cuñada, pero Isabel, cuya propia partida era inminente, no podía participar del regocijo general.

—Qué crueldad la nuestra —comentó Catalina, hablando con María—, estar tan felices cuando Isabel está a punto de dejarnos.

María la miró, azorada. Lo mismo que su padre, no podía entender por qué Isabel había de estar tan afligida. Iba a casarse, como se había casado Juan; iba a ser el centro de la atracción, y a María todo eso le parecía muy bien.

Frecuentemente Catalina se apartaba del grupo, cautivado por alguno de los relatos de Margarita sobre las costumbres flamencas, para acompañar un rato a su hermana Isabel.

En las últimas semanas, la princesa había cambiado; se había resignado. Parecía un poco más delgada que de costumbre, pero en sus mejillas lucía un rubor febril que la embellecía muchísimo. Aunque su tos la preocupaba, Isabel se esforzaba continuamente por dominarla.

Un día, Catalina entró en las habitaciones de su hermana y la encontró junto a la ventana, mirando pensativamente al panorama de abajo.

—¿Puedo entrar, Isabel?

—Por cierto que sí.

Isabel le tendió la mano y Catalina se la cogió.

—¿Por qué vienes a estar conmigo? —preguntó la hermana mayor—. ¿Acaso no te divierte más estar con las otras?

Catalina se quedó pensativa. Sí, era más divertido. Margarita era muy amena, y resultaba muy grato mirarla y pensar que ir a casarse a un país extranjero podía ser algo así; pero Catalina no podía disfrutar de las historias de Margarita mientras estaba pensando en Isabel.

—Quería estar contigo —explicó.

—Ya no nos quedarán muchos días más para estar juntas, porque pronto he de irme a Portugal. Juan y Margarita también saldrán de viaje, de manera que a ellos también los echarás de menos. Claro que ellos regresarán.

—Tú también regresarás.

—Sí. Nuestra madre me ha prometido que volveré yo a veros a todos, o viajará ella a verme. En este caso, espero que te lleve consigo, Catalina.

—Así se lo rogaré yo.

Durante un rato se quedaron en silencio. Después, Isabel volvió a hablar.

—Catalina, tú eres la más pequeña, y sin embargo creo que eres la más sensata; entiendes mis sentimientos mejor que ninguna de las otras.

—Eso es porque algún día, yo también tendré que irme.

—Es verdad, Catalina. Y es un egoísmo de mi parte pensar todo el tiempo en mí misma. Pero para tí será diferente. Oh, Catalina, cómo quisiera haberme ido antes.

—Entonces, no estarías aquí ahora.

—Tú eres demasiado pequeña para recordar lo que sucedió en nuestro país; lo que, por culpa mía, sucederá en Portugal. Manuel ha aceptado esa condición.

—Tú hablas de la expulsión de los judíos, Isabel, pero ¿no está bien eso? Entonces, Portugal será un país totalmente cristiano, lo mismo que España.

—Pienso en esos hombres, mujeres y niños arrojados de sus hogares.

—Pero son judíos, Isabel. Yo he oído lo que dicen de ellos los sirvientes. Que envenenan los pozos, que destruyen las cosechas con sus encantamientos. Y tú sabes, Isabel, que hacen cosas mucho peores. Secuestran niños cristianos y los crucifican como crucificaron a Cristo.

—Yo también he oído esas historias, pero me pregunto si serán verdad.

—¿Por qué has de dudarlo?

—Porque cuando la gente comete grandes injusticias, sIempre trata de convencerse de que lo que ha hecho es lo más justo.

—Pero, ¿acaso no es justo traer a toda la gente a la fe cristiana? Es por el bien de ellos.

—Eso lo creo, pero la idea de ellos me obsesiona, Catalina. Se me aparecen en sueños, les suceden cosas terribles. Cuando los judíos españoles llegaban a los países extranjeros y bárbaros, les robaban y los asesinaban. A niñitas de tu edad, las violaban en presencia de sus padres, y después de haberlas violado, las despanzurraban porque se difundió el rumor de que los judíos se tragaban las joyas para poder llevárselas consigo. Imagínate, no les permitían llevarse lo que era de ellos.

—Isabel, debes rezar y estar serena, como Margarita. No debes pensar en estas cosas.

—Para ella es fácil; no llegó al hogar de su marido cargada con esa culpa.

—Tampoco debes hacerlo tú, Isabel.

—Sin embargo, es así, Catalina. Sus voces me persiguen en sueños, y los veo... Filas y filas de rostros coléricos y asustados. Veo cosas terribles en mis sueños, y tengo la sensación de que sobre mí pesa una maldición.

Poco podía hacer la pequeña Catalina para consolar a su hermana.

5

TRAGEDIA
EN SALAMANCA

Juan y Margarita habían dado comienzo a su viaje triunfal, y había llegado el momento de que la princesa Isabel iniciara su viaje para reunirse con Manuel.

Isabel se alegraba de que su madre viajara con ella. Aunque Fernando también las acompañaba, no era mucho lo que la joven tenía que hablar con su padre, advirtiendo —como advertía— la impaciencia de él por ver realizado ese matrimonio.

La Reina comprendía la renuencia de su hija a regresar, nuevamente en condición de novia, al país del hombre a quien tan tiernamente había amado, pero no tenía idea de los horrores que habitaban la mente de su hija. Para ella era inconcebible que la joven

Isabel pudiera estar tan preocupada por el destino de un sector de la comunidad que rechazaba los beneficios del cristianismo.

El matrimonio debía celebrarse sin la pompa que solía acompañar a las bodas reales, dado que Isabel era viuda. La gente seguía aún festejando el casamiento de Juan y Margarita, una ceremonia en la cual se había gastado muchísimo, de manera que por importante que fuera el matrimonio con Portugal, debía celebrarse con el mínimo espectáculo. Ni Fernando ni Isabel eran derrochones, y no les gustaba gastar en lo que no era necesario.

La ceremonia que habría de celebrarse en Valencia de Alcántara, la pequeña ciudad donde Manuel esperaba a su novia sería, pues, recatada y tranquila.

Al levantar los ojos del rostro de su prometido, extrañas emociones llenaban el corazón de la joven Isabel: volvieron a su memoria los recuerdos del palacio de Lisboa, donde lo había visto por primera vez, de pie junto al Rey, y recordó haber pensado en aquel momento que Manuel era Alonso.

Después habían llegado a entablar amistad; Manuel había demostrado claramente su deseo de estar en el lugar de Alonso y, tras el triste día de la muerte de Alonso, se había convertido en el más bondadoso y comprensivo de sus amigos. Había sido entonces cuando sugirió a Isabel que se quedara en Portugal para convertirse en su mujer.

Y ahora era el Rey de Portugal, un honor que jamás podría haber alcanzado a no ser por aquel accidente en el bosque, pues si Alonso hubiera vivido, los hijos que Isabel hubiera tenido de él habrían tenido precedencia sobre Manuel.

Pero todo había sido diferente.... trágicamente diferente, y ahora Isabel volvía a Portugal como novia de Manuel.

Él se llevó a los labios la mano de su prometida para besársela: aún seguía amándola. Era increíble la fidelidad que le había guardado ese hombre durante tantos años. Mientras ella lloraba su viudez y declaraba que jamás volvería a casarse, Manuela había esperado.

Y finalmente, Isabel volvía con él, pero cargaba sobre sus hombros un peso abominable: la desdicha de millares de judíos.

También la sonrisa de él era dolorosa; también él pensaba que era terrible el precio que había tenido que pagar por ella: la negación de sus propias creencias.

Ante el manifiesto regocijo de Fernando y la sonrisa graciosa de la Reina se celebró la ceremonia. Todo estaba bien; la infanta Isabel de España se había convertido en la Reina de Portugal.

Isabel se alegraba de no haber tenido que pasar por las habituales y agotadoras ceremonias de una boda, que se le habrían hecho imposibles de soportar.

Cuando se quedó con Manuel, al percibir la ternura de él, su gentileza, su decisión de hacerla feliz, sintió un calmo contentamiento. Tengo suerte, pensó, como la ha tenido Margarita con Juan.

Qué tontería había sido demorar durante tanto tiempo la boda. Podría haberse casado con él uno o dos... en realidad, tres años atrás. Y si lo hubiera hecho, ya para entonces podría haber tenido un hijo.

—Sois un hombre sumamente fiel, para haber esperado todos estos años —dijo a su marido.

—¿No comprendisteis que una vez que os hube visto debía seros fiel? —interrogó él.

—Pero es que yo ya no soy joven, tengo veintisiete años. Vaya, si podríais haberos casado con mi hermana María, que es doce años menor que yo, y es virgen.

—¿Os parece raro que fuera a Isabel a quien quería?

—Oh, sí, muy raro —admitió ella.

Manuel le tomó las manos y se las besó.

—Pronto comprenderéis que no hay en eso nada de raro. Os amo desde la primera vez que estuvisteis entre nosotros. Os amaba cuando os fuisteis, y os amo más que nunca ahora que habéis regresado mí.

—Intentaré ser todo lo que vos merecéis en una esposa, Manuel.

Su marido la besó con pasión, e Isabel sintió que él intentaba excluir algo de su mente... algo que ella bien conocía. Aunque no hubieran hablado de «la condición», eso era algo que estaba interponiéndose entre ellos, sentía Isabel, entre ellos y una completa felicidad.

Acostarse con Manuel, saber que de nuevo volvía a tener marido, fue algo que no removió los amargos recuerdos de Alonso, como Isabel había temido. Sólo ahora comprendía que ésa era la manera más rápida de borrar el recuerdo de aquella remota luna de miel que había terminado en tragedia.

Manuel no era muy distinto de su difunto primo y, aunque no experimentara los gozosos transportes que había disfrutado con Alonso, Isabel se daba cuenta de que ese calmo contento era algo a lo que ella y Alonso habrían llegado con el tiempo.

Durante los primeros días de su matrimonio, Alonso y Manuel empezaron a mezclársele de una manera extraña, como si se hubieran convertido en una sola persona.

Durante esos primeros días, se olvidaron. Después, Isabel advirtió que uno de los servidores de Manuel tenía rasgos judíos, y cuando le pareció que el hombre la observaba con mirada malévola, un miedo terrible se apoderó de ella.

En ese momento no dijo nada, pero esa misma noche se despertó gritando, aterrorizada por una pesadilla.

Manuel intentó consolarla, sin que ella pudiera recordar nada del sueño; apenas si podía sollozar de terror en brazos de su marido.

—Es mi culpa —gemía—. Es mi culpa. Debería haber venido antes contigo. No debería haber dejado que esto sucediera.

—¿Qué es esto, querida mía? Dime qué es lo que estás pensando.

—En lo que estamos por hacer a esa gente. En el precio que tuviste que pagar por nuestro matrimonio.

Al sentir que el cuerpo de Manuel se ponía rígido, Isabel supo con certeza que tampoco él podía sacarse de la cabeza esa condición espantosa.

Mientras le besaba el pelo, él susurró:

—Tendrías que haber venido antes, Isabel. Tendrías que haber venido hace mucho tiempo.

—¿Y ahora?

—Y ahora —respondió Manuel— hay que pagar el precio. He dado mi palabra; es la condición del matrimonio.

—Manuel, eso te horroriza, es abominable. Es algo que te obsesiona... lo mismo que a mí.

—Es que te necesitaba tanto... que cuando me exigieron ese precio, lo pagué... por lo mucho que te necesitaba.

—¿No hay ninguna otra salida? —susurró Isabel.

Qué pregunta estúpida. Mientras la formulaba vio los rostros, agrio el de Torquemada, sereno el de su madre, astuto el de su padre. Ellos les habían impuesto esa condición e insistirían en que fuera cumplida.

Durante un rato, estuvieron en silencio.

—Es como una amenaza sobre nosotros —continuó después Isabel—. Esos extranjeros, con su religión extraña, nos cubrirán de maldiciones por lo que les hemos hecho. Su maldición pesará sobre nuestra casa... Manuel, tengo miedo.

Él la apretó contra su pecho y, al hablar, lo hizo con voz ahogada.

—Debemos cumplir con esa condición, y después olvidarlo. La culpa no es de nosotros. Mi necesidad de ti me hizo débil. Pero ahora ya estamos casados. Haremos lo que tenemos que hacer y después... volveremos a empezar.

—¿Será posible?

—Lo será, mi Isabel.

Isabel se dejó consolar pero, cuando se quedó dormida, en sus sueños la persiguieron mil voces; voces de hombres, de mujeres y de niños a quienes su fe les valdría que fueran arrojados de sus hogares, y esas voces la maldecían, y mal decían la unión de las casas de España y de Portugal.

En Salamanca se celebraba el arribo del heredero de España y de su esposa. El pueblo había acudido desde muchos kilómetros a la redonda; hombres, mujeres y niños hormigueaban a su paso en la llanura, mientras ellos iban hacia la ciudad universitaria.

Los estudiantes estaban *en féte;* los había de todas las nacionalidades porque, después de París, Salamanca era el centro de erudición más importante del mundo. La ciudad era rica, porque muchos nobles habían comprado casas en ella, para poder vivir cerca de sus hijos y vigilarlos durante los años que estudiaban en la Universidad.

Por las calles, los estudiantes alardeaban de sus estolas, de distintos colores para las diversas facultades. Salamanca solía ser una ciudad alegre, pero jamás había visto nada que igualara esa ocasión. Las campanas de las iglesias repicaban continuamente; en calles y patios resonaban las risas; se estaban preparando los toros que la ocasión exigía, y en la Plaza Mayor la excitación llegaba al colmo. En los balcones de las casas se lucían hermosas mujeres, y los estudiantes las contemplaban con ojos ávidos. De vez en cuando un lucido cortejo recorría las calles, y la multitud lo aclamaba, porque sabían que era parte del séquito del príncipe.

Camino de los bailes y de los banquetes que se ofrecerían en honor de ellos, el príncipe y su esposa recorrerían las calles y el pueblo salmantino tendría ocasión de demostrar su entusiasmo al heredero del trono.

En Salamanca todo era alegría y lealtad a la regia pareja.

Margarita lo miraba todo con ojos serenos.

Era grato saber que el pueblo los amaba, a ella y a su marido, y aunque la joven sospechaba que más aún amaban el bullicio de la ceremonia, se guardó bien de decirlo. Tal vez ella fuera un poquito más cínica que Juan.

Él se deleitaba en el placer de su pueblo, no porque le agradara la adulación —que le preocupaba, porque no se consideraba digno de ella—, sino porque sabía que sus padres se enterarían de la recepción que les tributaban, y no ignoraba cuánto les agradaría.

Tras haber bailado en la fiesta que se había celebrado en honor de ellos, los príncipes se retiraron a sus habitaciones.

Margarita no estaba cansada; podría haberse pasado toda la noche bailando, y sintiéndose más feliz de lo que se había sentido nunca en su vida. Miraba a su marido y pensaba: es el momento de compartir con él esta felicidad, que es de él tanto como mía, y que complace a Juan no menos de lo que a mí me complace.

No había querido decírselo mientras no estuviera segura, pero creía que ahora no podía caber ya duda alguna.

Se sentó en la cama y miró a Juan. Había indicado a las doncellas que debían ayudarlos a acostarse que se retiraran, porque no estaba de ánimo para ceremonias. Sabía que eso las escandalizaba, pero no hacía caso de su asombro. Si Juan la aceptaba con su informal modalidad flamenca, también ellas debían aceptarla. A las doncellas que la habían acompañado desde Flandes se les hacía difícil adaptarse a España.

—Esas continuas ceremonias no sólo son cansadoras, sino ridículas —se quejaban.

—Debéis comprender —les explicaba Margarita— que para ellos nuestras costumbres son toscas, y tal vez eso sea peor que ridículo. Donde fueres, haz lo que vieres, dice el refrán. No olvidéis que eso es válido también para España.

Admitía, sin embargo, que si no podían adaptarse a las costumbres españolas tendrían que regresar a Flandes. En cuanto a mí, pensaba, soy tan feliz que no deseo cambiar nada.

—Juan, me temo que esta noche escandalicé un poco a la gente —comentó.

—¿Escandalizarlos?

—Oh, vamos, ¿no viste levantarse algunas cejas? Mis modales flamencos los confunden.

—¿Y eso qué importa, si tú les gustas?

—¿Tú crees que les gusto?

—A mí me gustas, y con eso basta.

—Pero Juan, es que a ti es muy fácil gustarte. Tal vez yo tenga que aprender a ser más solemne, más española, más como la Reina. Tengo que aprender a tomar a tu madre como modelo, Juan.

—Sigue siendo como eres, que así me gustas más —pidió él, besándola en los labios.

Margarita se levantó de un salto y se puso a bailar solemnemente una pavana. Después la interrumpió de golpe.

—Así es como la bailaríamos en Flandes —anunció.

Juan se echó a reír ante la disparatada imitación que ella hizo de la danza española.

—Ven a bailar conmigo —lo invitó Margarita, tendiéndole ambas manos—, que si lo haces bien, te diré un secreto.

Cuando él se colocó frente a ella, Margarita advirtió su aire de cansancio y le notó el rostro arrebatado.

—Juan, estás cansado —señaló.

—Un poco. Hacía calor en el salón de baile.

—Tienes las manos ardiendo.

—¿De veras?

—Siéntate, que te ayudaré a acostarte. Ven, que yo seré tu ayuda de cámara.

—Margarita —preguntó él, riendo—, ¿qué pensarán tus doncellas de tus extraños modales?

—Que soy flamenca... nada más. ¿No sabías que a la gente de mi país le gustan más las bromas y las risas que las ceremonias? Me perdonarán mis rarezas porque soy flamenca, simplemente. Y cuando sepan la noticia que tengo... me perdonarán todo.

—¿Qué noticia es ésa?

—Vamos, ¿no la adivinas?

—¡Margot!

Ella se inclinó a besarle dulcemente la frente.

—Que sea por muchos y muy felices años, padrecito —susurró.

Fue una noche que Margarita jamás olvidaría.

—Siempre recordaré con amor a Salamanca —anunció.

—Lo traeremos a esta universidad, y diremos al pueblo cuánto amamos a esta ciudad donde pasamos algunos de los días más felices de nuestra luna de miel.

—Y que aquí supe por primera vez de su existencia.

Entre risas, volvieron a hacerse el amor; se sentían más serios, más responsables. Ya no eran amantes, simplemente; eran casi padres, y la visión de ese futuro los sobrecogía.

Amanecía cuando Margarita se despertó. Era como si algo la hubiera sobresaltado, pero no sabía qué. La ciudad volvía ya a la vida, y se oía a los estudiantes por las calles.

Margarita tuvo la sensación de que algo andaba mal. Se sentó en la cama.

—¡Juan! —llamó.

Como él no le respondió en seguida, la joven se le acercó para volver a llamarlo.

Juan seguía teniendo las mejillas arrebatadas, y al apoyar el rostro contra el de él, su mujer se inquietó al notarlo afiebrado.

—Juan —susurró—. Juan, querido mío. Despiértate.

Cuando él abrió los ojos, Margarita sintió ganas de llorar de alivio, al ver que le sanreía.

—Oh, Juan, durante un momento pensé que algo andaba mal.

—¿Qué podría andar mal? —interrogó él, tomándola de la mano.

A Margarita le pareció que esos dedos le quemaban.

—¡Estás ardiendo!

—¿De veras? —Juan trató de enderezarse, pera volvió a caer sobre las almohadas.

—¿Qué te pasa, Juan? ¿Qué es lo que tienes?

—Estoy mareado —respondió él, llevándose una mano a la cabeza.

—Estás enfermo —gimió Margarita y, levantándose de un salto de la cama, se envolvió rápidamente en una bata. Temblorosa, corrió hacia la puerta, dando voces:

—Venid prontoa, que el príncipe está enfermo.

Los médicos estaban junto al lecho de Juan.

Dijeron que Su Alteza había contraída una fiebre y que con los remedios que ellos le darían no tardaría en recuperarse.

Durante todo ese día, Margarita permaneció junto al lecho de su esposo. Él la miraba con ternura, esforzándose por asegurarle con su expresión que todo iba bien.

Sin embargo, ella no se dejó engañar y durante toda la noche siguiente siguió junto a él.

Al llegar la madrugada, Juan deliraba.

Los médicos, reunidos en una junta, hablaron con Margarita.

—Alteza —expresaron—, pensamos que se debe enviar sin demora un mensaje al Rey y a la Reina.

—Pues que así se haga, a toda prisa —respondió la princesa.

Mientras los mensajeros, al galope, se dirigían a la ciudad fronteriza de Valencia de Alcántara, ella volvió a sentarse junto al lecho de su marido.

Fernando recibió a los mensajeros que venían de Salamanca.

Primero leyó la carta de Margarita. ¡Juan, enfermo! Pero si había estado perfectamente bien cuando inició su viaje de luna de miel. No eran más que temores histéricos de la joven esposa. Juan estaría un poco agotado; tal vez el casamiento pudiera resultar agotador para un muchacho serio que, antes de su boda, había llevado una vida del todo virtuosa. Para Fernando, el matrimonio no había significado ese tipo de problemas, pero era capaz de admitir que Juan era diferente de él en ese aspecto.

Pero había otra carta, y la firmaban dos médicos, a quienes la salud del príncipe daba motivos de alarma. Creían que había contraído alguna fiebre maligna, y lo encontraban tan enfermo que sus padres debían acudir sin pérdida de tiempo a su lado.

Fernando se preocupó. Eso no era histeria; Juan debía de estar realmente enfermo.

Era un inconveniente. Manuel y su hija Isabel todavía estaban celebrando su matrimonio, y si él y la Reina salían repentinamente de viaje para estar con Juan, eso podía ser motivo de gran angustia.

Fernando se dirigió a las habitaciones de Isabel, preguntándose cómo le daría la noticia. Ella sonrió al verlo entrar, y su marido la miró con ternura. Se la veía un poco envejecida; la pena de separarse de Juana, y ahora de Isabel, habían dibujado algunas arrugas más en su rostro. Cuando Fernando se salía con la suya, como había sucedido en el asunto del matrimonio de Isabel, se permitía sentir afecto por su Reina. Isabel era una buena madre, muy dedicada, se recordó, y si alguna vez pecaba en su conducta hacia sus hijos, era por exceso de indulgencia.

Decidió omitir la carta de los médicos y mostrar a su mujer únicamente la de Margarita; así podría evitar que se pusiera demasiado ansiosa por el momento.

—Hay noticias de Salamanca —anunció.

El rostro de Isabel se iluminó de placer.

—He oído decir que el pueblo les ha dado una bienvenida como raras veces se ha visto —comentó la Reina.

—Sí, así es, pero... —comenzó Fernando.

—¿Pero...? —lo apremió Isabel, en cuyos ojos se pintaba ya la angustia.

—Juan no está del todo bien. Tengo una carta de Margarita. La pobre niña no escribe como la calma señora que procura parecer.

—Mostradme la carta.

Fernando se la dio y, mientras ella leía, le rodeó los hombros con un brazo.

—Ya veis que no es más que la inquietud histérica de nuestra noviecita. En mi opinión, a Juan debe hacérsele un poco agotador el papel de marido de una niña tan vivaz. Lo que necesita es descanso.

—¡Una fiebre! —exclamó la Reina—. Me pregunto a qué se refieren con eso...

—Sobreexcitación. Isabel, os estáis angustiando. Iré a Salamanca sin pérdida de tiempo. Vos quedaos aquí para despediros de Isabel y de Manuel, que yo os escribiré desde Salamanca para tranquilizaros.

Isabel lo miró pensativa.

—Sé que si yo no hago ese viaje —continuó Fernando— vos seguiréis ansiosa. Y si vamos los dos, conseguiremos que se difundan en el país toda clase de rumores ridículos.

—Tenéis razón, Fernando. Os ruego que vayáis lo más rápido posible a Salamanca Y escribidme... tan pronto como lo hayáis visto.

Fernando la besó con más ternura de la que le demostraba habitualmente. Cuando la esposa sumisa ocupaba el lugar de la Reina, sentía gran afecto por Isabel.

Mientras atravesaba a caballo la ciudad de Salamanca, los saludos que recibía Fernando eran silenciosos, casi como si la ciudad universitaria estuviera de duelo.

Los médicos estaban esperándolo, y le bastó con mirarlos para percibir su alarma.

—¿Cómo está mi hijo? —les preguntó con brusquedad.

—Alteza, desde que os escribimos no le ha bajado la fiebre. Es más, ha empeorado.

—Iré inmediatamente junto a su lecho.

Fernando encontró allí a Margarita, y advirtió que algunas de las mujeres que permanecían en la habitación estaban llorando, y que la expresión de los hombres era tan lúgubre que daba la impresión de que Juan estuviera viviendo sus últimas horas.

Fernando los miró con furia; el enojo sofocaba al miedo. ¿Cómo se atrevían a suponer que Juan fuera a morirse? Juan no debía morir. Era el heredero de una España unida, y en Aragón habría problemas si no tenían un heredero varón. Y aparte de ese varón, él y la Reina no tenían más que hijas mujeres. Después de tantos planes y esperanzas, Juan no debía morir.

Margarita se veía pálida y agotada, pero compuesta, y Fernando sintió un nuevo afecto por su nuera. Pero el rostro exangüe de Juan sobre la almohada lo asustó.

Se arrodilló junto a la cama para tomar la mano de su hijo.

—Hijo mío, ¿qué son estas noticias que me dan?

El muchacho le sonrió.

—Oh, padre, habéis venido. ¿Está mi madre con vos?

—No. ¿Por qué habría de venir, si no tienes más que una leve indisposición? Está en la frontera, despidiendo a tu hermana que se va a Portugal.

—Me habría gustado verla —dijo débilmente Juan.

—Bueno, pues bien pronto la verás.

—Creo que tendrá que darse prisa en venir, padre.

—Pero, ¿por qué? —tronó Fernando, con voz colérica.

—No debéis enojaros conmigo, padre, pero me parece sentir que la muerte se aproxima.

—¡Qué disparate! ¿No es eso un disparate, Margarita?

—No lo sé —respondió, aturdida, la muchacha.

—¡Pues yo sí! —gritó Fernando—. Te has de recuperar... lo antes posible. Por Dios, ¿no eres acaso el heredero del trono... el único heredero varón? En buena situación nos veríamos si nos dejaras sin heredero varón.

Juan sonrió débilmente.

—Oh, padre, ya habrá otros. Yo no soy tan importante.

—Jamás oí semejante tontería. ¿Qué hay de Aragón, dime? Bien sabes tú que allí no aceptarán como Reina a una mujer. De manera que debes pensar en tu deber y no hablar de morirte y dejarnos sin heredero varón. Volveré a ver inmediatamente a tus médicos, y les ordenaré que te curen inmediatamente de esta... fiebre de luna de miel.

Fernando se levantó y se quedó mirando afectuosamente a su hijo. ¡Cómo había cambiado!, pensó con inquietud. Juan nunca había sido un muchacho fuerte como su padre, ni como el joven Alfonso. Madre Santa, qué pena que ese muchacho no fuera su hijo legítimo. Lo que se necesitaba ahora era acción... y drástica.

Majestuosamente, Fernando salió de la habitación, indicando con un gesto a los médicos que lo siguieran; en la antesala contigua al dormitorio, cerró la puerta y les preguntó:

—¿Qué, está muy enfermo?

—Muy enfermo, Alteza.

—¿Qué esperanza hay de que se recupere?

Los médicos no respondieron, temerosos de decir al Rey lo que en verdad pensaban. En cuanto a Fernando, también tenía miedo de apremiarlos más. Sentía por su hijo todo el afecto que era capaz de sentir, pero con él se mezclaba la idea del papel que debía desempeñar ese hijo en el cumplimiento de sus propias ambiciones.

—Pienso que mi hijo ha abusado de sus fuerzas —expresó—. Día y noche, ha tenido que cumplir con su deber, siendo un buen príncipe para su pueblo y un buen marido para la archiduquesa, y eso ha sido demasiado para él. Debemos cuidarlo hasta que se recupere.

—Alteza, si el agotamiento le hubiera producido esta enfermedad, tal vez fuera atinado separarlo de su esposa. Eso le daría ocasión de recuperar las fuerzas.

—¿Es el único remedio que podéis sugerir?

—Los hemos intentado ya todos, pero la fiebre va en aumento.

Durante un rato, Fernando permaneció en silencio.

—Volvamos al cuarto del enfermo —dijo después. Ya junto al lecho de Juan, se esforzó por hablar en tono festivo.

—Los doctores me dicen que estás agotado, y propo nen un descanso total; ni siquiera Margarita debe visitarte.

—No —se opuso Margarita—; yo debo estar con él.

Juan tendió la mano para aferrar la de su mujer. Se la apretó ansiosamente y, aunque no hablara, era evidente que deseaba que Margarita no se apartara de él.

Fernando observó a su hijo, impresionado al advertir cómo le había adelgazado la muñeca. En muy poco tiempo debía de haber perdido mucho peso; finalmente, Fernando empezaba a caer en la cuenta de que su hijo estaba muy enfermo.

Sí, pensó, está muy ligado a Margarita. Es mejor que sigan juntos; por enfermo que esté, todavía puede estar a tiempo de engendrar un hijo. Un niño sigue siendo un niño, aunque haya sido concebido en la pasión de la fiebre. Si Juan pudiera dejar encinta a Margarita antes de morir, su muerte no sería una tragedia tan grande.

—No temáis —les dijo—, que no tendré el corazón tan duro como para separaros.

Se dio vuelta y salió, dejándolos juntos. Ahora, más que inquieto estaba decididamente preocupado.

Esa noche, Fernando no pudo dormir. El estado de Juan había empeorado durante el día, y su padre se encontraba compartiendo la opinión general de todos los que rodeaban al príncipe.

Juan estaba muy gravemente enfermo.

Al despedirse esa noche de él, el joven había apoyado sus labios ardientes en la mano de su padre, diciéndole:

—No debéis llorar por mí, padre. Si he de morir, como creo, iré a un mundo mejor que éste.

—No digas esas cosas, que te necesitamos aquí —le respondió hoscamente Fernando.

—Tened cuidado al dar la noticia a mi madre —susurró Juan—, que me quiere bien. Decidle que su Ángel velará por ella, si le es posible hacerlo. Decidle que la amo tiernamente y que ha sido la mejor madre que nadie haya tenido jamás. Os ruego que le digáis esto en mi nombre, padre.

—Esas cosas se las dirás tú mismo —replicó Fernando.

—Padre, no os apenéis por mi, que estaré en un lugar dichoso. Doleos más bien por los que aquí dejo. Consolad a mi madre y cuidad de Margarita, que es tan joven y que no siempre entiende nuestras costumbres. Grande y tierno es mi amor por ella. Cuidad de ella... y de nuestro hijo.

—¡Vuestro hijo!

—Margarita está encinta, padre.

Fernando no pudo disimular la alegría que le iluminaba el rostro. Juan lo advirtió, y comprendió.

—Ya veis, padre, que si me voy os dejaré algún consuelo.

¡Un hijo! Así, todo era distinto. ¿Por qué no se lo habían dicho antes? Si Margarita tenía ya en su seno al heredero de España y de la herencia de los Habsburgo, la situación no era tan cruel como Fernando había temido.

Durante un momento, se había olvidado de la posibilidad de la muerte de su hijo.

Pero ahora, a solas en su habitación, pensaba en Juan, el más dulce de sus hijos, el «ángel» mimado de

Isabel. Juan nunca les había dado motivos de preocupación, a no ser por su salud; había sido un hijo modelo, inteligente, bondadoso y obediente.

Fernando cayó en la cuenta de que ni siquiera la idea del nuevo heredero podía compensarlo por la pérdida de su hijo.

¿Qué podía decir a su mujer? Pensó con ternura en Isabel, que tanto amor y devoción había dedicado a su familia. ¿Cómo podría darle la noticia? La Reina había llorado amargamente por su separación de Isabel, y su preocupación por Juana, allá en Flandes, era incesante. Además, se anticipaba ya al momento en que María y Catalina deberían alejarse de ella. Si Juan moría... ¿cómo podía darle la noticia?

Al oír un golpe en la puerta, se levantó de un salto para abrirla.

El hombre no necesitó hablar para que Fernando supiera cuál era el mensaje.

—Los médicos piensan que debéis acudir junto al lecho del príncipe para despediros de él, Alteza.

Fernando asintió, sin hablar.

Juan estaba recostado sobre las almohadas, con una débil sonrisa en los labios. Arrodillada junto al lecho, con la cara oculta entre las manos, seguía Margarita. Su cuerpo parecía tan inmóvil como el de su marido muerto.

Fernando estaba con su nuera. Margarita parecía mucho mayor que la muchacha que pocos meses atrás se había casado con Juan, y lo miraba con rostro inexpresivo.

—Tenéis al niño para vivir por él, querida mía —le dijo con suavidad Fernando.

—Sí, tengo al niño —repitió Margarita.

—Hemos de cuidar bien de vos, hija querida. Debemos consolarnos recíprocamente. Yo he perdido al mejor de los hijos, vos al mejor de los maridos. Vuestra fortaleza os gana mi admiración. Margarita, no sé cómo enviar a su madre una noticia tan terrible.

—La Reina querrá saber la verdad sin demora —respondió Margarita en voz baja.

—El golpe la mataría. Isabel no tiene idea de que él sufriera nada más grave que una simple fiebre. No, debo darle la noticia con suavidad. Le escribiré primero diciéndole que Juan está enfermo y que vos estáis encinta. Son dos noticias, una buena y una mala. Después, volveré a escribirle y le diré que el estado de Juan nos da motivos de angustia. Iré dándole poco a poco esta noticia tremenda; será la única forma en que pueda soportarla.

—Se le destrozará el corazón —murmuró Margarita—, pero a veces pienso que ella es más fuerte que ninguno de nosotros.

—No. En lo más profundo de sí, no es más que una mujer... esposa y madre. Ama con ternura a todos sus hijos, pero Juan era su preferido. El único varón, el heredero de lo que tanto luchamos por tener —súbitamente, Fernando ocultó el rostro entre las manos—. No sé cómo podrá sobrevivir a este golpe.

Margarita no daba la impresión de escucharlo. Aturdida, se decía que en realidad nada de eso había sucedido, que lo que vivía no era más que una horrible pesadilla. Pronto se despertaría, se encontraría en los brazos de Juan y los dos se levantarían para ir a la ventana, a mirar al patio bañado de sol. Entre los vivas de la multitud, volverían a recorrer las calles de Salamanca, y ella le contaría, riendo:

—Juan, anoche tuve un sueño horrible. Soñé que me sucedía lo peor de lo que podría acontecerme. Y ahora que estoy despierta, bajo la luz del sol, me siento feliz de estar viva y sé que mi vida ha sido una bendición desde que te tengo a ti.

Fernando se sentía mejor cuando tenía ocasión de actuar. Tan pronto como hubo despachado a los dos mensajeros, llamó a su presencia a uno de sus secretarios.

—Escribid esto a Su Alteza, la Reina —le ordenó. Obediente, el hombre empezó a tomar el dictado—: «En Salamanca ha sucedido una calamidad terrible. Su Alteza el Rey ha muerto de fiebre».

El hombre dejó de escribir y miró, atónito, a Fernando.

—Amigo mío, me miráis como si pensarais que estoy loco. No, esto no es locura, es sentido común. Tarde o temprano, la Reina tendrá que enterarse de la muerte del príncipe. He estado pensando en la mejor manera de darle la noticia; mucho temo el efecto que pueda tener sobre ella, y pienso que de esta manera puedo atenuar lo terrible del golpe. Habrá recibido mis dos cartas en las que le anuncio la enfermedad de nuestro hijo. Ahora partiré sin demora a su encuentro. Le enviaré antes un mensajero con la noticia de mi muerte, que será el golpe más fuerte que pueda soportar. Mientras esté abrumada por el horror de esa noticia, me presentaré ante ella, y su regocijo al volver a verme será tal que el golpe que le significa la muerte de su hijo no será tan grave.

El secretario inclinó melancólicamente la cabeza; entendía el razonamiento de Fernando, pero dudaba de la prudencia de su conducta.

Sin embargo, no le correspondía a él criticar los actos de su Rey, de modo que escribió la carta y, sin pérdida de tiempo, salió de Salamanca.

Isabel se había despedido finalmente de su hija y de Manuel; la Infanta de España, ahora Reina de Portugal, había partido rumbo a Lisboa con su marido y con su séquito.

La Reina se sentía muy cansada. Se sentía ya muy vieja para hacer viajes largos, y la despedida de su hija la deprimía. También estaba sumamente preocupada por las noticias de Juana que le llegaban desde Flandes. Y ahora, Juan estaba enfermo.

Le llegó el primero de los mensajes. Margarita estaba encinta, y la noticia la llenó de alegría; pero el resto del mensaje decía que Juan no estaba bien. La salud de sus hijos era un continuo motivo de ansiedad para la Reina, y los dos mayores siempre habían sido delicados. La tos de Isabel había causado muchas preocupaciones a su madre, y en cuanto a Juan, era casi demasiado frágil y bello para ser un muchacho. Tal vez, pensó, el estado mental de Juana la había tenido tan preocupada que había prestado menos atención de la debida a la salud física de sus dos hijos mayores. María y Catalina eran mucho más fuertes, tal vez porque habían nacido en épocas de más calma.

La segunda carta llegó inmediatamente después de la primera. Al parecer, el estado de Juan era más grave de lo que habían pensado en un principio.

—Acudiré junto a él—decidió la Reina—. En un momento así, debo estar a su lado.

Mientras daba a sus servidores las órdenes de que prepararan el viaje a Salamanca, llegó un nuevo mensajero.

Al leer la carta que le entregó el hombre, Isabel se quedó perpleja. ¡Fernando... muerto! No podía ser. Fernando rebosaba fuerza y vitalidad. El que estaba enfermo era Juan. Isabel sólo podía imaginarse vivo a Fernando.

—Daos prisa, que no hay tiempo que perder —exclamó—. Debo ir inmediatamente a Salamanca, para saber qué es lo que sucede allí.

¡Fernando! En su corazón había una extraña mezcla de sentimientos. Eran muchos los recuerdos de un matrimonio que había durado ya casi treinta años.

Isabel estaba aturdida y se le hacía difícil pensar con coherencia.

¿Sería posible que hubiera habido algún error? ¿No debería decir Juan donde decía Fernando?

Se sentía enferma de angustia. Si Juan había muerto, ella ya no quería seguir viviendo. Era el hijo querido a quien deseaba tener a su lado durante toda la vida, su único hijo varón, su Ángel bienamado. Imposible que hubiera muerto; sería demasiado cruel.

Volvió a leer el mensaje: decía, con toda claridad, el Rey.

Juan... Fernando. Si había perdido a su marido estaría triste, por cierto, con el afecto que sentía por él.

Si el gran amor de los primeros días había sufrido el embate de los años, no por eso Fernando dejaba de ser su marido, y la Reina no podía imaginarse la vida sin él.

Pero si le hacían gracia de Juan, todavía podía rehacer su vida: tendría sus hijos, podría ayudarlos, según lo entendiera, a administrar sus asuntos. Y además, tenía la experiencia suficiente para gobernar sola.

—Juan no... —susurró Isabel.

En ese momento, Fernando entró en la habitación.

Ella se lo quedó mirando como si fuera una aparición. Después corrió hacia él y le cogió ambas manos, apretándoselas como si quisiera asegurarse de que seguían siendo de carne y hueso.

—Soy yo —le confirmó Fernando.

—Pero esto... —tartamudeó Isabel—. Alguien me ha hecho una broma cruel. Aquí dice...

—Isabel, esposa mía, decidme que estáis feliz de saber que ese papel miente.

—Estoy feliz de ver que estáis bien.

—Es lo que yo esperaba. Oh, Isabel, tenemos suerte en verdad de estar vivos, y juntos. Hemos tenido nuestras diferencias, pero ¿qué seríamos el uno sin el otro?

Ella apoyó la cabeza en el pecho de su marido, y Fernando la abrazó, con los ojos llenos de lágrimas.

—Isabel —continuó—, ahora que estáis feliz de ver que os he sido devuelto, debo daros una triste noticia.

Su mujer se apartó de él; se había puesto mortalmente pálida y sus ojos, muy abiertos, estaban oscurecidos por el terror.

—Nuestro hijo ha muerto —le anunció Fernando.

Sin decir nada, Isabel sacudió la cabeza de un lado a otro.

—Es verdad, Isabel. Murió de una fiebre maligna, sin que los médicos pudieran hacer nada por él.

—Entonces, ¿por qué... por qué... no me lo dijeron?

—Mi intención fue protegeros, e intenté prepararos para este golpe. Mi muy querida Isabel, bien sé lo que sufrís. ¿No sufro acaso yo con vos?

—Mi hijo —susurraba ella—. Mi ángel.

—Nuestro hijo —le recordó Fernando—. Pero hay un niño en camino.

Isabel parecía incapaz de oír. Pensaba en aquel caluroso día sevillano, cuando había nacido Juan. Recordaba la exaltada sensación de euforia que la había invadido al tomarlo en brazos. Su hijo varón, el heredero de Fernando e Isabel. Su más profunda preocupación había sido, por entonces, el estado de su país; la anarquía iba en aumento, el caos resultante de los desastrosos reinados de quienes la habían precedido en el trono. Isabel estaba estableciendo a la Santa Hermandad en pueblos y aldeas, y cuando sus brazos cobijaron a ese niñ0 bendito le pareció que en ese momento, pese a todas las dificultades, era la mujer más feliz de España.

Ahora, no podía creer que Juan hubiera muerto.

—Isabel —insistió suavemente Fernando—, os habeis olvidado. Va a nacer un niño.

—He perdido a mi hijo —articuló ella lentamente—. He perdido a mi hijo, mi ángel.

—Habrá nietos que ocupen su lugar.

—Nadie ocupará jamás su lugar.

—Isabel, vos y yo no tenemos tiempo para mirar hacia atrás; debemos mirar hacia adelante. Esta tragedia nos ha abrumado, pero debemos ser valientes, debemos decirnos que tal fue la voluntad de Dios. Pero Dios es misericordioso: nos ha arrebatado a nuestro hijo, pero no sin permitirle que dejara su simiente tras él.

Isabel no respondía. Al ver que se tambaleaba, Fernando la sostuvo en sus brazos.

—Debéis descansar un poco —sugirió—. Este golpe ha sido demasiado para vos.

—¡Descansar! —exclamó ella amargamente—. Poco descanso me queda ya. Era mi único hijo varón, y jamás volveré a ver su sonrisa.

Isabel luchaba contra el impulso de rebelarse ante un destino tan cruel.

¿No es bastante que mis dos hijas se hayan alejado de mí, que hasta mi pequeña Catalina deba alejarse también?, se preguntaba. ¿Por qué he de sufrir así? Juan era el que yo pensaba poder tener siempre a mi lado.

Tal vez debería hacer llamar a su confesor. Tal vez estuviera necesitada de oración.

Con esfuerzo, intentó dominarse. Había que hacer frente a ese día cruel; la vida debía continuar.

Levantó el rostro hacia Fernando y él advirtió que la desesperación se había borrado de sus rasgos.

Con voz clara, tan firme como siempre, Isabel declaró:

—El Señor me lo dio y el Señor me lo quita. Bendito sea el Nombre del Señor.

6

JUANA Y FELIPE

España entera lloraba la muerte del príncipe de Asturias. Todas las ciudades importantes estaban ornadas de estandartes negros. En las calles de Salamanca no se oía otra cosa que el doblar de las campanas.

El Rey y la Reina habían regresado a Madrid y, encerrándose en sus habitaciones privadas del Alcázar, dieron rienda suelta a su dolor.

En todo el país se hablaba en voz baja de las extraordinarias cualidades del príncipe.

—España —decía el pueblo— ha sufrido una de las pérdidas más grandes que ha debido soportar desde que cayera en manos de los bárbaros.

Pero poco a poco se alivió el dolor, al difundirse la noticia. Antes de morir, el príncipe había engendrado un hijo y su viuda, la joven archiduquesa de Flandes, lo llevaba en su seno.

Cuando el niño nazca, comentaba la gente, España volverá a sonreír.

Absortas en su labor de aguja, Catalina y María estaban sentadas junto a su cuñada.

Margarita estaba más apagada que antes de la muerte de Juan; parecía aún más dulce.

Catalina procuraba hacerla hablar, pero no de su vida con Juan; eso habría sido demasiado doloroso. También hablar de Flandes podía convertirse en un tema incómodo, porque en Flandes, entre Juana y su marido Felipe sucedía algo que no era grato para los soberanos. El mejor tema era la vida de Margarita en Francia, que para Catalina y María parecía inagotable. En cuanto a Margarita, era como si los recuerdos de esa época le aportaran cierta paz, como si al regresar a un pasado en el cual no había siquiera oído hablar de Juan pudiera escapar momentáneamente de su angustia y encontrar cierto consuelo.

Sus relatos hacían que las dos niñas creyeran ver la ciudad de Amboise, situada allí donde se encuentran el Loira y el Amaisse; veían erguirse el castillo en su rocosa meseta, imponente y formidable como una fortaleza, y la campiña que lo rodeaba, con sus campos y viñedos ondulantes.

—Y tú pensabas que ése sería tu hogar para siempre, y que llegarías a ser Reina de Francia —señaló Catalina.

—Parece que jamás podemos estar seguras de lo que nos reserva el futuro, ¿verdad? —respondió Margarita.

—¿Te dio pena irte de Francia? —preguntó María, que la notó un poco triste.

—Sí, creo que sí. Pensaba que era un gran insulto, sabes, y sabía que mi padre se enojaría. No era muy agradable, haber sido la prometida del Rey de Francia y encontrarse después con que él prefería a otra.

—Y en cambio, estás entre nosotros —susurró Catalina, y se arrepintió de haberlo dicho al ver la mueca de dolor que contrajo los rasgos de Margarita.

—Cuéntanos algo más de Amboise —se apresuró a agregar, y Margarita siguió hablándoles de Carlos y de la hermana de éste, que había sido su tutora, y del rey Luis XI, que se complacía en usar ropa vieja y gastada.

Mientras hablaba con las infantas, Margarita sintió que el niño se movía y empezó a preguntarse por qué estaba hablando del pasado. Había perdido a Juan, pero tenía al hijo de ambos.

Sonriendo, permaneció en silencio.

—¿Qué sucede? —preguntó Catalina, y hasta María demostró curiosidad.

Con las manos apoyadas en el vientre, Margarita respondió:

—Siento que el niño... el hijo que me dejó Juan... se mueve; es como si me pateara. Tal vez esté enojado porque estoy hablando del pasado cuando él está por llegar al mundo, y esté diciéndome que debería hablar del futuro.

María la miró un poco sorprendida, y Catalina se escandalizó. Muchas veces, los modales de Margarita eran desconcertantes, pero las dos niñas se alegraron de ver el cambio en su expresión. Era como si hubiera vuelto a la vida, como si se hubiera dado cuenta de que aún podía esperar alguna felicidad en este mundo.

Después de eso, les habló de Juan; les contó cómo había pensado que iba a morir cuando su barco estuvo a punto de hundirse. Ya no siguió hablándoles de Amboise; les contó todo lo que le había sucedido desde su llegada a España, sin cansarse de hablarles de la boda, de las celebraciones, del viaje triunfal que los había llevado a Salamanca.

Catalina y María se regocijaron, aliviadas; desde entonces, empezaron a estar pendientes de los momentos que pasaban juntas.

—Suceda lo que suceda —comentó Catalina a su hermana—, y por más malo que pueda parecer nuestro destino, algo bueno habrá en él. Mira a Margarita; Juan le fue arrebatado, pero ahora tendrá un hijo de él.

Era una idea muy consoladora para Catalina, que se aferró tenazmente a ella.

Ahora se hablaba menos de la muerte de Juan; todos esperaban en cambio el nacimiento de su hijo.

—Será como si él volviera a la vida —decía la Reina—. Cuando tenga en brazos a mi nieto, será como si la vida volviera a latir dentro de mí.

Fernando hablaba de la criatura como si debiera ser varón.

—Por favor, que sea un niño —rogaba Catalina—, para que mi madre vuelva a ser feliz.

Era un día como cualquier otro. Margarita había estado cosiendo con Catalina y María, mientras hablaban del niño, como lo hacían ya continuamente.

—Pronto lo tendremos con nosotros —les dijo Margarita—, y no sabéis cuánto me alegro. Os aseguro que no me gusta mucho que me vean en este estado.

María la miró escandalizada, pensando que era tentar a Dios y a los santos, hablar de esa manera; en cuanto a

Catalina, sabía que no eran más que los modales flamencos, y que no había que tomarla más en serio.

—Vaya si es bromista —comentó Margarita, apo-
yándose las manos en el abultado vientre—. Hoy está
muy tranquilo, pero generalmente me patea para ad-
vertirme que ya no seguirá mucho tiempo encerrado
dentro de mi cuerpo.

Después se rió y, aunque el tema le resultaba cho-
cante, Catalina se alegró de verla feliz.

Siguieron hablando del niño, de su ropa y de la
cuna que estaban preparando para él, y de las fiestas
con que sería celebrado su nacimiento. Estaban todas
muy alegres.

Catalina nunca supo cuándo empezó a darse cuenta de la tensión que se había adueñado del palacio.
Ella, que era tal vez entre sus hermanas la que más
amaba su hogar, percibía siempre esos cambios.

¿Qué sucedía? Una quietud inesperada, seguida de
una actividad más intensa que la habitual. Rostros
graves, susurros.

Catalina fue al cuarto de costura, donde encontró
a María, pero Margarita no estaba.

—¿Qué ha sucedido, María? —le preguntó.

—Es el niño.

—Pero es demasiado pronto. Dijeron...

—Sin embargo, ya ha llegado.

Una sonrisa iluminó el rostro de Catalina.

—Cuánto me alegro. Se terminó la espera. ¿Cuándo nos dejarán verlo, María?

—No es bueno que un niño llegue antes de tiempo —dijo lentamente María.

—¿Qué quieres decir?

—No lo sé bien, pero creo que es eso lo que tiene a todos preocupados.

Las dos niñas siguieron cosiendo en silencio, atentas al menor ruido.

De pronto, oyeron sollozar a una mujer. Catalina corrió hacia la puerta y vio que una de las damas atravesaba, presurosa, las habitaciones.

—¿Qué ha sucedido? —le gritó.

Pero la mujer, sin contestarle, se alejó tambaleante. Sobre Catalina se abatió entonces un presentimiento terrible. ¿Una nueva tragedia estaba a punto de caer sobre su familia?

Catalina estaba ante la puerta de las habitaciones privadas de su madre.

—La Reina no quiere que la molesten —anunció uno de los sirvientes que guardaban la puerta.

Catalina se quedó desolada.

—Debo ver a mi madre —declaró con firmeza.

Los sirvientes le respondieron con un gesto negativo.

—¿Está sola? —preguntó Catalina.

—Está sola.

—Está llorando la muerte del niño, ¿verdad? y querrá que yo esté con ella.

Los dos sirvientes se miraron y, aprovechando su momentánea distracción, Catalina abrió tranquilamente la puerta y entró en las habitaciones de su madre. Los sirvientes se quedaron tan atónitos de que la princesita, generalmente tan decorosa en su comportamiento, hubiera hecho semejante cosa, que la puerta ya se cerraba tras ella cuando se dieron cuenta dc lo sucedido.

Catalina atravesó presurosamente la sala para dirigirse a la pequeña antecámara donde sabía que estaría su madre, de rodillas ante el altar.

Entró y, silenciosamente, se arrodilló junto a ella. La Reina miró a su hijita y las lágrimas hasta entonces contenidas empezaron a manar.

Durante algunos minutos, las dos lloraron en silencio, pidiendo que les fueran dadas fuerzas para controlar su dolor.

Después la Reina se puso de pie y tendió una mano hacia su hija.

—Tenía que venir a veros —gimió la niña—. No fue culpa de los sirvientes. Ellos intentaron detenerme, pero yo estaba muy asustada.

—Me alegro de que vinieras —dijo la Reina—. Siempre debemos estar juntas, querida mía, en el dolor y en la felicidad.

Fue con Catalina a la habitación principal y se sentó sobre la cama, atrayendo junto a ella a su hija. Mientras acariciaba el cabello de la niña, volvió a hablar:

—Ya sabes lo del niño.

—Sí, madre.

—No llegó a vivir. Ni a sufrir. Nació muerto.

—Oh, madre, ¿por qué... por qué, si era tan importante para todos nosotros?

—Tal vez porque el golpe de la muerte de su padre fue demasiado para que su madre pudiera soportarlo. En todo caso... porque era la voluntad de Dios.

—Fue cruel... muy cruel.

—No digas eso, mi querida. Jamás se debe cuestionar la voluntad de Dios. Debes aprender a aceptar con mansedumbre y fortaleza las pruebas que Él te dé a sobrellevar.

—Trataré de ser tan buena y fuerte como sois vos, madre.

—Hija mía, me temo que no siempre soy fuerte. Debemos poner término a nuestro dolor, y pensar en consolar a la pobre Margarita.

—¿Ella no morirá?

—No, creemos que vivirá. Ya ves, pues, que no todo es tragedia. Yo he perdido a mi hijo y a mi nieto, pero me quedan mis hijas, ¿no es así? Tengo a mi Isabel, que tal vez no tarde mucho en darme un nieto. Tengo a mi Juana, y estoy segura de que ella tendrá hijos. Y están mi María y mi pequeña Catalina. Ya ves si tengo la bendición de muchos seres queridos, que me traerán felicidad suficiente para compensarme por esta gran tragedia que hemos sufrido.

—Oh, madre, espero que así sea —exclamó Catalina, que pensaba en sus hermanas.

Isabel, que soñaba con voces que la perseguían en sus sueños, Juana, cuyas rarezas siempre habían sido causa de angustia. ¿Y María? ¿Y ella misma? ¿Qué destino las esperaba?

En el palacio de Bruselas, Juana recibió las noticias de España, en una afectuosa carta que le enviaba su madre. Sobre la familia se había desencadenado una terrible tragedia: el heredero había muerto pocos meses después de casarse, y todas las esperanzas de España se habían centrado en el fruto de esa unión, que había nacido muerto.

«Envíame alguna buena noticia de ti», rogaba Isabel a su hija. «Eso será más que suficiente para alegrarme.»

Juana dejó que la carta se le cayera de la mano. Los problemas de Madrid le parecían muy lejanos, hasta el punto de haberse olvidado casi de que alguna vez había vivido allí, tan absorbida estaba por la vida alegre de Bruselas.

Ésa era la forma de vivir. En esa corte, lo que importaba eran los bailes, los banquetes y las fiestas. Así lo daba a entender Felipe, y Felipe siempre tenía razón.

Juana no podía pensar en su apuesto marido sin que la abrumaran las más diversas emociones. La principal entre ellas era su deseo de él; apenas si podía soportar su ausencia y, cuando estaba en presencia de Felipe, no podía ordenar a sus ojos que no lo miraran ni a sus manos que se privaran de tocarlo.

A él, en un primer momento, eso le había divertido. Sin pérdida de tiempo la había iniciado en las experiencias eróticas que para él eran la mayor parte de su vida, y Juana le había respondido fervorosamente, porque todo lo que él hacía le parecía maravilloso y estaba ansiosa por complacerlo.

Algunas de las damas de su séquito, que habían viajado con ella a Flandes, le llamaron la atención.

—Alteza, sed un poco más discreta. No os mostréis demasiado ávida de sus abrazos.

Pero Juana nada sabía de restricciones. Jamás las había aceptado, y no podía empezar a aprenderlas en ese momento, cuando se veía enfrentada con la experiencia emocional más importante de su vida.

Quería que Felipe estuviera con ella a toda hora del día y de la noche, incapaz de ocultar el ardiente deseo que la llevaba al frenesí, para escarnio de Felipe, a quien al principio la cosa le había parecido divertida.

Después, Juana empezó a temer que ya no le divertía; su marido había empezado a evitarla.

Estaban sus amantes. Juana no podía estar nunca segura de quién era su amante en un momento dado. Podía ser alguna encajera a quien hubiera visto en sus viajes por sus dominios y, entusiasmado con ella, la instalaba cerca del palacio para poder visitarla. Podía ser —y muy a menudo lo era— alguna de las damas de la corte.

La visión de esas mujeres despertaba en Juana impulsos asesinos. Habría querido desfigurarlas de alguna manera para que, en vez de deseables, se hicieran odiosas a los ojos de Felipe.

Había noches en que él no la visitaba, y entonces Juana sabía que estaba con alguna amante y se quedaba sola, mordiendo la almohada, derramando lágrimas de pasión, dando cauce a una risa desaforada, olvidada de todo lo que fuera su deseo de Felipe, el hombre más apuesto del mundo entero.

Una de las damas flamencas le había insinuado arteramente:

—Él tiene sus amantes. Si Vuestra Alteza también los tuviera, mucha gente pensaría que tuvo buena razón para hacerlo; tal vez él mismo lo diría.

—¡Tener amantes! —exclamó Juana—. No conocéis a Felipe. ¡Desde que lo conozco, no hay otro hombre que pudiera ni remotamente satisfacerme!

En el palacio de Bruselas se empezaba a comentar que los desvaríos de Juana eran alarmantes, porque no eran simplemente la furia de una mujer celosa: eran mucho más profundos.

Siempre que podían, los cortesanos evitaban su mirada.

A Juana se le hacía difícil pensar en su madre, allá en Madrid, y en la tragedia que había sacudido a su familia. Se quedaba con la mirada perdida, tratando de recordarlos, de evocar aquellos días interminables, sentada en el cuarto de los niños, trabajando en alguna tediosa labor de aguja. Recordaba que una vez la habían castigado por escaparse cuando debía haber ido al confesionario.

El impreciso recuerdo la hizo reír; todo eso era el pasado. Felipe jamás le pegaría por no haber ido a confesarse. Felipe no tenía gran respeto por los sacerdotes, y la vida en Bruselas era muy diferente de la que se llevaba en Madrid. No había la misma solemnidad, ni los aburridos servicios religiosos. En Bruselas, la norma era divertirse. Libre de la dignidad de los españoles, el pueblo flamenco creía que si estaban en este mundo era para divertirse, una doctrina de gran atractivo para Juana.

En Flandes todo era atractivo para Juana, y así debía ser, porque Felipe estaba en Flandes.

Juana no estaba segura de que, para Felipe, la noticia que acababa de llegarle de España fuera una tragedia y, en ese caso, ¿por qué habría de serlo para ella?

Aparte su sensualidad y su amor por la algazara, había otro aspecto en el carácter de Felipe; no en vano era hijo de Maximiliano. Estaba orgulloso de las posesiones que ya tenía, y de las más vastas aún que debía heredar. Sin verla, había aceptado a Juana como esposa porque, siendo la hija de Isabel y de Fernando, para él podía resultar muy beneficiosa la unión con tan rica heredera.

Felipe era ambicioso.

Juana sabía que se había sentido más bien satisfecho al enterarse de la muerte de Juan, y menos complacido al saber que se esperaba un heredero.

—Por Dios, Juana —había exclamado—, ahora que tu hermano ha muerto, ¿quién será el heredero de España, dime? ¿Esa enfermiza hermana tuya? Los aragoneses son un pueblo orgulloso, que no acepta ser gobernado por mujeres y con toda razón, mi amor. Con toda razón. ¿No estás de acuerdo conmigo?

—Oh, sí, Felipe.

Él le palmeó alegremente el trasero; en ocasiones, se divertía tratando a la hija de Isabel y de Fernando como si fuera una moza de taberna.

—Así me gusta, Juana, que estés siempre de acuerdo con tu marido. Así él estará satisfecho de tí.

Juana levantó los ojos hacia el rostro de él, murmurando su nombre.

—Por Dios, mujer, qué insaciable eres —la reprendió Felipe—. Más tarde, tal vez... si te portas bien. Escucha atentamentec lo que tengo que decirte. Si no hubiera sido por ese niño que va a tener la mujer de tu hermano, tú y yo seríamos los príncipes de Castilla.

—¿Y estarías muy complacido entonces, Felipe?

—Estaría muy complacido con mi Juanita. Pero ahora no estoy tan complacido. Si el niño es varón... bueno, entonces mi Juanita no aporta tanta dote a su enamorado esposo, ¿no te parece?

Tras acariciarla descuidadamente, la había apartado de sí para ir en busca de alguna de sus amantes. Juana estaba segura, porque no estaba complacido con ella. Había un niño en camino, y por eso Felipe no estaba complacido con su mujer.

Juana maldecía la fertilidad de Margarita. ¡Tan poco tiempo de casada, y haber concebido ya un niño que Felipe no quería! Un verdadero fastidio.

Pero ahora le llegaba esta noticia. Felipe estaría encantado; debía ir inmediatamente a comunicársela.

Antes de que Juana saliera de sus habitaciones se oyó un golpe a la puerta, e inmediatamente entró un sacerdote.

Juana frunció el ceño: el hombre era fray Matienzo, un confidente a quien su madre había enviado a Flandes para que vigilara a su hija; y aunque Juana estaba lejos de Isabel, seguía recordando el temeroso respeto que le había inspirado siempre su madre.

Impaciente, se quedó esperando a que el sacerdote expresara lo que tenía que decirle.

—Vuestra Alteza —empezó el hombre—, he recibido una carta de la Reina, en la que me comunica la trágica noticia que también a vos os transmite. La Reina debe de estar muy triste.

Juana no dijo nada; ni siquiera estaba pensando en el sacerdote, ni en su madre. Lo que veía era el bello rostro rubicundo de Felipe, escuchándola mientras ella le contaba la noticia. Y Juana se arrojaría en sus brazos, y Felipe estaría tan complacido con ella que se olvidaría de todas esas mujeronas de cabellos de lino que, al parecer, tanto placer le daban, y no tendría atenciones más que para Juana.

—He pensado —prosiguió fray Matienzo— que podríais querer que rezáramos juntos.

Juana lo miró, atónita.

—No quiero rezar —declaró—. Tengo que salir en seguida. Tengo algo importante que hacer.

El sacerdote le apoyó una mano en el brazo.

—La Reina, vuestra madre, me hace preguntas acerca de vos.

—Pues entonces respondédselas —replicó Juana.

—Temo hacerla sufrir si le digo la verdad.

—¿Qué verdad? —preguntó desganadamente Juana.

—Si le digo que no vais a la iglesia tan frecuentemente como en España, que no acudís a confesaros...

—Lo hago con la misma frecuencia que mi marido.

—Eso no os servirá de excusa, ni ante Dios ni ante vuestra madre.

Juana hizo chasquear los dedos; en sus ojos empezaban a encenderse luces frenéticas. Ese hombre estaba deteniéndola contra su voluntad; estaba privándola de su placer. ¿Y si Felipe se enteraba de la noticia por otra vía, antes de que ella misma pudiera transmitírsela?

Con brusquedad, se desprendió de la mano que la detenía.

—Seguid vuestro camino y dejadme seguir el mío —respondió furiosamente.

—Alteza, os suplico que os apartéis de los sacerdotes franceses que os rodean. Sus costumbres no son las nuestras.

—Pues yo las prefiero.

—Si no me escucháis y no enmendáis vuestra conducta, no me quedará otra alternativa que escribir a vuestra madre diciéndole que no hay en vos auténtica piedad.

—Pues hacedlo —le espetó Juana, entre dientes—. Haced lo que se os ocurra, viejo tonto y entrometido. Ya no estoy en España. ¡Ahora pertenezco a Flandes, y a Felipe!

Y con una risa desaforada, salió corriendo de la habitación.

Los cortesanos que la vieron se miraron entre sí, encogiéndose de hombros. En la corte flamenca no había mucha ceremonia, pero nadie se conducía de la misma manera que la infanta Juana. Juana era más que informal: era rara, se comentaba.

Felipe estaba en sus apartamentos, echado sobre un sofá, con el hermoso rostro arrebatado. Una mujer de cabellos dorados estaba sentada en un taburete, a sus pies; recostándose contra él, le abrazaba una pierna. Otra mujer, también de brillantes cabellos rubios, lo abanicaba. Alguien tenía un laúd, y había un grupo de hombres y mujeres bailando.

Era la misma escena que Juana había visto muchas veces. De haber podido seguir su impulso, habría cogido a una de esas mujeres por sus brillantes cabellos de lino, y la habría hecho atar y azotar. Después, se habría ocupado de la otra.

Pero ahora debía calmarse. Ya podían enorgullecerse ellas de los largos rizos dorados que les caían sobre los abundantes pechos desnudos; en esta ocasión, Juana tenía algo más que ofrecer, y primero iba a calmarse tan completamente que esta vez no cometería tontería alguna.

Se quedó en el umbral de la habitación, sin que nadie le prestara atención alguna. Los bailarines seguían bailando, las mujeres no dejaron de acariciar a Felipe.

—¡Silencio! —vociferó Juana, con toda la fuerza de sus pulmones.

Su voz tuvo el efecto deseado. En la habitación se hizo un silencio total y, antes de que Felipe tuviera tiempo de ordenar a sus amigos que siguieran, Juana volvió a gritar:

—Tengo una importante noticia de España.

Sin advertencia previa, Felipe se puso de pie. La mujer que estaba a sus pies se resbaló del taburete y cayó al piso, para gran alegría de Juana, que dominó su deseo de reírse a carcajadas al mirarla.

Levantó la carta de su madre, que llevaba en la mano, y al verla, los ojos de Felipe brillaron.

—Dejadme con mi mujer —ordenó.

Juana se hizo a un lado, mirando cómo salían uno a uno, pero no miró a las dos mujeres; estaba decidida a no perder el dominio de sus emociones. A punto de tener a Felipe para ella sola, se sentía feliz.

—¿Cuál es la noticia? —preguntó él, con impaciencia.

Ella le sonrió, mientras sus ojos reflejaban todo el amor que sentía por él. Sabía que estaba a punto de darle algo que su marido mucho deseaba.

—El niño nació muerto —anunció.

Durante unos segundos, Felipe no habló. Juana miraba la lenta sonrisa que se extendió sobre su rostro. Después de darse un puñetazo en el muslo, su marido le cogió la mejilla entre el pulgar y el índice, con tanta fuerza que a Juana le dieron ganas de gritar de placer. No le importaba si lo que recibía de él era dolor o caricias; para ella bastaba con que las manos de Felipe la tocaran.

—Muéstrame la carta —dijo bruscamente él, y se la arrebató.

Juana lo observó mientras la leía; estaba todo ahí, lo que él quería que estuviera.

Después, él se echó a reír.

—¿Estás complacido, Felipe? —preguntó Juana, como para recordarle que a ella se lo debía.

—Oh, sí, mi amor, sí que lo estoy. ¿Y tú?

—Yo estoy complacida siempre que lo estás tú.

—Es verdad, ya lo sé. Vamos, Juana, ¿comprendes lo que esto significa?

—Que ahora mi hermana Isabel es la heredera de España.

—¡Tu hermana Isabel! Te digo que no aceptarán que los gobierne una mujer.

—Pero Isabel es la mayor, y mis padres no tienen más hijos varones.

—Debería pegarte por no haber nacido la primera, Juana.

Ella se rió, excitada. La idea no le era desagradable; lo único que quería era que Felipe sólo la atendiera a ella.

—Ahora te mostraré qué buen marido soy —prosiguió Felipe—. Tú y yo seremos los Príncipes de Castilla, y cuando tu madre ya no esté, Castilla será nuestra.

—Felipe, debería ser como tú dices. Pero ellos me recordarán que no soy la mayor.

—¿Piensas acaso que querrán que el Rey de Portugal gobierne España? ¡Qué esperanza!

—¡Qué esperanza! —repitió Juana, aunque se preguntaba por qué habrían de querer que la gobernara el heredero de Maximiliano. Pero eso era algo que no debía decir; Felipe estaba complacido con ella.

Él la tomó en brazos y la hizo bailar por toda la habitación, mientras Juana se aferraba desesperadamente a él.

—¿Te quedarás un momento conmigo? —le rogó.

Con la cabeza inclinada hacia un lado, Felipe se quedó observándola.

—Por favor, Felipe... ¡por favor! —suplicó Juana—. Un rato los dos... solos....

Con un lento gesto de asentimiento, Felipe la llevó hacia el diván.

La pasión de su mujer todavía tenía el poder de divertirlo.

Sin embargo, no quiso quedarse mucho tiempo con ella, y poco tardó en volver a llamar a sus amigos.

Hizo que Juana se pusiera de pie junto a él, sobre el diván.

—Amigos míos —declaró—, tenéis entre vosotros visitantes extranjeros, y de la mayor importancia. Debéis adelantaros a rendir homenaje al Príncipe y a la Princesa de Castilla.

Fue un juego similar a los que tantas veces jugaban. Cada uno de los presentes se acercó al diván para hacer una profunda reverencia y besar la mano de Felipe, y después la de Juana.

Juana estaba feliz. Recordó de pronto, con excepcional nitidez, las habitaciones de su madre, en Madrid, y se preguntó qué dirían sus padres y sus hermanas si pudieran verlos en ese momento... al astuto Felipe y a su mujer, que sin el consentimiento de ellos acababan de declararse herederos de Castilla.

Tan divertida estaba que se echó a reír. La tensión de la última hora había sido demasiado para ella, y no podía dejar de reírse.

Felipe la miraba con frialdad. Al recordar su frenética pasión, el desbordante deseo de su mujer por él, se estremeció.

Por primera vez, se le ocurrió pensar: ya sé por qué es tan rara. Está *loca*.

7

La Reina de Portugal

Fernando e Isabel estaban estudiando, consternados, la carta que acababan de recibir de fray Matienzo. Las noticias eran verdaderamente inquietantes. No sólo Juana se estaba conduciendo en Flandes con una impiedad increíble, sino que ella y su marido se habían atrevido a asumir el título de herederos de Castilla.

—Ojalá no hubiera permitido jamás que se alejara de mi lado —suspiró amargamente Isabel—. Inestable como es, no debería haber viajado así al extranjero.

Fernando estaba sombrío, preguntándose si no habría sido mejor que enviara a María a Flandes. Verdad que María tenía poco vuelo, pero por lo menos no se habría conducido tan desatinadamente como, al parecer, estaba haciéndolo Juana.

—Hay veces en que me pregunto cuál será el próximo golpe —continuó Isabel—. Mi hijo....

—Querida mía —murmuró Fernando, rodeándola con el brazo—, no debéis abandonaros a vuestro dolor. Es verdad que nuestras alianzas con los Habsburgo no han resultado más que una bendición a medias. Tenemos aquí con nosotros a Margarita, nuestra nuera... que no ha conseguido darnos un heredero. Y ahora, parece que en Felipe tenemos un enemigo más bien que un amigo.

—¿Habéis escrito a Maximiliano protestando por esta perversa actitud de su hijo y de nuestra hija?

—Sí, le he escrito.

—Pero yo no culpo a Juana —se apresuró a agregar la Reina—. Debe de haberse visto obligada a hacer esto. Oh, pobre hija mía, quisiera Dios que nunca la hubiera dejado partir.

—Felipe es un joven indisciplinado y ambicioso; no debemos tomarlo demasiado en serio. No temáis, que esto no es tan importante como pensáis. Estáis inquieta porque una de vuestras hijas ha olvidado su deber hasta el punto de actuar de una manera que no podía menos que dolernos. Juana fue siempre un poco rara; no debemos preocuparnos demasiado por lo que haga. Para todo esto no hay más que una respuesta.

—¿Y es...?

—Mandar llamar a Isabel y a Manuel, y hacer que sean proclamados nuestros herederos en toda España—. De poco les servirá entonces, al hijo de Maximiliano y a nuestra hija, el título que *ellos* se den. Isabel es nuestra hija mayor, y la legítima heredera de Castilla, y sus hijos heredarán nuestra corona.

—Qué atinado es lo que decís, Fernando. Tenéis razón, es la única salida. En mi dolor, sólo acertaba a llorar por la conducta de uno de mis hijos. Fue una tontería de mi parte.

Fernando sonrió ampliamente: era muy grato conseguir que Isabel reconociera su superioridad.

—Dejadme a mí estos asuntos, Isabel. Ya veréis que sé cómo enderezar los extravíos de nuestros hijos.

—Prometedme que no os enojaréis demasiado con nuestra Juana.

—Si pudiera ponerle las manos encima... —empezó Fernando.

—No, Fernando, no. Recordad lo inestable que es.

Fernando la miró con suspicacia.

—A veces —articuló lentamente—, me hace pensar en vuestra madre.

Finalmente, esas palabras habían sido pronunciadas en alta voz, e Isabel se sintió como si la hubieran golpeado. Increíble, ser tan cobarde... Si la idea no era nueva para ella. Pero oír que alguien la dijera le daba un peso nuevo, traía a la luz del día todos sus terrores. Ahora, sus miedos ya no eran fantasías; arraigaban profundamente en la realidad.

Fernando miró la cabeza inclinada de su mujer y, tras palmearle tranquilizadoramente el hombro, se retiró.

Isabel se alegró de estar sola.

—¿Qué será de ella, que será de mi trágica hija? —se preguntó en un susurro.

Y en ese momento comprendió que era ésa la mayor tragedia de su vida; ya entonces, todavía oprimido el corazón por el dolor de la pérdida, se dio cuenta de que el golpe que le había significado la muerte del hijo amado era leve, comparado con el que tendría que sufrir por causa de la locura de su hija.

Mientras se dirigía a sus habitaciones, Fernando se encontró con un mensajero que le traía unos despachos. Al ver que eran de Maximiliano prefirió leerlos él primero, antes de llevárselos a Isabel.

Está aturdida, se dijo. Es mejor que le evite otras cosas desagradables, mientras no se haya recuperado de estos golpes y mientras leía la carta de Maximiliano se alegró de la decisión tomada. Maximiliano ponía bien en claro que respaldaba firmemente las pretensiones de su hijo a la corona de Castilla. Afirmaba que, por más que fuera la menor, la nuera de Maximiliano tenía derecho de precedencia sobre la esposa del Rey de Portugal.

Era una sugerencia monstruosa, incluso viniendo de un hombre tan arrogante. Maximiliano sugería también que él tenía derecho a la corona de Portugal por su madre, doña Leonor de Portugal, y que ese derecho era mayor que el de Manuel, que apenas si era sobrino del último Rey. También insinuaba arteramente que el Rey de Francia, enemigo y rival de Fernando en el proyecto italiano, estaba dispuesto a apoyar las pretensiones de Maximiliano.

Fernando fue presa de una indignación sin límites. ¿Era eso lo que le había aportado la alianza con los Habsburgo?

Furioso, se sentó a su mesa, a escribir. Después llamó a sus mensajeros.

—Partid inmediatamente hacia Lisboa —les dijo—, que se trata de un asunto de la mayor importancia.

La reina Isabel de Portugal se había reconciliado con la vida. Ya no la atormentaban las pesadillas, y agradecía a su marido la nueva paz que había obtenido. Nadie podría haber sido más bondadoso que Manuel. Era raro que ahí en Lisboa, donde tan feliz había sido con Alonso, su primer marido, estuviera aprendiendo a olvidarlo.

Desde sus habitaciones en el Castelo tenía una hermosa vista de Lisboa, una ciudad que le resultaba fascinante mirar a la distancia. Alcanzaba a ver la Ashbouna, donde vivían los árabes, encerrados por las murallas que tiempo atrás habían erigido los visigodos; tras los olivares y los bosquecillos de higueras alcanzaba a distinguir la Alcacova, donde a veces pasaban algunos días con Manuel. En las estrechas calles, que contaban siglos de antigüedad, se congregaba el pueblo: a comprar y a vender, a hacer comentarios, a cantar y a bailar. A veces, por las noches, quejoso e infinitamente triste, se elevaba la canción de algún esclavo, nostálgico de su tierra lejana.

Los industriosos moros de la morería modelaban la arcilla en sus tornos; sentados con las piernas cruzadas, trabajaban en sus cacharros. Otros tejían. Estas artesanías tenían sus adeptos, y todos se enriquecían.

Era una ciudad de múltiples bellezas y espectáculos, pero a la Reina de Portugal no la atraía mezclarse con el pueblo de su nuevo país. Prefería permanecer en el castillo y mirarlos desde allí, tal como prefería contemplar la vida desde cierta distancia, como espectadora más bien que como participante.

Llegaría el momento en que muchos de los súbditos más industriosos de ella y de su marido fueran expulsados del país. Isabel no podía olvidar la condición de su regreso a Portugal, y la atormentaba la idea de que un día, las maldiciones de esos hombres y esas mujeres caerían sobre ella.

Pero ese momento no había llegado aún, y entretanto había sucedido algo que le daba resignación.

Isabel estaba embarazada.

Rogaba que su hijo fuera varón. Si pudiera dar un hijo varón a Manuel y a Portugal, sentiría que había compensado en alguna pequeña medida las desdichas que iba a acarrear a muchos de sus súbditos el matrimonio del Rey.

Cuando se enteró de la noticia de la muerte de su hermano, no fue sólo el dolor lo que la abatió de tal manera que se vio obligada a quedarse varios días en cama. Ese miedo que durante tanto tiempo la había acosado parecía ahora cobrar forma material, convertirse en algo tangible, en algo que le susurraba al oído: hay una maldición que pesa sobre vuestra casa.

Se lo contó a Manuel, pero él había sacudido la cabeza, diciéndole que eso no eran más que fantasías. Vaya, si aunque Juan hubiera muerto, Margarita estaba por tener un hijo, y si el niño era varón, España tendría su heredero con tanta seguridad como si Juan hubiera vivido.

Isabel casi empezaba a darle crédito, cuando de nuevo habían llegado mensajeros de España.

La Reina los había visto acercarse a caballo al Castelo y sabía, por el color de las libreas, que eran enviados de sus padres. Se llevó una mano al corazón, que la inquietud agitaba.

¿Dónde estaba Manuel? Quería que él estuviera junto a ella cuando leyera la noticia que le enviaban sus padres.

—Id a ver si el Rey está en sus habitaciones —ordenó a una de sus damas— y decidle por favor que me agradaría que venga a reunirse conmigo o que, si lo prefiere, iré yo donde él se encuentre.

No tuvo que esperar demasiado, porque Manuel acudió sin demora a su llamado.

Sonriente, Isabel le tendió la mano. Continuamente, Manuel le daba pruebas de que podía confiar en él.

—Manuel —le dijo cuando se quedaron solos—, he visto acercarse mensajeros al Castelo, y sé que son enviados de mis padres. Como me dio miedo, os hice rogar que vinierais. Cada vez que veo el sello de mis padres, tiemblo, preguntándome cuál será la mala noticia que me hagan llegar.

—No debéis decir eso, Isabel —la regañó él, besándola dulcemente en la mejilla. Se la veía un poco mejor desde el comienzo de su embarazo, y Manuel estaba encantado. Se había alarmado al ver la delgadez de su novia, comparándola con la muchacha que había venido por primera vez a Portugal a casarse con su primo. No es que entonces hubiera parecido demasiado saludable, pero al volver a verla después de su larga ausencia, el Rey había advertido de inmediato que Isabel parecía más etérea, su piel más transparente, más grandes sus ojos sobre unas mejillas que habían perdido su plenitud. No la encontró menos hermosa, pero ese aspecto de no pertenecer del todo a este mundo lo había alarmado un poco.

Para él fue una gran alegría saber que su matrimonio sería fecundo. Estaba seguro de que la salud de su mujer había mejorado, y como consecuencia su estado de ánimo.

—Me pareció tan extraño que muriera Juan. Jamás se nos había ocurrido que Juan pudiera morir.

—Sois demasiado fantasiosa, Isabel. Juan murió porque atrapó una fiebre.

—¿Y por qué ha de atrapar una fiebre durante su luna de miel un hombre joven y sano?

—Querida mía, el solo hecho de estar en su luna de miel no hace que un hombre sea inmune a las fiebres. Bien puede ser que todas esas ceremonias lo hubieran debilitado. Es un desatino pensar que su muerte fuera un signo —sonrió Manuel—. Vaya, si hubo un momento en que vos pensasteis que nuestra unión estaba maldita. Admitidlo; pensasteis que queríamos hijos, que *necesitábamos* hijos, pero que jamás los tendríamos. Y ya veis cómo os están demostrando que os equivocabais.

—Si lo que tengo es un niño —exclamó Isabel, con los ojos brillantes—, diré que he sido una tonta y nunca más volveré a hablar de signos.

Al decirlo miró casi furtivamente por encima del hombro, como si no estuviera hablando con Manuel, sino con alguna presencia invisible, como si le suplicara: dame un hijo sano y demuéstrame así que eran infundados mis temores.

Manuel le sonrió con ternura y, en ese momento, llegaron los mensajeros.

Isabel, a quien le fueron entregadas las cartas, indicó a los sirvientes que llevaran a los mensajeros a tomar un refrigerio después de tan largo viaje.

Cuando volvió a quedar a solas con su marido, le tendió las cartas. Estaba pálida, y las manos le temblaban.

Os ruego, Manuel, que me las leáis.

—Fueron escritas para vuestros ojos, querida mía.

—Lo sé, pero me tiemblan demasiado las manos, y no podré distinguir las palabras.

Cuando Manuel rompió los sellos y leyó las cartas, Isabel, que lo observaba atentamente, vio que palidecía.

—¿Qué hay, Manuel? —se apresuró a preguntar—. Decídmelo sin demora.

—El niño nació muerto —respondió él.

Ahogando un grito, Isabel se desplomó sobre una banqueta. Tenía la impresión de que la habitación daba vueltas en torno de ella, y le pareció que esas voces malignas, las voces de miles de seres atormentados y perseguidos, susurraban en sus oídos.

—Pero Margarita está bien —prosiguió Manuel.

Tras un silencio, Isabel levantó el rostro hacia su marido.

—¿Hay algo más? —preguntó—. Os ruego que no me ocultéis nada.

—Sí —asintió lentamente él—, hay algo más. Juana y Felipe se han proclamado herederos de Castilla.

—¡Juana! Pero es imposible. Si es menor que yo.

—Es lo que dicen vuestros padres.

—¿Cómo pudo hacer Juana una cosa así?

—Porque tiene un marido muy ambicioso.

—Pero es terrible. A mi madre se le destrozará e corazón. Es tener las disputas en el seno mismo de la familia.

—No debéis asustaros —la tranquilizó Manuel—. Vuestros padres sabrán cuál es la mejor manera de hacer frente a esas pretensiones. Nos piden que nos preparemos para salir inmediatamente de Lisboa y dirigirnos a España. Van a hacer que vos seáis públicamente proclamada heredera de Castilla.

De pronto, Isabel se sintió agotada. Se llevó la mano a la dolorida cabeza, pensando: no quiero saber nada con estas rencillas. Quiero que me dejen tener mi hijo en paz.

Después sintió que el niño se movía en su seno, y su estado de ánimo cambió. Una Reina no debía pensar en sus deseos personales.

Se le ocurrió que el niño que llevaba en sus entrañas bien podía ser el heredero de toda España y de sus dependencias, todas aquellas tierras del Nuevo Mundo.

En su vida apremiante no había tiempo para la lasitud; Isabel tenía que luchar, incluso contra su propia hermana, por los derechos de ese hijo.

Con voz firme, preguntó:

—¿Cuándo podemos estar listos para partir hacia España?

8

TORQUEMADA
Y EL REY DE INGLATERRA

Tomás de Torquemada yacía en su jergón, respirando con dificultad, La gota lo torturaba, y cada vez se le hacía más difícil moverse.

—Y tengo tantas cosas por hacer —murmuraba—, y tan poco tiempo para hacerlas. Pero —agregó, al pensar que sus palabras podían haber parecido un reproche al Todopoderoso—, hágase Tu voluntad.

Con frecuencia pensaba en Jiménez, el arzobispo de Toledo, que algún día —decíase—, podría llevar el manto de Torquemada. Ése era un hombre, pensaba, capaz de llegar algún día a superar su condición carnal al punto de que, antes de morir, consiguiera realizar una obra tan grande como la del propio Torquemada.

Bien podía Torquemada recordar con complacencia sus últimos treinta años. Bien podía maravillarse de no haber salido hasta los cincuenta y ocho años de la estrecha vida del claustro, para empezar a escribir, en mayúsculas, su nombre en la historia de su país. Sus grandes logros eran la introducción de la Inquisición y la expulsión de los judíos.

Se llenaba de euforia al recordarlo. Ay, pero su cuerpo le fallaba. Ay, pero tenía sus enemigos. Ojalá hubiera podido conocer más a ese Jiménez; Torquemada creía que en un hombre así se podía confiar para que guiara a los Soberanos en el camino que debían seguir, para que en sus manos pudiera ser puesto, con segura confianza, el destino de España.

—Yo podría haberlo formado —murmuró—, podría haberle enseñado muchas cosas. Ay, qué poco tiempo.

Se sentía rendido, porque acababa de despedirse de los jefes de la Inquisición, a quienes había ordenado que acudieran a Ávila para darles las nuevas instrucciones, ordenadas en forma de dieciséis artículos, que había compilado para uso de la Inquisición. Torquemada estaba continuamente pensando en reformas, en fortalecer a la organización, en conseguir que a los pecadores les resultara más difícil eludir a los alguaciles.

Creía que alrededor de ocho mil pecadores contra la Iglesia habían sido quemados en la pira desde aquel glorioso año 1483 en que él había establecido su Inquisición, hasta ese día que lo veía ahora inmovilizado en su lecho de dolor, preguntándose cuánto tiempo le quedaría.

—Ocho mil hogueras —caviló—. Pero los juzgados fueron muchos más. Deben de haber sido unas cien mil personas las que fueron consideradas culpables y castigadas con penas menores. Buena cifra.

Lo dejaba perplejo el hecho de que un hombre como él hubiera de tener enemigos dentro de la Iglesia, y de que el mayor de ellos fuera, quizás, el propio Papa.

¡Qué diferentes habían sido las cosas cuando el campechano Inocencio VIII se había ceñido la corona papal! Torquemada no confiaba en el Papa Borgia. Circulaban rumores abominables respecto de la vida que llevaba Roderigo Borgia, el Papa Alejandro VI. Se comentaba que tenía sus amantes y una cantidad de hijos de los cuales estaba muy orgulloso y a quienes cubría de los más altos honores.

A Torquemada, devoto del jergón de madera y el cilicio, eso le parecía escandaloso; pero más escandaloso aún era el hecho de que el astuto e intrigante Borgia sintiera, al parecer, un placer casi perverso en frustrar a Torquemada de todas las maneras posibles.

—Tal vez sea inevitable que un hombre de mala vida y putañero desee humillar a alguien que siempre ha llevado una vida de santidad —reflexionaba Torquemada—. Pero, ¡válgame el cielo, que un hombre así haya de ser el propio Santo Padre!

Los ojos de Torquemada brillaron en el rostro pálido. Qué placer le daría librar contra ese hombre una lucha por el poder. En ese preciso momento estaba esperando que regresaran de Inglaterra sus mensajeros, enviados con un recado especial para el rey Enrique VII, que podía tener sus motivos para estar agradecido a Torquemada.

El astuto Rey de Inglaterra sabía cuál era el poder del Gran Inquisidor sobre los Soberanos. Sus espías ya le habrían hecho saber que Isabel y Fernando acudían frecuentemente a visitarlo en Ávila, cuando la gota lo mantenía tan incapacitado que él no podía moverse, y sabría también que el cuerpo de Juan había sido trasladado a Ávila para que él le diera sepultura, lo cual daba testimonio del respeto que le profesaban los Soberanos. Era un consuelo, y mucho más en vista de los desaires que recibía de Roma, saber que en Inglaterra se lo reconocía como el hombre influyente que en efecto era.

Mientras Torquemada yacía así en su jergón, cavilando sobre todas esas cosas, llegaron de Inglaterra sus mensajeros. Tan pronto como supo que estaban ya en el monasterio, el inquisidor ordenó que fueran llevados con toda celeridad a su presencia.

Los mensajeros temblaban ante ese hombre, para quien era tan natural hacer temblar a otros. Sus fríos ojos acusadores podían detectar alguna herejía de la cual la víctima no se hubiera siquiera percatado; esos labios delgados eran capaces de disparar una pregunta cuya respuesta bien podía costar a quien la formulara la pérdida de sus propiedades, la tortura o la muerte.

Estar en presencia de Torquemada era no poder sacarse de la cabeza los siniestros calabozos del dolor, las ceremonias escalofriantes de los autos de fe, el hedor de la carne humana al quemarse.

—¿Qué noticias hay del Rey de Inglaterra? —preguntó Torquemada.

—Vuestra Excelencia, el Rey de Inglaterra os envía sus respetos, y desea haceros saber que está dispuesto a ser vuestro amigo.

—¿Le hablasteis de mi pedido?

—Le hablamos, Vuestra Excelencia, y recibimos su respuesta de sus propios labios. El Rey de Inglaterra no permitirá la entrada en su reino a ningún hombre, mujer ni niño que llegue allí huyendo del Santo Oficio.

—¿Lo dijo de manera informal, o a modo de un juramento?

—Excelencia, se puso ambas manos sobre el pecho y lo juró. Y juró también que perseguiría a todos los judíos o herejes que buscaran refugio en su reino, en caso de que la Inquisición estuviera interesada en tales personas.

—¿Hubo acaso algo más?

—El Rey de Inglaterra dijo que, así como él era vuestro amigo, estaba seguro de que vos lo seríais de él.

Torquemada sonrió, satisfecho, y los aliviados mensajeros fueron autorizados a escapar de su presencia.

Finalmente, el Rey de Inglaterra era su amigo. Había respondido al pedido de Torquemada, y debía ser recompensado. No se debía seguir demorando el matrimonio entre su hijo mayor y la hija menor de los soberanos españoles. Hablar de que la niña era demasiado joven era un sentimentalismo absurdo.

Era un asunto que Torquemada debía atender personalmente, y lo atendería.

Si por lo menos no estuviera tan cansado... Pero debía sobreponerse a sí mismo. Tenía un deber que cumplir, y aunque la Reina iba sin duda a interceder por su bija pequeña, Su Alteza debía aprender, como el propio Torquemada lo había hecho, a dominar sus deseos, en vez de permitir que se interpusieran en el camino de su deber.

9

Isabel recibe
a Cristobal Colón

Margarita andaba por el palacio como un triste, pálido espectro. Perdida su alegría flamenca, daba la impresión de estar siempre vuelta hacia el pasado.

Era frecuente que Catalina anduviera junto a ella por los jardines, sin que ninguna de las dos hablara mucho, pero había cierto consuelo que recíprocamente podían darse.

Catalina tenía la sensación de que esos paseos eran preciosos, porque no podían durar mucho tiempo. Algo había de sucederles... a ella o a Margarita. A ninguna de las dos habrían de permitirle que se quedara allí indefinidamente. Maximiliano no tardaría en empezar a preguntarse qué nuevo matrimonio podía combinar para su hija, y en cuanto a Catalina, el momento de su partida debía estar ya acercándose.

Un día, mientras paseaban juntas, Catalina comentó:

—Pronto regresará mi hermana Isabel, y se harán festejos de bienvenida. Tal vez entonces se dé por terminado el duelo.

—Mi duelo no terminará con los festejos —respondió Margarita.

—¿Te quedarás aquí? —interrogó Catalina, pasando un brazo por el de su cuñada.

—No lo sé. Es posible que mi padre vuelva a llamarme. Mis camareras se alegrarían de regresar a Flandes; dicen que jamás pudieron acostumbrarse a los modales españoles.

—Yo te echaré mucho de menos si te vas.

—Quizá... —empezó a decir Margarita, y se detuvo bruscamente.

Catalina se estremeció.

—Estás pensando que tal vez yo me vaya antes —durante un momento permaneció en silencio, para después prorrumpir—: Margarita, me da tanto miedo cuando lo pienso. A tí puedo decírtelo, porque tú eres diferente de todos los demás. Tú dices lo que piensas. Siento terror de Inglaterra.

—Un país no es tan diferente de otro —la consoló Margarita.

—No me gusta lo que me han dicho del Rey de Inglaterra.

—Pero quien debe preocuparte es su hijo. Hay otros hijos, que tal vez no sean como el padre. Mira qué amiga me he hecho yo de todas vosotras.

—Sí —asintió lentamente Catalina—, tal vez me gusten Arturo y sus hermanos.

—Tal vez no vayas, en definitiva. Muchas veces se cambian los planes.

—Yo también abrigaba esa esperanza —admitió Catalina—. Pero desde que se celebró la ceremonia por poder, creo que ya no tengo muchas probabilidades de escapar.

Catalina tenía el ceño fruncido, al imaginarse la ceremonia de la cual le habían hablado, y que había debido ser realizada en secreto, porque el Rey de Inglaterra temía que el Rey de Escocia se enterara de la alianza con España, y no sabía cuál podía ser su reacción.

—En la capilla de la *Royal Manor of Bewdley* —susurró Catalina—. Qué nombres raros tienen estos ingleses. Tal vez con el tiempo me acostumbre. Oh, Margarita, cuando pienso en esa ceremonia siento como si ya estuviera casada, y sé que ya no me quedan esperanzas de escapar.

Desde una ventana de sus habitaciones, Isabel observaba a su hija, alegrándose de ver juntas a Margarita y a Catalina. Pobres niñas, podrían ayudarse entre ellas.

Aunque no pudiera ver la expresión del tierno rostro de su hija, la Reina se figuraba ver la desesperación traducida en el porte de la cabeza y en la forma en que Catalina dejaba caer las manos a los costados.

Probablemente estuviera hablando del matrimonio por poder. Pobrecita, se le destrozaría el corazón si tuviera que irse a Inglaterra. Si tenía trece años... Con un año más, habría llegado el momento.

Incapaz de seguir mirando a las jóvenes, la Reina se apartó de la ventana.

Fue hacia su mesa y empezó a escribir a Torquemada.

«Mi hija es todavía demasiado joven para casarse. Durante un tiempo más, habrá que conformarse con la ceremonia por poder ya realizada. Catalina no irá a Inglaterra... todavía.»

En muchas ocasiones, la reina Isabel de España agradecía que fueran tantas las cosas que la reclamaban. De no haber sido así, no creía Isabel que hubiera sido capaz de soportar el dolor por todo lo que había sucedido a su familia. Cuando había tenido que sobrellevar el tremendo golpe que le significó la muerte de Juan, pensó que en el mundo no había mujer que hubiera estado tan próxima a la desesperación como ella; y sin embargo, cuando pensaba en Juana, allá en Flandes, la asaltaba algo muy semejante al terror.

La verdad era que la Reina no se atrevía a pensar demasiado en Juana.

Por eso se alegraba de los continuos asuntos de Estado que se veía en la obligación de atender. Isabel jamás olvidaba que era la Reina, y que el deber que tenía hacia su país se anteponía a todo... Sí, incluso al amor que, como madre afectuosa que era, la ligaba a sus hijos.

Lo que la preocupaba ahora era su Almirante, Cristóbal Colón, que estaba a punto de llegar a verla. Isabel tenía gran admiración por ese hombre, a quien jamás dejaba de defender cuando sus enemigos, que eran muchos, formulaban cargos contra él.

Colón deseaba por ese entonces volver a hacerse a la mar rumbo al Nuevo Mundo, y la Reina sabía que le pediría los medios para hacerlo. Y eso significaba dinero para equipos, y hombres y mujeres capaces de ser buenos colonos.

Isabel recordaría siempre la ocasión en que Colón había regresado, tras su descubrimiento del Nuevo Mundo, trayendo consigo muestras de sus riquezas. Recordaba que habían cantado el Te Deum en la capilla real, agradeciendo a Dios el don que les hacía. Tal vez hubiera quienes se sintieran defraudados, quienes habían esperado mayores riquezas, mayores beneficios. Pero Isabel era mujer de miras amplias, y se daba cuenta de que la nueva colonia podía ofrecerles algo más importante que oro y chucherías.

Los hombres se impacientaban, porque no querían trabajar para ser ricos; querían conseguirlo sin esfuerzo alguno. En cuanto a Fernando, cuando vio el botín traído desde el Nuevo Mundo, lamentó haber prometido a Cristóbal Colón una participación en esos beneficios, y desde entonces buscaba continuamente la manera de invalidar su convenio con el aventurero.

Habían sido muchos los que deseaban seguir a Colón en su viaje de regreso al Nuevo Mundo, pero para fundar una colonia se necesitaban hombres de ideales. Isabel lo sabía, aunque Fernando y tantos otros fueran incapaces de entenderlo.

De la nueva colonia se había trasplantado a España una situación inquietante, de ambiciones y de celos. Eran muchos los que se preguntaban:

—¿Quién es el tal Colón? Un extranjero. ¿Por qué han de ponerlo por encima de nosotros?

Isabel comprendía que muchos de los aspirantes a colonizadores habían sido aventureros, hidalgos que no tenían intención alguna de someterse a ningún tipo de disciplina. ¡Pobre Colón! Sus dificultades no habían terminado con el descubrimiento de las nuevas tierras.

Y ahora, cuando volvía a ver a la Reina, Isabel se preguntaba qué consuelo podría ofrecerle.

Cuando su visitante llegó al palacio lo recibió sin demora, mirándolo con afecto mientras Colón se arrodillaba ante ella, dolida al pensar que había tantos que no compartían su fe en él.

Cuando lo autorizó para que se levantara, él se irguió frente a ella, corpulento, largo de piernas, con sus profundos ojos azules en los que se ocultaban los sueños de un idealista; el abundante cabello, antes de un color dorado rojizo, mostraba ahora mechones blancos. Ante ella estaba un hombre a quien un gran sueño se le había convertido en realidad; pero para su activo idealismo, un sueño realizado perdía inmediatamente vigencia ante otro que parecía no menos fugaz.

Tal vez, pensaba Isabel, sea más fácil descubrir un Nuevo Mundo que fundar una pacífica colonia.

—¿Qué noticias traéis, estimado Almirante? —lo saludó.

—Alteza, la demora en regresar a la colonia me inquieta; temo las cosas que puedan estar sucediendo allá.

Isabel hizo un gesto afirmativo.

—Ojalá pudiera daros todo lo que necesitáis. Os daréis cuenta de que estos últimos meses, tan dolorosos, han sido de muchísimos gastos para nosotros.

Colón comprendió. El costo de la boda del príncipe debía de haber sido enorme; con un cuarto de esos gastos, él podría haber preparado su expedición. Recordó lo enojado que había estado durante las celebraciones, y cómo había comentado con su querida Beatriz de Arana y con Fernando, el hijo de ambos, lo disparatado de ese derroche. ¡Dilapidar tanto dinero en una boda, cuando se lo podría haber usado para enriquecer las colonias y, por ende, para engrandecer a España!

Beatriz y el joven Fernando estaban de acuerdo con él. A los dos les interesaban sus aventuras tan apasionadamente como al propio Colón. En el seno de su familia, Cristóbal era hombre de suerte; fuera de allí, padecía crueles frustraciones.

—La Marquesa de Moya me ha hablado de vuestras necesidades —expresó la Reina.

—La Marquesa siempre ha sido una excelente amiga para mí —respondió Colón.

Y así era, en verdad. Beatriz de Bobadilla, la amiga más querida de Isabel (que era por entonces Marquesa de Moya), profesaba a Colón una fe que pocos le tenían. Había sido ella quien, en los días previos al descubrimiento, lo llevara a presencia de Isabel, y ella quien le brindara activamente su apoyo.

—Estoy profundamente preocupada por vos, y he estado pensando de qué manera podría proporcionaras los colonos que necesitáis. Me parece que el dinero puede ser más fácil de reunir que los hombres.

—Alteza —le confió Cristóbal—, se me ha ocurrido una idea. Es indispensable que yo tenga hombres para la colonia; los necesito para trabajos agrícolas y de minería, y para edificar. Antes, llevé conmigo hombres que no tenían nada de colonos. No deseaban construir el Nuevo Mundo; lo único que querían era arrebatarle su botín para regresar a España con él.

Isabel sonrió.

—Y se decepcionaron —resumió—. El clima no les sentó bien, y me han dicho que regresaron tan enfermos y amarillentos que traían más oro en la cara que en los bolsillos.

—Es verdad, Alteza. Y por eso me resulta tan difícil encontrar hombres dispuestos a hacerse a la vela conmigo. Pero hay algunos a quienes se podría hacer ir; me refiero a los convictos. Si se les ofreciera la libertad a cambio de ir a la colonia, preferirían eso antes que seguir prisioneros aquí.

—Pero eso no sería una elección —objetó Isabel—, sino una forma de castigo.

El rostro tostado y curtido de su Almirante estaba iluminado por la excitación.

—Allá se convertirían en hombres diferentes —se entusiasmó—. Descubrirían la fascinación de construir un mundo nuevo. ¿Acaso podría ser de otra manera?

—Todos los hombres no son como vos, Almirante —le recordó Isabel.

Pero él estaba seguro de que todos los hombres preferirían salar a la aventura de un mundo nuevo antes que seguir en la cárcel.

—¿Cuento con la autorización de Vuestra Alteza para llevar adelante este plan?

—Sí —concedió Isabel—. Seleccionad a vuestros convictos, Almirante, y que la suerte os acompañe.

Cuando él se hubo retirado, Isabel hizo llamar a la Marquesa de Moya. Eran raras las ocasiones que tenía para estar con su amiga dilecta; cada una de ellas tenía sus obligaciones, y no era frecuente que sus caminos se cruzaran. Sin embargo, cada una recordaba la amistad de cuando eran jóvenes, y cuando podían estar juntas, no dejaban escapar la oportunidad de verse.

Cuando llegó Beatriz, Isabel la puso al tanto de los planes de Colón de llevar convictos a la colonia. Beatriz la escuchó con gravedad, y sacudió la cabeza.

—Eso le traerá complicaciones —comentó—. Nuestro amigo Colón se encontrará haciendo de árbitro pacífico en un hato de rufianes. Ojalá pudiéramos enviar con él buenos colonos.

—Tendrá que confomarse con lo que pueda conseguir —respondió Isabel.

—Como todos nosotros —filosofó Beatriz—. ¿Qué noticias tenéis de la Reina de Portugal?

—Iniciarán inmediatamente el viaje. Es necesario; no quisiera que Isabel viaje más adelante, cuando esté más avanzado su embarazo.

—Oh, espero... —empezó a decir la impetuosa Beatriz.

—Seguid, por favor —animóla Isabel—. Ibais a decir que esperabais que esta vez no me viera yo decepcionada. Esta vez tendré en brazos a mi nieto.

Beatriz se acercó a Isabel y se inclinó para besarla, en el gesto familiar de dos amigas que han estado siempre muy próximas una de otra. Es más, la franca y directa Beatriz, dominante como era, era una de las pocas personas que, en ocasiones, trataban a la Reina como si ésta fuera una chiquilla. Isabel la encontraba enternecedora. Cuando estaba en compañía de Beatriz, sentía que podía bajar sus defensas y permitirse hablar de sus esperanzas y de sus miedos.

—Sí, estáis angustiada —confirmó Beatriz.

—La salud de Isabel nunca fue buena. Esa tos que tiene, y que arrastra desde hace años...

—Muchas veces, las plantas delicadas son las que más tiempo viven —le recordó Beatriz—. Isabel estará bien cuidada.

—Es una de las razones para que me alegre de que haya sido necesario hacerla regresar. Podré estar presente durante el nacimiento, y ocuparme de que cuente con la mejor atención posible.

—Entonces, es para bien...

—No —se opuso con severidad Isabel—, las rivalidades internas en la familia nunca pueden ser para bien.

—¡Rivalidades! No llaméis rivalidades a las presunciones de ese fanfarrón de Felipe.

—Recordad de quién se trata, Beatriz; puede traernos muchísimos problemas y mi pobre Juana...

—Algún día encontraréis una razón para hacer que ella vuelva, y entonces podréis explicarle cuál es su deber.

Isabel sacudió la cabeza. Jamás había sido fácil explicar a Juana nada que ella no quisiera entender. Isabel tenía la sensación de que la vida en Flandes estaba cambiando a Juana... y no para mejorar. ¿Sería posible que alguien como Juana se estabilizara? ¿No iría su mente, como la de su pobre abuela, extraviándose cada vez más?

—Hay tantas dificultades —caviló Isabel—. Nuestra pobre Margarita es como un triste espectro que vaga por el palacio, en busca de un pasado feliz. y Juana... Pero ni hablemos de ella; también tenemos a nuestro frustrado Almirante, con sus convictos. Y me temo que también tendremos grandes complicaciones en Nápoles. ¿Es que no han de tener fin nuestras aflicciones?

—No han de tener fin nuestras aflicciones, y tampoco nuestras alegrías —se apresuró a distraerla Beatriz—. Pronto tendréis en brazos a vuestro nieto, Reina mía. Y cuando ese momento llegue, os olvidaréis de todo lo que ha sucedido antes. El hijo de Isabel significará para vos tanto como habría significado el de Juan.

—Sois mi consuelo, Beatriz, como lo fuisteis siempre. Confío en que podamos pasar más tiempo juntas antes de tener que separarnos.

10

El nacimiento de Miguel

Ante ellos se extendía Toledo. Ni Isabel ni Fernando, que encabezaban la cabalgata, podían dejar de enorgullecerse de tal ciudad, encaramada en lo alto de la escarpada meseta granítica que, a la distancia, daba la impresión de haber sido moldeada en forma de una herradura, entre las montañas que dominaban el Tajo. Una fortaleza perfecta, a la cual sólo se podía llegar desde el norte, por el lado de la meseta castellana. En todos los demás puntos, los baluartes rocosos impedían la entrada.

No era mucho lo que había de español en la arquitectura toledana: parecía que los moros hubieran dejado su sello en cada torre y en cada calle.

Pero lo que preocupaba a Isabel no era la ciudad de Toledo: sus pensamientos se dirigían al encuentro que no tardaría en producirse.

Qué feliz me sentiré, se decía, cuando vea a Isabel y compruebe que el embarazo no la ha debilitado.

—Estáis impaciente —le susurró Fernando con una sonrisa.

—¿Y vos no?

Él hizo un gesto afirmativo; estaba impaciente por el nacimiento del niño. Si era un varón, perdería importancia la desdichada muerte de Juan y de su heredero. El pueblo estaría feliz de aceptar como heredero al hijo de Isabel y de Manuel.

—Si es un varón —dijo en voz alta—, debe quedarse con nosotros, en España.

—Tal vez nuestra hija debiera quedarse también con nosotros —aventuró Isabel.

—¿Qué? ¡Pensáis en separar a marido y mujer!

—Ya veo que estais pensando en que deben tener más hijos —comentó Isabel—; y ¿cómo podrían engendrarlos, si no están juntos?

—Eso mismo —replicó Fernando, mientras sus ojos se detenían en las tres muchachas que integraban el grupo: Margarita, María y Catalina. Si por lo menos sus hijas hubieran sido varones….Pero ahora, si Isabel tenía un heredero varón, eso sería una solución para sus problemas.

En ese momento entraban a la ciudad, e Isabel se preguntó cómo podría alguna vez hacerlo sin recordar que en ese lugar había nacido Juana. El memorable suceso se había producido un día de noviembre, durante el cual la ciudad se veía muy distinta de esa jornada de primavera. Al oír por primera vez el grito de su hijita, poco se había imaginado Isabel las angustias que habría de padecer por causa de ella. Tal vez hubiera sido mejor que la niña que Isabel había dado a luz en Toledo, en el año 1479, hubiera nacido muerta, como el hijo de la pobre Margarita. La Reina sintió el impulso de llamar a su nuera para decírselo. ¡Qué tontería! En esos tristes días, le sucedía a veces que su dolor debilitaba su sentido del decoro.

Habían llegado a las puertas de la ciudad, y los toledanos salían de sus hogares para darles la bienvenida. Había allí orfebres y herreros, tejedores y bordadoras, armeros y curtidores, miembros de todos los gremios de la ciudad, que era una de las más prósperas de España.

Así había sido aquella vez en que ella y Fernando habían llegado a inspeccionar los trabajos de San Juan de los Reyes, la iglesia que habían donado a la ciudad. Bien recordaba Isabel el día que habían visto las cadenas de los cautivos a quienes habían puesto en libertad al conquistar la ciudad de Málaga. Esas cadenas habían sido colgadas por fuera de los muros de la iglesia, como simbólico decorado; y allí seguían y allí debían seguir por siempre, para recordar al pueblo que sus Soberanos habían librado a España de la dominación morisca.

Después irían a la iglesia —o tal vez a la de Santa María la Blanca—, a dar gracias al cielo por la feliz llegada del Rey y de la Reina de Portugal.

La Reina se sentiría feliz entre esos arcos en herradura, entre esos gráciles arabescos; allí pediría verse purgada de todo resentimiento contra las desventuras del último año. Olvidada de toda compasión de sí misma, se prepararía para el milagro de ese nacimiento cuya recompensa había de ser el hijo que su muy querida Isabel ofrecería a su madre, y a España.

Habían convenido en que el Arzobispo de Toledo estaría en la ciudad para recibirlos: el magro y esquelético Jiménez de Cisneros, con su hábito ceremonial que le colgaba, sin gracia, de los hombros desgarbados.

Al saludarlo, Isabel sintió que se le levantaba el ánimo. Hablaría con su anciano confesor de sus debilidades; escucharía sus ásperos comentarios: ya sabía que él consideraría indigno de una Reina su amor de madre; que deploraría la debilidad de Isabel, al cuestionar la voluntad de Dios.

Fernando saludó con frialdad al arzobispo, a quien jamás podía mirar sin recordar que ese cargo, con toda su pompa y su magnificencia, podía haber ido a parar a manos de su hijo.

—Grato me es saludar a mi arzobispo —murmuró gentilmente la Reina.

Jiménez se inclinó ante ella, en una reverencia en modo alguno exenta de arrogancia; él siempre ponía a la Iglesia por encima del Estado.

Después, junto a la Reina, el Arzobispo recorrió a caballo las calles de Toledo.

Con intensa alegría abrazó la Reina a su hija Isabel.

Eso, cuando se quedaron solas después de los ceremoniosos saludos intercambiados en presencia de miles de personas. En el primer momento, las dos habían hecho todo lo que se esperaba de ellas, tanto la madre como la hija; graciosas reverencias, corteses besamanos, como si no estuvieran ávidas de abrazarse y de hacerse mil preguntas.

La Reina se había prohibido incluso mirar demasiado a su hija, temerosa de ver en ella algo que la angustiara, y de no poder disimular su angustia.

Pero ahora estaban solas, y la Reina había despedido a todos sus acompañantes y a los de Isabel, diciéndose que tenían derecho a pasar ese breve tiempo juntas.

—Queridísima —prorrumpió—, dejadme que os mire. Vamos, os encuentro un poco pálida. ¿Cómo estáis de salud? Decidme exactamente cuándo esperáis al pequeño.

—En agosto, madre.

—Bueno, pues ya no es muy larga la espera. No me habéis dicho cómo os sentís.

—Un poco cansada, y bastante indiferente.

—Eso es natural.

—Es lo que me pregunto.

—¿Qué queréis decir? Una embarazada lleva un niño en sus entrañas y es natural que no se sienta como las demás mujeres.

—Yo he visto mujeres con embarazos perfectamente saludables.

—Tonterías. Eso difiere de mujer a mujer y de un embarazo a otro. Bien lo sé; yo misma he tenido cinco hijos.

—Entonces, tal vez este cansancio no sea nada.

—¿Y aquella tos?

—No ha empeorado, madre.

—¿No os parece una tontería, que os haga todas estas preguntas?

—Madre, estoy feliz de oír esas preguntas —de pronto, Isabel se arrojó en brazos de su madre; la Reina, consternada, vio lágrimas en las mejillas de su hija.

—¿Manuel es bueno contigo?

—No podría haber mejor marido.

—Advertí la ternura que te demuestra, y me agradó.

—Y él hace todo lo que puede por agradarme.

—Entonces, ¿por qué esas lágrimas?

—Tal vez porque... estoy asustada.

—¡Asustada del parto! Es natural. La primera vez puede ser alarmante, pero es la misión de todas las mujeres, bien lo sabes. De las reinas y de las campesinas... y más aún de las reinas. Para una Reina, tener hijos es más importante que para una campesina.

—Madre, hay veces en que pienso que ojalá fuese una campesina.

—Qué tontería dices.

Isabel se dio cuenta en ese momento de que había cosas que no podía decir ni siquiera a su madre. No podía deprimirla, diciéndole que la acosaba un extraño presentimiento maligno.

Nuestra casa está maldita, quería gritar la joven Isabel. Es la maldición de los judíos perseguidos, que siento continuamente pesar sobre mí.

Su madre se quedaría escandalizada de una actitud tan infantil.

Pero, ¿es infantil?, preguntábase Isabel. A la noche, estoy segura de estar rodeada por algo maligno y es algo que Manuel percibe también.

Pero eso no podía ser. Esas ideas eran tontas supersticiones.

Isabel deseaba fervientemente no tener que verse ante la ordalía del parto.

Qué cansador era estar en pie ante las Cortes, oyendo cómo la proclamaban la heredera de Castilla.

Esos dignos ciudadanos estaban complacidos con ella, porque al mirarla, nadie podía dudar de que Isabel estuviese embarazada. Y todos esperaban un varón. Pero aunque no diera a luz un varón, a los ojos de los toledanos la criatura que Isabel llevaba en su seno sería la heredera de España.

Escuchó los gritos que proclamaban lealtad, sonriendo agradecida, alegrándose de que la hubieran educado enseñándole a ocultar sus sentimientos.

Después de la ceremonia con las Cortes, Isabel debía ser paseada por las calles, para mostrarse al pueblo; a eso seguiría la recepción en la Catedral, y la bendición del Arzobispo.

Dentro del oprimente edificio gótico, la atmósfera le parecía abrumadora. Isabel contemplaba los tesoros que pendían de las paredes, y pensaba en los ricos ciudadanos de Toledo, que tanta razón tenían para agradecer a su madre el haber restaurado el orden en España, donde antes había imperado la anarquía. En esa ciudad vivían los joyeros y los orfebres más hábiles del mundo, y allí, en la catedral, para que los vieran todos, estaban los testimonios de su oficio.

Isabel miró el severo rostro de Jiménez; mientras se detenía en las ricas vestiduras de su cargo, observando el brocado y el damasco recamados de piedras preciosas, pensó en el cilicio que, como ella bien lo sabía, usaba el arzobispo por debajo de su lujoso atuendo, y se estremeció.

Intentó entonces rogar a la Virgen, la santa patrona de Toledo, y se dio cuenta de que sólo podía repetir:

—Ayúdame, Madre Santa, ayúdame.

Cuando regresaron al palacio, Manuel insistió en que su mujer debía descansar; la ceremonia la había fatigado.

—Son demasiadas ceremonias —se quejó.

—No creo que sean las ceremonias lo que me cansa, Manuel —objetó ella—. No creo que estuviera menos cansada si me pasara el día entero recostada en cama. Tal vez esto no sea realmente cansancio.

—Y entonces, ¿qué, mi querida?

Isabel lo miró con franqueza antes de contestar:

—Es que tengo miedo.

—¡Miedo! Pero, amor mío, tendréis la atención de los mejores médicos de España.

—¿Y pensáis que eso me servirá de algo?

—Por cierto que sí. No veo el momento de que llegue setiembre. Entonces, estaréis disfrutando de vuestro hijo, y os reiréis de todos estos miedos... si es que los recordáis siquiera.

—Manuel, no creo que yo esté aquí en setiembre.

—Mi querida, ¿qué es lo que estáis diciendo?

—Manuel querido, bien sé cuánto me amáis, y sé lo desdichado que seréis si me muero. Pero es mejor que estéis preparado.

—¡Preparado! Estoy preparado para el nacimiento, no para la muerte.

—Pero si la muerte llegara...

—Estáis rendida.

—Es cierto que estoy fatigada, pero creo que en estas ocasiones veo con mayor claridad el futuro. Tengo un intenso sentimiento de que no me pondré bien después que nazca el niño. Es nuestro castigo, Manuel.

Para mí la muerte, la viudez para vos. ¿Por qué parecéis tan asombrado? Poco castigo es, para la desdicha que llevaremos a miles de seres.

Manuel se arrojó de rodillas junto al lecho.

—Isabel, no debéis hablar así... No debéis.

Con una mano pálida y delgada, su mujer le acarició el pelo.

—No, no debo —reconoció—. Pero tenía que advertiros de la sensación que tengo, tan intensa es. Ahora, ya está; olvidémoslo. Rogaré por que mi hijo sea varón. Pienso que eso os hará muy feliz.

—Vos también seréis muy feliz.

Isabel se limitó a sonreírle, y dijo rápidamente:

—¿No creéis que Toledo es una hermosa ciudad? Creo que mi padre la adora. Es tan próspera, y tan morisca. Aquí, todo hace recordar a mis padres la Reconquista; hay algo más que las cadenas de Málaga en las murallas de San Juan de los Reyes. Pero mi madre, aunque se goza en la prosperidad y la belleza de Toledo, siente aquí cierta tristeza.

—No debe haber tristeza —comentó Manuel.

—Pero parece que siempre debiera haber tristeza, que se mezcla con el orgullo, con la risa, con la alegría. ¿No es hermosa la ciudad? A mí me encanta contemplar el Tajo que se estrella, allá abajo, entre las piedras. No hay en toda España otra veta tan fértil como la que circunda Toledo. La fruta es aquí reluciente, abundantes los granos. Pero, ¿advertisteis cómo nos asaltaron las moscas cuando entramos? Y además, está la Roca. La Roca de Toledo, desde donde se echa abajo a los criminales... allá, a la hondonada. Tanta belleza y tanta aflicción. Es lo que siente mi madre cuando regresa a Toledo. En esta rica y bella ciudad nació mi hermana Juana.

—Eso debería hacerla más querida para vuestra madre.

Isabel cogió entre las suyas la mano de su marido, exclamando:

—Manuel, entre nosotros debe haber total confianza, ninguna ficción que nos separe. ¿No podéis verlo? Es como la escritura en la pared, tan claramente lo veo. A medida que me voy acercando más a la fecha, es como si adquiriera una sensibilidad nueva. Siento que no pertenezco ya del todo a este mundo, aunque no haya llegado todavía al otro. Por eso, a veces veo lo que permanece oculto a la mayoría de los ojos humanos.

—Isabel, debéis calmaros, querida mía.

—Estoy calma, Manuel. Pero os estoy afligiendo. No quiero que mi desaparición sea para vos el choque que representó para mi madre la muerte de mi hermano. Manuel, esposo querido, siempre es mejor estar preparado. ¿He de deciros lo que pienso, o he de fingir que soy una mujer que, al contemplar el futuro, ve a su hijo jugando junto a ella? ¿He de mentiros, Manuel?

—Sólo verdad ha de haber entre nosotros —respondió Manuel, besándole las manos.

—Lo mismo pienso yo. Por eso os la diré. Manuel, nuestra casa ha traído grandes cosas a España; gran prosperidad y gran dolor. ¿No es posible acaso tener la una sin el otro? En nuestro viaje a Toledo, atravesamos un pueblo donde, en la Plaza Mayor, vi las cenizas y olí los fuegos que se habían encendido recientemente allí. Y lo que ardía allí era carne humana, Manuel.

—Los que murieron habían sido condenados por el Santo oficio.

—Ya lo sé; eran herejes. Habían renegado de su fe. Pero tenían corazones capaces de dar cabida al odio, labios capaces de maldecir. Y maldicen a nuestra casa, Manuel, lo mismo que nos maldicen los que fueron arrojados de España. Y sus maldiciones no caen en el vacío.

—¿Hemos de sufrir nosotros por complacer a Dios y a todos sus santos?

—Eso no lo entiendo, Manuel, y estoy demasiado cansada para intentarlo. Nos dicen que este es un país cristiano, y nuestro gran deseo es atraer a nuestro pueblo a la fe cristiana. Lo hacemos por persuasión, lo hacemos por la fuerza. Es la obra de Dios. ¿Y cuál es la del diablo?

—Extrañas ideas tenéis, Isabel.

—Sin buscarlas, me acometen. Mirad lo que ha sucedido con nosotros: mis padres han tenido cinco hijos, cuatro hembras y un varón. Ese único varón, el heredero, murió súbitamente, y su heredero nació muerto. Mi hermana Juana es rara, desaforada al punto de que he oído comentar que bordea la locura. Ya ha provocado problemas a nuestros padres al dejarse proclamar Princesa de Castilla. Ya veis, Manuel, que es como un diseño que se repite, un diseño maligno trazado por las maldiciones.

—Estáis aturdida, Isabel.

—No. Creo que veo con claridad... con más claridad que el resto de vosotros. Voy a tener un hijo, y el parto puede ser peligroso. Y yo soy hija de una casa maldita, y me pregunto qué será lo próximo que suceda.

—Son fantasías morbosas, debidas a vuestro estado.

—¿Lo creéis así, Manuel? Oh, ¡decidme que es así! Decidme que puedo ser feliz. Juan atrapó una fiebre, eso fue todo. Podría haberle sucedido a cualquiera. Y el niño nació muerto por el impacto que sufrió Margarita. Tampoco Juana está loca, ¿verdad? Es un poco rara, y ha caído completamente bajo el hechizo de ese apuesto pícaro que es su marido. ¿No es lo más natural? Y yo... yo, que nunca fui muy fuerte, tengo fantasías morbosas... por mi estado, simplemente.

—Exactamente, Isabel. Claro que es así. Ahora, todo eso se os pasará. Ahora debéis descansar.

—Si os quedáis a mi lado, teniéndome de la mano, me dormiré, Manuel. Entonces me sentiré en paz.

—Me quedaré con vos, pero debéis descansar. Habéis olvidado que mañana debemos iniciar nuestros viajes.

—Ahora, debemos ir a Zaragoza. Allá, las Cortes deben proclamarme heredera, como han hecho aquí las Cortes de Toledo.

—Eso mismo. Descansad ahora.

Isabel cerró los ojos y su marido le apartó suavemente el cabello de la frente.

Estaba preocupado. No le gustaba oír a su mujer hablar de premoniciones, y tenía idea de que la ceremonia en Zaragoza no sería tan grata como la de Toledo. En Castilla estaban dispuestos a aceptar a una mujer como heredera de la corona pero Zaragoza, la capital de Aragón no reconocía el derecho de las mujeres a gobernar.

Pero no quiso hablarle de eso. Mejor que descansara. Resolverían mejor sus problemas, enfrentándolos uno por uno.

Isabel, princesa de Castilla, entró en Zaragoza acompañada por Manuel, su marido.

La gente los observaba con mirada calma y calculadora. Ahí estaba la hija mayor y heredera del mismísimo Fernando, uno de los suyos, pero se trataba de una mujer, y los aragoneses no reconocían el derecho de las mujeres a reinar en Aragón. Que los castellanos se rigieran por sus propias leyes; en Aragón, jamás serían aceptadas. Los aragoneses eran un pueblo decidido, y estaban dispuestos a pelear por lo que ellos consideraban sus derechos.

Mientras Isabel entraba en la ciudad, la gente permaneció en silencio.

Qué diferente, pensaba Isabel, de la bienvenida que les habían tributado en Toledo. No le gustaba esta ciudad de campanarios fortificados y gentes hoscas. Tan pronto como habían entrado en Aragón, la princesa había empezado a percibir el vago resentimiento; se había sentido nerviosa al cabalgar por las riberas del Ebro, junto a las cuevas que en esa parte del país parecían haberse formado tanto entre las sierras como a lo largo de las márgenes del río. Las aguas amarillentas del Ebro eran turbulentas, y las casas mismas tenían demasiado aspecto de fortalezas, que le recordaban que se encontraba entre un pueblo decidido a exigir lo que consideraba suyo, y a pelear para conseguirlo.

Al llegar a esa ciudad débilmente hostil, Isabel fue a rezar ante la estatua de la Virgen que, según se contaba, había sido tallada por los ángeles, mil cuatrocientos años atrás. En la capa y la corona que daban la impresión de sofocarla destellaban las piedras preciosas, y a Isabel se le ocurrió que su aspecto debía de haber sido muy diferente cuando, según contaba la leyenda, se había aparecido ante los ojos de Santiago.

De allí se dirigió a la Catedral, donde volvió a rogar que le fueran dadas fuerzas para resistir lo que la esperaba.

El pueblo la observaba, murmurando entre ellos.

—La corona de Aragón fue prometida a los herederos *varones* de Fernando.

—Y ésta no es más que una mujer.

—Sin embargo, es la hija de nuestro Fernando, que no tiene hijos legítimos.

—Pero la corona debe pasar al próximo heredero varón.

—Castilla y Aragón son una, ahora que Fernando e Isabel las gobiernan.

En Aragón se preparaba la resistencia a la sucesión femenina. Isabel de Castilla había seguido siendo Reina por derecho propio, pero se sabía que ella tenía más poder que Fernando. A los ojos de los aragoneses, era su querido Fernando el que debería haber gobernado España, mientras Isabel se limitaba al papel de consorte.

—No, no queremos mujeres en el trono de España —decían—. Aragón apoyará al heredero masculino.

—Pero, un momento... ¿acaso la princesa no está embarazada? Si tuviera un hijo varón...

—Ah, eso sería diferente. Nadie se ofendería. La corona aragonesa pasa a los descendientes varones de Fernando, y su nieto sería el legítimo heredero.

—Entonces, debemos esperar a que nazca el niño. La respuesta es muy simple.

La respuesta era muy simple, y las Cortes la confirmaron. No jurarían fidelidad a Isabel de Portugal, porque era mujer; pero si Isabel daba a luz un varón, aceptarían a ese hijo como heredero de la corona de Aragón, y de toda España.

Para Isabel, la ocasión fue agotadora.

Las miradas hostiles de los miembros de las Cortes la alarmaban, y se había sentido incómoda ante su arrogante manera de dar a entender que a menos que produjera un hijo varón, Aragón no quería saber nada con ella.

Mientras sus damas de honor la tranquilizaban, Isabel se recostó en su lecho; cuando Manuel acudió a su lado, todos los presentes se apresuraron a dejarlos solos.

—Me siento abrumada por una tremenda responsabilidad —suspiró Isabel—. Casi desearía ser una humilde campesina que espera el nacimiento de su hijo.

Enojada, la Reina se enfrentó con Fernando.

—¡Cómo se atreven! —exclamó—. En todas las ciudades de Castilla, nuestra hija ha sido recibida con honores, pero en Zaragoza, la capital de Aragón, la humillan y la insultan.

Fernando disimuló a duras penas una amarga sonrisa. ¡Habían sido tantas las ocasiones en que él se había visto obligado a ocupar el segundo puesto, en que le habían recordado que Aragón era, junto a Castilla, de importancia secundaria, y que la Reina de Castilla tenía, por consiguiente, precedencia sobre el Rey de Aragón!

—No hacen más que enunciar sus derechos —respondió.

—Sus derechos... ¡a rechazar a nuestra hija!

—Bien sabemos que en Aragón sólo se acepta a los descendientes masculinos como herederos de la corona.

En sus labios jugueteaba una débil sonrisa. Fernando estaba recordando a su mujer que en Aragón se consideraba al Rey como gobernante, y a la Reina como su consorte.

Pero a Isabel no le interesaban los sentimientos personales de él; sólo pensaba en la humillación que habían inferido a su hija.

—Ya me los imagino —prosiguió—, mirándola con sorna como si fuese una mujer cualquiera. ¿De cuántos meses es el embarazo? Conque el niño nacerá en agosto. Pues entonces esperaremos hasta agosto, y si el recién nacido es varón, lo aceptaremos como heredero del trono. Pues yo os digo que nuestra hija Isabel, por ser la mayor, es nuestra heredera.

—Pero no la aceptarán, porque allí no aceptan mujeres.

—A mí me han aceptado.

—Porque sois mi mujer —le recordó Fernando.

—No estoy dispuesta a aguantar esta insolencia de las Cortes de Zaragoza; los someteré mediante el envío de una fuerza armada que vaya a tratar con ellos. Los obligaré a que acepten a nuestra Isabel como heredera de España.

—No podéis decirlo en serio.

—Pues lo digo —insistió Isabel.

Fernando salió un momento, y no tardó en regresar en compañía de un estadista en cuya integridad estaba seguro de que Isabel confiaba. El hombre era Antonio de Fonseca, hermano del obispo del mismo nombre; enviado en cierta ocasión como emisario ante Carlos VIII de Francia, la conducta de Fonseca había impresionado tan bien a los soberanos que desde entonces era frecuente que lo consultaran con respeto y confianza.

—Su Alteza la Reina está irritada por el comportamiento de las Cortes de Zaragoza —explicó Fernando—, y piensa mandar tropas para someterlos y hacerles aceptar a nuestra hija como heredera del trono.

—¿Se avendría Vuestra Alteza a escuchar mi opinión? —preguntó Fonseca a la Reina.

Isabel le respondió afirmativamente.

—Pues entonces, Alteza, os diría que los aragoneses no han hecho otra cosa que actuar como buenos y leales súbditos. Debéis excusarlos si se mueven con cautela en un asunto que se les hace difícil justificar con precedentes tomados de su propia historia.

Fernando observaba atentamente a su mujer, sabiendo que el amor de Isabel por la justicia prevalecería siempre sobre cualquier otra emoción.

La Reina permaneció en silencio, considerando las palabras del estadista.

—Veo que tenéis razón —admitió después—. No podemos hacer otra cosa que esperar... y rogar que mi nieto sea varón.

Isabel, reina de Portugal, estaba en su lecho de parturienta. Se habían iniciado los dolores y la joven sabía que su hora había llegado.

Un sudor frío le cubría la frente y, mientras rogaba incesantemente: «Un varón. Por favor, que sea un varón», Isabel no tenía conciencia de toda la gente que rodeaba su cama.

Si daba a luz un varón, Isabel podría tal vez olvidar la leyenda de la maldición que le daba vueltas en la cabeza.

Un varón podía ser tan importante para su familia y para su país...

El niño no sólo heredaría la corona de España, sino también la de Portugal. Los dos países se unirían, los hostiles zaragozanos se quedarían conformes... y ella y Manuel serían los padres más orgullosos del mundo.

¿Y por qué no había de ser así? ¿Acaso su familia podía seguir recibiendo golpes, uno tras otro? Ya habían tenido su dosis de tragedia; esta vez podía ser diferente.

—Un varón —murmuraba Isabel—, un niño sano que conforme a esos hoscos zaragozanos, que una a Portugal y a España...

¡Qué personita importante la que tan presurosa estaba ya por nacer!

Los dolores se repetían con regularidad, e Isabel pensaba que si no hubiera estado tan débil, podría haberlos soportado más fácilmente. Rodeada por las mujeres, gemía, pasando momentáneamente de la conciencia a la pérdida del conocimiento, y de nuevo a la lucidez.

Lejos de disminuir, el dolor se intensificaba.

Isabel intentaba no pensar en eso; trataba de rezar, de pedir que le fueran perdonados sus pecados, pero sus labios seguían repitiendo las mismas palabras:

—Un varón. Por favor, que sea un varón.

En la alcoba resonaron voces.

—¡Un varón! ¡Un hermoso varoncito!

—¿Estáis segura?

—¡Inconfundible!

—¡Oh, qué día feliz!

Isabel, desde su cama, oía llorar al niño. Demasiado agotada para moverse, escuchaba las voces.

Alguien estaba de pie junto a su lecho, y alguien más, de rodillas, le tomaba la mano para besársela. Manuel estaba de pie, y la que se arrodillaba junto a ella era su madre.

—Manuel —susurró—. Madre...

—Querida mía... —empezó a decir Manuel, pero su madre exclamó con voz triunfante:

—Ya ha pasado, querida hija mía, lo mejor que podíamos desear. Has dado a luz un hermoso varoncito.

—Entonces, todos están contentos —sonrió Isabel.

Manuel se inclinó sobre ella con ojos ansiosos.

—¿Incluso vos? —le preguntó.

—Pero sí....

En los ojos de él se leía una afectuosa burla: no habléis más de maldiciones, le decían. Ya veis que todas vuestras premoniciones se equivocaban. Habéis pasado la ordalía y tenéis un hermoso niño.

—¿Oyes repicar las campanas? —preguntó su madre a la joven Reina.

—No... no estoy segura.

—En toda España repicarán las campanas, y todo el mundo se regocijará. Todos sabrán que por fin sus Soberanos tienen un nieto, un heredero varón.

—Con eso, ya estoy feliz.

—Debemos dejarla descansar —sugirió la Reina, y Manuel hizo un gesto de asentimiento.

—No es de asombrarse que esté agotada.

—Pero antes... —susurró Isabel.

—Comprendo —sonrió su madre, y fue a llamar a la niñera.

Cuando la mujer se acercó, le tomó el niño para ponerlo en los brazos de su madre.

—Lo llamaremos Miguel, por el santo en cuya fiesta nació —declaró Fernando.

—Dios bendiga a nuestro pequeño Miguel —respondió la Reina—. Parece un muchachito despierto, pero ojalá su madre no se viera tan extenuada.

Fernando se inclinó sobre la cuna, eufórico; se le hacía difícil contenerse y no levantar al niño que tanto significaba para sus ambiciones.

—Tan pronto como Isabel esté en condiciones de abandonar el lecho debemos sacarlos en peregrinación —prosiguió Fernando—. El pueblo querrá conocer a su heredero, de manera que es algo que debemos hacer sin demora.

Isabel estaba de acuerdo en que eso era lo deseable, pero para sus adentros se reiteró que tal cosa no debería hacerse mientras la madre de Miguel no estuviese recuperada de su ordalía.

Una de las mujeres que la atendían se les acercó rápidamente.

—Vuestras Altezas, Su Alteza de Portugal...

—¿Sí? —interrogó ansiosamente Isabel.

—Parece que tuviera dificultad para respirar. Su estado está cambiando...

Isabel no esperó a oír más. Seguida por Fernando, acudió presurosa junto al lecho de su hija.

Manuel estaba ya con ella.

Al ver el pálido rostro de su hija, las profundas ojeras azules, el esfuerzo con que respiraba, a Isabel el miedo le estrujó el corazón.

—Hija querida —exclamó, y en su voz había una nota de angustia que sonó como una dolorosa súplica.

—Madre...

—Soy yo, mi querida. Madre está contigo.

—Me siento tan rara.

—Estáis cansada, mi amor. Has dado a luz un hermoso niño. No es extraño que estéis cansada.

Isabel intentaba sonreír.

—No... puedo... respirar... —jadeó.

—¿Dónde están los médicos? —preguntó Fernando.

Manuel sacudió la cabeza, dando a entender que los médicos ya habían admitido su ignorancia: no había nada que pudieran hacer.

Fernando se dirigió a un ángulo de la habitación, y los médicos lo siguieron.

—¿Qué es lo que le sucede?

—Es una indisposición que suele seguir al parto.

—Pero entonces, ¿qué hay que hacer?

—Alteza, debe seguir su curso.

—Pero eso es...

Los médicos no respondieron: no se atrevían a decir al Rey que en opinión de ellos, la Reina de Portugal estaba en su lecho de muerte.

Fernando se quedó mirando con desánimo el grupo congregado junto a la cama, temeroso de reunírseles. No puede ser, se decía. Isabel, su mujer, no sería capaz de aguantar ese golpe además de todos los que ya había sufrido. Éste sería demasiado.

Los ojos de Isabel parecían hallar descanso en su madre.

—¿No te molestamos aquí, querida mía? —le preguntó la Reina.

—No madre. Vos... nunca me molestáis. Estoy demasiado cansada para hablar, pero... os quiero aquí, conmigo. A vos también, Manuel.

—Vas a quedarte aquí con nosotros durante meses... tú, Manuel y el pequeño Miguel. Y presentaremos el niño al pueblo, que estará encantado con su pequeño heredero. El de hoy es un día feliz, hija mía.

—Sí... un día feliz.

Manuel dirigió una mirada implorante a su suegra, como si le pidiera seguridad de que su mujer se recuperaría.

—Madre... Manuel... —pidió la enferma—, acercaos un poco más.

Sentados sobre la cama, cada uno de ellos le sostuvo una mano.

—Ahora estoy feliz —murmuró Isabel—. Creo... que me voy.

—¡No! —gimió Manuel.

Pero la más joven de las dos mujeres había leído la angustia en los ojos de la mayor, y sabía; las dos sabían. Ninguna de las dos habló, pero las dos se miraban, y el gran amor que se tenían se expresaba en sus ojos.

—Ya... ya os di el niño —susurró Isabel.

—Y vas a ponerte bien —insistió Manuel.

Pero ninguna de las dos le contestó; las dos sabían que una mentira no podía darles consuelo alguno.

—Estoy tan cansada —murmuró la Reina de Portugal—. Ya... ya me voy. Adiós.

Con un gesto, la Reina de España indicó a los sacerdotes que se acercaran al lecho de su hija; sabía que había llegado el momento de los últimos ritos.

Mientras escuchaba sus palabras, y presenciaba los intentos de su hija por repetir las oraciones, estaba pensando: Esto no es verdad, estoy soñando. No puede ser verdad. Juan e Isabel no. Los dos, no. Sería demasiado cruel.

Pero sabía que era verdad.

Minuto a minuto, Isabel empeoraba, y no había pasado una hora desde el nacimiento del pequeño Miguel cuando su madre murió.

11

La corte en Granada

Las campanas doblaban por la muerte de la Reina de Portugal. En toda España, la gente empezaba a preguntarse: —¿Qué maleficio pesa sobre nuestra Casa real?

En su dormitorio a oscuras, la Reina estaba abatida por el dolor. Era la primera vez que los que la rodeaban la habían visto sucumbir a un golpe.

Por el palacio, la gente andaba cubierta con atuendos de arpillera, que en la época de la muerte de Juan habían reemplazado a la sarga blanca como símbolo de duelo.

¿Qué seguirá ahora?, se preguntaban todos. El pequeño Miguel no era el niño sano que tanto habían esperado. Irritable y llorón, tal vez estuviera llorando por la madre que había muerto al traerlo al mundo.

Sentada en compañía de María y Margarita, Catalina estaba cosiendo camisas para los pobres; era, pensaba

Margarita, casi como si con esa buena acción esperaran apartar nuevos desastres, como si así pudieran aplacar a esa Providencia que parecía decidida a castigarlos.

La aspereza de la tela le resultaba extraña a las manos y, mientras cosía, Margarita recordaba la alegría flamenca, dándose cuenta de que en España jamás habría para ella felicidad posible.

Miró a la pequeña Catalina, que inclinaba la cabeza sobre su trabajo. El sufrimiento de Catalina era más profundo que el que jamás podría sentir María. La pobre niña estaría ahora pensando en el dolor de su madre, ansiosa de poder estar con ella y consolarla.

—Ya pasará —le dijo Margarita—. No se puede seguir eternamente de luto.

—¿Tú crees? —preguntó Catalina.

—Lo sé, porque lo he vivido.

—¿Quieres decir que ya no lloras a Juan, ni a vuestro hijo?

—Durante toda mi vida los lloraré, pero al principio los lloraba durante cada hora del día. Ahora, hay veces en que durante un rato me olvido de ellos. Es inevitable; la vida es así. Y así será con tu madre. Verás que vuelve a sonreír.

—Es que hay tantos desastres —murmuró Catalina.

María levantó la cabeza de su labor.

—Ya encontrarás que, más adelante suceden muchas cosas buenas, todas juntas. La vida es así.

—Tiene razón —afirmó Margarita.

Catalina volvió a su costura, pero lo que veía no era la áspera tela; se veía a sí misma, como esposa y como madre. Después de todo, tal vez las alegrías de la maternidad valieran todo lo que tendría que sufrir para alcanzarlas. Tal vez ella también tuviera un hijo... una niña, que la amara como ella amaba a su madre.

Siguieron cosiendo en silencio hasta que Margarita se levantó y salió del cuarto.

En sus habitaciones se encontró con dos de sus doncellas flamencas, que miraban tristemente por la ventana.

Cuando entró Margarita, se pusieron de pie, pero la muchacha advirtió que sus expresiones no habían cambiado.

—Ya sé —les dijo—: estáis cansadas de España.

—¡Uf! —exclamó la menor de las dos—. Todas esas sierras horribles, esas deprimentes llanuras... y lo peor de todo, ¡esa gente deprimente!

—Han sucedido muchas cosas que los deprimen.

—Y a nacieron deprimidos, Alteza. Parece que tuvieran miedo de bailar o de reírse como es debido. Están demasiado aferrados a su dignidad.

—Si volviéramos a Flandes... —empezó a decir Margarita.

De pronto, los rostros de las dos mujeres se iluminaron de placer, y de ese placer aprovechó Margarita para decirse: Aquí no habrá jamás felicidad para mí. Solamente si me voy de España podré empezar a olvidar.

—Si volviéramos a Flandes —repitió— tal vez fuera lo mejor quo podemos hacer.

De pie junto al lecho de su mujer, Femando la miraba.

—Debéis sobreponeros, Isabel —le dijo—. El pueblo empieza a inquietarse.

Isabel lo miró, con ojos que el dolor tornaba inexpresivos.

—Por todas partes se esta difundiendo una leyenda ridícula. Parece que se dice que sobre nosotros pesa una maldición, y que Dios ha apartado de nosotros Su mirada.

—Yo misma empezaba a preguntarme si no era así —susurró la Reina.

Cuando se enderezó en la cama, Fernando se quedó espantado al ver el cambio que se había operado en ella. Isabel había envejecido diez años, por lo menos: en ese momento, su marido se preguntó si el próximo golpe que debiera sufrir su familia no sería la muerte de la propia Reina.

—Primero mi hijo, ahora mi hija —prosiguió Isabel—. Oh, Dios de los cielos, ¿cómo podéis olvidaros así de mí?

—¡Isabel! No os reconozco. Jamás os he visto así.

—Jamás me habéis visto golpeada por tanto dolor. Con el puño cerrado, Fernando se golpeó la palma de la mano derecha.

—No debemos permitir que sigan circulando esas historias tontas. Nos encaminamos hacia el desastre, si no lo impedimos. Isabel, no debemos entregarnos así al dolor, ni cavilar continuamente sobre nuestras pérdidas. No confío en el nuevo Rey de Francia. Creo que Carlos VIII era preferible a este Luis XII, que es un sujeto taimado que ya está en tratativas con los italianos... bien sabemos con qué fines. El Papa también es astuto; yo no confío en los Borgia. Alejandro VI tiene más de estadista que de Papa, y ¿quién puede saber las artimañas que se trae? Isabel, debemos ser Soberanos primero, y sólo después padres.

—Decís verdad —respondió tristemente Isabel—. Pero yo necesito un poco de tiempo para enterrar a mis muertos.

Fernando hizo un gesto de impaciencia.

—Maximiliano, que podría habernos ayudado a frenar las ambiciones de los franceses, está ahora en guerra contra los suizos, y Luis se ha asegurado nuestra neutralidad mediante el nuevo tratado de Marcousis. Pero yo no confío en Luis. Debemos estar atentos.

—Tenéis razón, por cierto.

—No debemos perder de vista a Luis, ni a Alejandro ni a Maximiliano, como tampoco a nuestro yerno, Felipe, que junto con nuestra hija Juana parece haberse puesto en contra de nosotros. Sí, debemos estar muy atentos. Pero lo *más* importante es que todo esté bien en nuestros dominios. No podemos permitir que nuestros súbditos anden comentando entre ellos que nuestra casa está maldita. He oído susurrar por lo bajo que Miguel es debilucho, que apenas si vivirá unos meses, que es un milagro que no haya nacido muerto como nuestro otro nieto, el hijo del pobre Juan. Es menester poner fin a esos rumores.

—Los aventaremos sin pérdida de tiempo.

—Entonces, Reina mía, estamos de acuerdo. Tan pronto como estéis en condiciones de levantaros, Miguel debe ser presentado ante las Cortes de Zaragoza como el heredero de España. Y la ceremonia no debe demorarse mucho.

—No se demorará mucho —le aseguró Isabel, y Fernando se quedó encantado al ver en el rostro de ella la antigua decisión. Sabía que podía confiar en su Isabel. Fueran cuales fuesen sus alegrías o sus dolores, su mujer jamás se olvidaría de su condición de Reina.

En el monasterio de Ávila, Tomás de Torquemada recibió la noticia de la muerte de la Reina de Portugal.

Tullido por la gota, incapaz de moverse, permanecía tendido en su jergón.

—Estas pruebas nos son enviadas por nuestro bien —murmuró, dirigiéndose al subprior—. Confío en que los Soberanos no lo olviden.

—Las noticias que tengo, Excelencia, me informan de que la Reina está muy abatida y ha debido guardar cama.

—Lamento esa debilidad, que me sorprende —suspiró Torquemada—. Esa vulnerabilidad en todo lo que se refiere a su familia es su gran pecado. Ya es tiempo de que la más pequeña sea enviada a Inglaterra. Si no fuera por las constantes excusas de la Reina, ya habría partido. Aprended de sus faltas, amigo mío. Observad cómo incluso una mujer tan buena puede descuidar el cumplimiento de su deber cuando deja que las emociones que la ligan a sus hijos se interpongan entre ella y Dios.

—Así es, Excelencia. Pero no todos son tan fuertes como vos.

Torquemada despidió al emisario.

El hombre tenía razón. No eran muchos, en la tierra, los que tenían la fuerza de voluntad necesaria para disciplinarse como lo había hecho él. Pero Torquemada tenía grandes esperanzas depositadas en Jiménez de Cisneros. Ahí parecía haber un hombre capaz de seguir sus pasos... los de Torquemada.

—Si yo fuera un poco más joven... —suspiró Torquemada—. ¡Si pudiera librarme de esta maldita enfermedad, de esta debilidad de mi cuerpo! Mi mente sigue tan clara como siempre. Entonces, podría seguir siendo yo quien gobernara a España.

Pero por grande que fuera un hombre, cuando el cuerpo le fallaba, su fin estaba próximo. Ni siquiera Torquemada era capaz de subyugar la carne de manera tan completa que pudiera llegar a ignorarla.

Volvió a recostarse, complacido. Quizá su muerte fuera la próxima que daría que hablar en los pueblos y ciudades de España. La muerte estaba en el aire.

Pero constantemente iba muriendo alguien. Él mismo había enviado a miles de personas a morir en las llamas. y había hecho bien, se aseguró; era sólo su desvalimiento lo que lo llevaba, ahora, a tener miedo.

—Y no es del dolor que puedo sufrir —dijo en alta voz—, ni de la muerte misma, ya que no puedo sentir miedo alguno al enfrentarme con mi Hacedor, sino de la pérdida que ha de significar para el mundo mi desaparición.

—Oh, Santa Madre de Dios —rogó—, da fuerzas a Jiménez para que ocupe mi lugar. Dale el poder de guiar a los Soberanos como he sabido guiarlos yo. Entonces me moriré feliz.

Las hogueras estaban bien alimentadas en todos los quemaderos del país. En los calabozos de la Inquisición, hombres, mujeres y niños esperaban ser sometidos a la prueba de ordalía. En las sombrías cámaras de los condenados se afanaban los torturadores.

—Confío, oh Señor —murmuraba Torquemada—, en haber hecho bien mi trabajo y en que encontraré favor a Vuestros ojos. Confío en que hayáis tomado nota de las almas que os. he enviado, de los muchos a quienes he salvado, y también de aquellos a quienes he mandado de este mundo al infierno, por la vía del fuego. Recordad, oh Señor, el celo de Vuestro sirviente, Tomás de Torquemada, y recordad su amor de la Fe.

Al pensar en su vida pasada, la muerte no le inspiraba inquietud alguna. Estaba seguro de que sería gloriosamente recibido en el Cielo.

Mientras seguía ahí tendido, volvió a hacerse presente el subprior, que le traía noticias de Roma.

Torquemada leyó el despacho y su cólera fue tal que sintió palpitaciones en los miembros hinchados y doloridos.

Él y Alejandro habían nacido para ser enemigos. Si el Borgia se había empeñado en llegar a ser Papa, no era por amor de la Fe, sino porque se trataba del más alto cargo que se podía alcanzar en la Iglesia. Su mayor deseo era cubrir de honores a sus hijos y a su hija, aunque, como hombre de la Iglesia, no tenía derecho alguno a haberlos engendrado. El Papa Borgia era, al parecer, un hombre despreocupado, que hacía escarnio de las convenciones. Circulaban perversos rumores referentes a su relación incestuosa con Lucrecia, su propia hija, y era cosa sabida que ejercía el nepotismo y que sus hijos, César y Juan, se pavoneaban por las ciudades de Italia jactándose de su relación con el Santo Padre.

¿Qué podía tener en común un hombre como Torquemada, que se había pasado la vida sometiendo la carne, con Rodrigo Borgia, el papa Alejandro VI? Muy poco.

Alejandro lo sabía y, en su maldad, se había empeñado siempre en obstaculizar las empresas de Torquemada.

Torquemada rememoró los primeros conflictos.

Hacía ya cuatro años que había recibido del Papa una carta cuyos términos todavía recordaba con exactitud.

Alejandro lo saludaba «con entrañable afecto por sus grandes esfuerzos en pro de la gloria de la Fe», pero estaba preocupado porque, desde el Vaticano, al considerar las múltiples tareas que había asumido sobre sí Torquemada y recordar la avanzada edad de éste, pensaba que no debía permitirle que se extenuara demasiado con el esfuerzo. De ahí que, llevado por su amor a Torquemada, Alejandro hubiera decidido nombrar cuatro asistentes para que lo secundaran en su arduo trabajo de establecer y mantener la Inquisición en toda España.

Imposible haber asestado mayor golpe a su poder. Los nuevos inquisidores designados por el Papa compartían el poder de Torquemada, de manera que el título de Inquisidor General perdía importancia.

No cabía duda de que Alejandro, en el Vaticano, era el enemigo de Torquemada, en el monasterio de Ávila. Era posible que el Papa considerara que el poder del Inquisidor General era excesivo, pero Torquemada sospechaba que la enemistad entre ambos provenía de sus diferencias; que era fruto del deseo, por parte de un hombre de intensos apetitos carnales (que nada hacía por disciplinar), de denigrar a alguien que había vivido toda su vida absteniéndose en la mayor medida imaginable de todos los deseos mundanos. Y ahora, cuando Torquemada se hallaba a las puertas de la muerte, Alejandro encontraba todavía otra humillación para imponerle.

El Papa había celebrado un auto de fe en la plaza, frente a San Pedro, y en él habían comparecido muchos ju díos que habían sido expulsados de España. Si el Papa hubiera querido rendir un mínimo honor a Torquemada, habría enviado a esos judíos a las llamas o les habría impuesto alguna severa forma de castigo.

Pero Alejandro estaba mofándose descaradamente del monje de Ávila; a veces, Torquemada se preguntaba si no estaría haciendo burla de la propia Iglesia, de la cual tan desvergonzadamente se aprovechaba.

Alejandro había ordenado que se rezara un servicio en la plaza, tras lo cual había dejado en libertad a los ciento ochenta judaizantes y fugitivos de la cólera de Torquemada. Sin castigos, sin hacerles vestir el sambenito, sin encarcelamiento, sin confiscar sus propiedades.

Alejandro los había dejado a todos en libertad de atender sus negocios, como si fueran buenos ciudadanos romanos.

Al pensar en el episodio, Torquemada crispó los puños. Era un insulto directo, y no sólo para él, sino para la Inquisición española; y el Inquisidor General creía que el Papa tenía plena conciencia de ello, y que principalmente por eso había actuado de esa manera.

—Y yo aquí enfermo —cavilaba—, con mis setenta y ocho años, con el cuerpo tullido, incapaz de protestar.

El corazón empezó a latirle con tal violencia que todo el magro cuerpo se le sacudía, y tenía la sensación de que las paredes de la celda se cerraban sobre él.

—La Obra de mi vida está hecha —susurró, y mandó llamar al subprior.

—Siento que mi fin se acerca —le dijo—. No, no me miréis preocupado. Larga ha sido mi vida, y bien creo haber servido a Dios durante ella. No quisiera que me sepultarais con pompa. Ponedme a descansar en la fosa común, entre los hermanos de mi monasterio; allí me sentiré feliz.

—Sois anciano en años, Excelencia, pero vuestro espíritu es fuerte —apresuróse a decir el subprior—. Muchos años os esperan todavía.

—Dejadme, que quiero ponerme en paz con Dios —le ordenó Torquemada.

Con un gesto despidió al hombre, pero en realidad no creía tener necesidad de ponerse en paz con Dios. Creía que en el Cielo habría un lugar para él, tal como lo había habido en la tierra.

Silenciosamente, permaneció en su jergón mientras las fuerzas lo abandonaban poco a poco.

Pensaba continuamente en su pasado, y a medida que transcurrían los días iba debilitándose más y más.

En todo el monasterio se sabía ya que Torquemada se estaba muriendo.

El 16 de setiembre, un mes después de la muerte de la Reina de Portugal, Torquemada abrió los ojos y no supo bien dónde estaba.

Soñaba que ascendía al cielo en una nube de música, una música formada por los gritos de los herejes a quienes el fuego lamía los miembros, por los murmullos de las bandas de exiliados que avanzaban fatigosamente, dirigiéndose del país que durante siglos habían llamado su hogar a los ignotos horrores que, sin conocerlos, por anticipado los aterraban.

—Todo sea en Tu nombre... —murmuró Torquemada y, como estaba tan débil que no podía controlar sus sentimientos, en sus labios apareció una sonrisa de satisfacción.

Cuando el subprior vino a verlo, un poco más tarde, comprendió que había llegado la hora de administrarle los últimos sacramentos.

Isabel abandonó el lecho donde la sujetaban la enfermedad y el dolor; tenía que cumplir con su deber.

Había que presentar al pequeño Miguel al pueblo, para que las Cortes lo aceptaran como el heredero del trono.

Se dio comienzo a los procedimientos.

El pueblo de Zaragoza, que se había negado a aceptar a su madre, se reunió para saludar en el pequeño príncipe a su futuro Rey.

Fernando e Isabel juraron que serían sus fieles tutores, y que antes de permitirle asumir derecho alguno como soberano se le exigiría juramento de respetar las libertades a las que no estaba dispuesto a renunciar el orgulloso pueblo de Aragón.

—¡Viva el legítimo heredero y sucesor de la corona de Aragón! —gritaron las Cortes de Zaragoza.

La ceremonia se repitió no solamente en todo Aragón y en Castilla, sino en Portugal, ya que —si llegaba al trono—, sería esa frágil criatura quien uniera a ambos países.

Isabel se despidió del doliente Manuel.

—Dejad al niño conmigo —le pidió—. Bien sabéis cuánto me ha afectado la pérdida de mi hija. He criado muchos hijos, y si me dejáis este pequeño que ha de ser nuestro heredero, eso me ayudará a sobrellevar mi dolor.

Manuel se sintió conmovido por el estoicismo de su suegra. Sabía que Isabel pensaba que no pasaría mucho tiempo sin que tuviera que separarse de las dos hijas restantes. Además, para el pequeño Miguel la herencia de España sería muchísimo más importante que la que podía recibir de su padre...

—Quedaos con el niño —respondió—, y educadlo según vuestro criterio. Confío en que jamás os dé motivos de angustia.

Al estrechar a Miguel contra su pecho, Isabel sintió un estremecimiento de ese placer que sólo el amor de su familia podía despertar en ella.

Era verdad que el Señor quitaba; no lo era menos que daba.

—Lo llevaré conmigo a la ciudad de Granada —expresó—. Allí tendrá todos los cuidados que puede tener un niño. Gracias, Manuel.

Manuel dejó, pues, al niño con su abuela, para gran alegría de Fernando, encantado de estar en situación de vigilar la educación de su nieto.

Mientras Isabel besaba tiernamente el rostro del pequeño, Fernando se le acercó.

Si yo pudiera ser como él, pensaba Isabel, y sentir, como él, que en definitiva la muerte de nuestra hija no fue tan trágica, puesto que el niño vive...

—Manuel tendrá que tomar nueva esposa —reflexionó Fernando.

—Eso será dentro de largo tiempo; amaba profundamente a nuestra Isabel.

—Los reyes no tienen tiempo para duelos —le recordó Fernando—. ¿No os ha dicho acaso nada de este asunto?

—¿De tomar nueva esposa? Claro que no. Estoy segura de que ni siquiera se le ha ocurrido la idea.

—A mí sí se me ha ocurrido —aseguró Fernando—. Hay un Rey que necesita esposa. ¿Habéis olvidado que tenemos una hija de la cual no se ha hablado todavía?

Isabel lo miró azorada.

—¿Por qué la Reina de Portugal no ha de ser nuestra María? —prosiguió Fernando—. Así recuperaríamos lo que hemos perdido con la muerte de Isabel.

—Adiós —murmuró Margarita—. Me apena separarme de vosotras, pero sé que tengo que irme.

Catalina abrazó a su cuñada.

—Cuánto desearía que te quedaras con nosotros.

—¿Durante cuánto tiempo? —preguntó Margarita—. Mi padre ya estará haciendo planes para mi próximo matrimonio; es mejor que me vaya.

—No has sido muy feliz aquí —observó María, en voz baja.

—No fue por culpa del Rey ni de la Reina, ni de ninguna de vosotras. Todos habéis hecho lo posible por verme feliz. Adiós, hermanas mías. Pensaré mucho en vosotras.

Catalina se estremeció.

—¡Cómo cambia la vida! —exclamó—. ¿Cómo podemos saber dónde estará cualquiera de nosotras el año próximo... o el mes próximo, incluso?

Catalina se aterraba cada vez que llegaban noticias de Inglaterra. Sabía que su madre estaba demorando el día en que su hija menor debía alejarse de su hogar, pero sabía también que la demora no podía ser mucha. La niña era demasiado fatalista para creer que eso fuera posible.

—Adiós, adiós —repitió Margarita.

Ese mismo día emprendió el viaje hacia la costa, para embarcarse en la nave que la llevaría de vuelta a Flandes.

Isabel hallaba gran alegría en su nietecito. El niño era todavía demasiado pequeño para acompañarla en sus viajes por el país, de manera que después de haber sido aceptado como heredero por las Cortes de Castilla y de Aragón lo dejaban con sus nodrizas en la Alhambra de Granada. Con frecuencia, Isabel y Fernando hablaban del futuro de Miguel, y la Reina deseaba que tan pronto como el niño tuviera la edad suficiente, estuviera siempre con ellos.

—Nunca será demasiado pronto para que empiece a conocer las cuestiones de Estado —decía; pero la verdad era que no quería estar separada del pequeño más que lo estrictamente indispensable.

Fernando sonreía con indulgencia; estaba dispuesto a pasar por alto las pequeñas debilidades de la Reina, siempre que no obstaculizaran sus proyectos.

La corte estaba en viaje hacia Sevilla, y naturalmente Isabel quería detenerse primero en Granada para ver al pequeño Miguel.

Catalina, que viajaba con la comitiva, estaba encantada al observar que su madre iba saliendo de su desesperación; en cuanto a la joven infanta, sentía por su sobrino tanta ternura como Isabel. Miguel había traído de nuevo felicidad a la Reina, y por eso Catalina lo amaba sin reservas.

Otro de los que acompañaban a la corte en su viaje hacia el sur era el Arzobispo de Toledo.

Jiménez había quedado muy afectado por la muerte de Tomás de Torquemada, un hombre que había escrito su nombre en letras mayúsculas en las páginas de la historia española. Durante sus días de auge había sido, sin lugar a dudas, el hombre más importante del país, en cuanto era el guía del Rey y de la Reina y el que hacía prevalecer su voluntad.

A él se le debía que la Inquisición tuviera el poderío que tenía, y no había en el país un hombre, una mujer ni un niño a quien no aterrara la idea de oír golpear a su puerta a altas horas de la noche, de la presencia de los alguaciles y de las cámaras de tortura.

Y eso estaba bien, pensaba Jiménez, porque la tortura era el único medio de que disponía el hombre para llegar a Dios. Y para quienes habían negado a Dios eran insuficientes las torturas más crueles que pudiera imaginar el hombre. Si esas gentes se consumían en la hoguera sólo tenían con ello un anticipo del castigo que les reservaba Dios. ¿Qué eran veinte minutos en el quemadero, comparados con la eternidad en el infierno?

Mientras avanzaban hacia el sur, hacia Granada, Jiménez iba concentrado en su gran deseo: realizar, por

España y por la Fe, una obra que fuera comparable a la de Torquemada.

Al pensar en los que integraban la comitiva, parecíale que la conducta de muchos de ellos dejaba bastante que desear.

Fernando no pensaba más que en las ventajas materiales; la debilidad de Isabel eran sus hijos. Todavía tenía consigo a Catalina. La niña tenía ya casi quince años, y seguía aún en España. Estaba ya en edad de casarse, y el Rey de Inglaterra estaba impacientándose. Sin pensar más que en su propia satisfacción —y quizás a instancias de la propia infanta—, Isabel seguía manteniéndola en España.

Jiménez pensaba con tristeza que el afecto de la Reina por el nuevo heredero, el pequeño Miguel, rayaba casi en la idolatría. Isabel debería disciplinar rígidamente sus afectos, que ensombrecían su devoción por Dios y su sentido del deber.

Catalina se había colocado tan lejos como le era posible del adusto arzobispo; adivinaba los pensamientos de Jiménez y se sentía aterrorizada. La infanta abrigaba la esperanza de que el prelado no los acompañara a Sevilla, ya que estaba segura de que en ese caso Jiménez haría todo lo posible por persuadir a su madre de que la enviara sin más dilación a Inglaterra.

Ante ellos se alzaba Granada, la ciudad que algunos consideraban la más bella de España: era una imagen de cuento de hadas contra el fondo que le hacían las cumbres pintadas de blanco de la Sierra Nevada. La ciudad estaba dominada por la Alhambra, el palacio morisco revestido de un resplandor rosado, un milagro arquitectónico, con la reciedumbre de una fortaleza y sin embargo, como bien sabía Catalina, decorado y tallado con una gracia y una delicadeza increíbles.

Un dicho afirmaba que Dios da a sus elegidos la posibilidad de vivir en Granada; a Catalina no le costaba creerlo.

La niña abrigaba la esperanza de que Granada significara la felicidad para todos ellos; de que la Reina estuviera tan cautivada por su nietecito que se olvidara de su duelo; de que allí no les llegaran noticias de Inglaterra, y de que durante los días alegres y soleados que los esperaban, su vida y la de su familia estuvieran impregnadas por la serena paz de ese escenario de montañas nevadas, de riachuelos murmurantes, de agua transparente como el cristal y centelleante como las piedras preciosas.

Al ver que los ojos del Arzobispo se posaban sobre ella, un estremecimiento de alarma recorrió a la niña.

Sin embargo, no necesitaba preocuparse; Jiménez no pensaba en ella.

Realmente, decíase el Arzobispo, es la más hermosa de nuestras ciudades; no es sorprendente que los moros la hayan defendido hasta el final. Pero, ¡qué tragedia que entre sus habitantes haya tantos que niegan la verdadera fe! Qué pecado, permitir que estos moros practiquen sus ritos paganos bajo este cielo azul, en la ciudad más maravillosa de España.

A Jiménez le parecía que el fantasma de Torquemada cabalgara junto a él. Torquemada no podría tener descanso mientras en esa bella ciudad de España siguiera reinando, estridente, el pecado.

Al entrar con la corte en Granada, Jiménez estaba seguro de que sobre sus hombros había descendido el manto de Torquemada.

Mientras Isabel se demoraba, feliz, en la habitación de su nieto, Jiménez no perdía tiempo en informarse de las condiciones existentes en la ciudad.

Los dos hombres más influyentes de Granada eran Iñigo López de Mendoza, conde de Tendilla, y fray Fernando de Talavera, arzobispo de Granada, y uno de los primeros actos de Jiménez fue hacer comparecer a ambos a su presencia.

Los observó con cierta impaciencia, pensando que eran hombres con tendencia a ser complacientes; estaban encantados con las condiciones pacíficas que prevalecían en la ciudad y que bordeaban casi lo milagroso, por lo cual se felicitaban. Estaban en una ciudad conquistada, y gran parte de su población estaba formada por moros que seguían manteniendo su fe y que, sin embargo, vivían junto a los cristianos sin que hubiera escaramuzas entre ellos.

¿Quién habría pensado que ésa fuese una ciudad conquistada?, preguntábase Jiménez.

—Confieso que las condiciones reinantes aquí en Granada son para mí motivo de cierta preocupación —dijo a sus visitantes.

Tendilla se mostró sorprendido.

—Estoy seguro, señor arzobispo, de que cambiaréis de opinión cuando hayáis visto mejor cómo están las cosas en la ciudad.

Tendilla, miembro de la ilustre familia Mendoza, no podía menos que sentir cierto resquemor ante los orígenes relativamente humildes del arzobispo de Toledo. Tendilla vivía con holgura y se sentía incómodo teniendo cerca a gente que no estaba en igual situación. Talavera, que había sido monje jerónimo, y cuya piedad era indiscutible, no dejaba por eso de ser hombre de modales impecables. Tendilla lo consideraba un poco fanático, pero también le parecía que una actitud así era esencial en un hombre de la iglesia y, en su tolerancia, no se le hacía difícil pasar por alto aquello que, en Talavera, no casaba con sus propias opiniones. Los dos hombres colaboraban sin inconvenientes desde la conquista de Granada, y bajo el gobierno de ambos la ciudad era una población feliz y próspera.

A los dos les molestó el tono de Jiménez, pero tenían que recordar que, en su condición de Arzobispo de Toledo, ocupaba el lugar más alto de España después de los Soberanos.

—Jamás podré cambiar de opinión —declaró fríamente Jiménez— mientras vea a esta ciudad dominada por los paganos.

—Nos regimos —terció Tendilla— por las normas del acuerdo pactado entre Sus Altezas y Boabdil en la época de la reconquista. Como alcalde y capitán general del reino de Granada, es mi deber cuidar de que sea respetado el acuerdo.

Jiménez sacudió la cabeza.

—Bien conozco los términos de ese acuerdo, y es lástima que jamás haya sido firmado.

—Sin embargo —objetó Talavera—, esas condiciones se establecieron, y los Soberanos no pueden manchar su honor, y el de España, dejando de respetarlas.

—¡Vaya condiciones! —exclamó despectivamente Jiménez—. ¡Que los moros sigan en posesión de sus mezquitas y en libertad de practicar sus ritos paganos! ¿Qué clase de ciudad es ésta, para que sobre ella ondee la bandera de los Soberanos?

—Pero esos fueron los términos del acuerdo —le recordó Tendilla.

—Sin que nadie objete su forma de vestir, sus modales ni sus antiguos usos, ¡ni el hecho de que hablen su lengua y tengan el derecho de disponer de su propiedad! Hermoso tratado.

—No obstante, señor Arzobispo, esos fueron los términos que pidió Boabdil para entregar la ciudad. Si no los hubiéramos aceptado, la matanza habría durado meses, años quizá, y se habrían destruido indudablemente muchas de las bellezas de Granada.

Jiménez encaró acusadoramente a los dos hombres.

—Vos, Tendilla, sois el Alcalde; vos, Talavera, el Arzobispo. Y os contentáis con tolerar estas prácticas que no pueden menos que enojar a nuestro Dios y hacer llorar a nuestros santos. ¿Estáis sorprendidos de la mala suerte que sufrimos? Nuestro heredero muerto, lo mismo que su hijo. La hija mayor de los Soberanos muere al dar a luz. ¿Qué seguirá a eso, os pregunto? ¿Qué?

—El señor Arzobispo no puede sugerir que esas tragedias resulten de lo que sucede aquí en Granada —murmuró Tendilla.

—Os digo —tronó Jiménez— que hemos sido testigos del disfavor de Dios, y que debemos mirar a nuestro alrededor y preguntarnos de qué manera estamos provocando Su disgusto.

—Señor —intervino Talavera—, no os dais cuenta de los esfuerzos que hemos hecho por convertir a esas gentes al cristianismo.

Jiménez se volvió hacia el arzobispo. De un hombre de la Iglesia, pensaba, se podía esperar más sentido común que de un soldado. En cierta época, Talavera había sido prior del monasterio de Santa María del Prado, no lejos de Valladolid; también había sido confesor de la Reina, y era hombre valeroso. Jiménez había oído comentar qué mientras era confesor de Isabel, Talavera había insistido en escuchar la confesión de la Reina sentado, mientras ésta se arrodillaba y que ante la protesta de su regia penitente, le había señalado que el confesionario era el tribunal de Dios y que, en cuanto él actuaba como ministro del Señor, lo que correspondía era que se quedara sentado y que la Reina estuviera de rodillas. Isabel había aprobado su valentía, lo mismo que la aprobaba Jiménez.

Se sabía también que ese hombre, que antes había sido obispo de Ávila, tras haberse negado a aceptar un aumento en sus ingresos al ser designado arzobispo de Granada, vivía con sencillez y gastaba en limosnas buena parte de sus estipendios.

Todo eso estaba muy bien, pensaba Jiménez, pero, ¿de qué servía calmar el hambre de los pobres y darles calor físico, cuando sus almas estaban en peligro? ¿Qué había hecho ese soñador para atraer hacia el cristianismo a los moros paganos?

—Habladme de esos esfuerzos —ordenó secamente.

—He aprendido el árabe para poder entender a esta gente y hablar con ellos en su propia lengua —explicó Talavera—, y he ordenado a mis sacerdotes que hagan lo mismo. Una vez que hablemos su lengua, podremos hacerles ver las grandes ventajas que obtendrán abrazando la verdadera Fe. He preparado selecciones de los Evangelios y las he hecho traducir al árabe.

—¿Y cuántas conversiones habéis conseguido? —quiso saber Jiménez.

—Ah —intervino Tendilla—. Los árabes son un pueblo muy antiguo, con su propia literatura y sus propias profesiones. Señor arzobispo, sin ir más lejos, mirad nuestra Alhambra. ¿No es una maravilla de la arquitectura? He ahí un símbolo de la cultura de este pueblo.

—¡Cultura! —se horrorizó Jiménez, cuyos ojos de pronto echaron chispas—. ¿Qué cultura puede haber sin cristianismo? Ya veo que en este reino de Granada no se concede mucha importancia a la Fe cristiana. Pero las cosas no seguirán así, os aseguro. No seguirán así.

Talavera parecía inquieto, y Tendilla enarcó las cejas. Estaba enojado, pero no mucho; él comprendía el ardor de hombres como Jiménez, en quien alentaba otro Torquemada. Torquemada habia establecido la Inquisición, y se necesitaban hombres como Jiménez para que las hogueras siguieran ardiendo. Tendilla estaba irritado; esa actitud le disgustaba. Su querida Granada era su deleite, con su prosperidad y su belleza. Los moros eran el pueblo más trabajador de España ahora que se habían librado de los judíos y Tendilla no quería que nada interrumpiera la pacífica prosperidad de su ciudad.

Después sonrió. Que se enfurezca, este monje fanático. Verdad que Jiménez era Primado de España (y era una pena que no se hubiera concedido el cargo a un noble civilizado), pero Tendilla tenía muy en cuenta el acuerdo que Isabel y Fernando habían establecido con Boabdil, y creía que Isabel, por lo menos, haría honor a su palabra.

Por eso sonreía sin preocuparse demasiado al oír delirar a Jiménez.

Granada estaba a salvo de la furia del fanático.

Preocupada por la liviandad del pequeño bulto, Isabel sostenía al niñito en sus brazos.

Hay niños más pequeños, decíase para consolarse. He tenido tantos problemas que ahora los veo hasta donde no los hay.

Interrogó a las nodrizas.

Su Alteza era un niño bueno, siempre conforme. Tomaba su alimento, y apenas si lloraba.

¿No sería mejor, se preguntaba Isabel, que pataleara y llorara enérgicamente? Después, se acordó de que era eso precisamente lo que había hecho Juana.

No debo fabricarme temores donde no hay razón para ello, se reprochó.

Estaba el ama de leche, una muchacha robusta, de abundantes pechos que se le escapaban del corpiño que olía débilmente a comida, un tufo que ofendía un tanto las regias narices. Pero la muchacha era sana, y prodigaba a Miguel el afecto que esas jóvenes suelen sentir por los pequeños que crían.

Por lo demás, era inútil interrogarla. ¿Cómo mama? ¿Es ávido, se muestra ansioso de comida?

La muchacha le daría las respuestas que, en su sentir, más pudieran agradar a la Reina, sin cuidarse de lo que pudiera ser verdad.

Catalina pidió que la dejaran tener al niño, e Isabel se lo puso en los brazos.

—Ven, siéntate aquí, a mi lado, sosteniendo bien a nuestro precioso Miguelito.

Isabel miraba pensativa a su hija, con el niño en brazos. Tal vez no pasara mucho tiempo sin que Catalina tuviera a su vez un hijo propio.

La idea la hacía sentir mal. ¿Cómo podría ella separarse de Catalina? Y sin embargo, tendría que ser pronto. El Rey de Inglaterra daba a entender que estaba impacientándose; cada vez pedía más concesiones. Desde la muerte de Juan y de su hijo, la posición había sido menos favorable para las tratativas españolas. Era muy probable que Margarita pronto volviera a casarse, y su parte de la herencia de los Habsburgo se había perdido.

—La alianza con Inglaterra es más importante que nunca para nosotros —le había dicho Fernando mientras se encaminaban hacia Granada.

Entonces, no faltaría mucho tiempo.

Fernando, que también hallaba placer en su nietecito, entró en el cuarto de los niños. Al verlo mirar atentamente la magra carita, Isabel comprendió que su marido no sentía ninguno de los temores que a ella la acosaban.

—Cómo empieza a parecerse a su padre —comentó el Rey, radiante—. Ah, hija mía, confío en que no pase mucho tiempo sin que sostengáis en vuestros brazos un hijo propio. Un príncipe de Inglaterra, vamos... un príncipe que algún día será Rey.

Para Catalina, la paz del cuarto de los niños ya estaba hecha trizas. Y de nada servía enojarse con su padre; Fernando jamás podría entender como su madre los temores de Catalina.

El Rey se dirigió a Isabel.

—Vuestro arzobispo está de un humor excelente—anunció con una sonrisa irónica—, y os solicita audiencia. Pensé que no desearíais recibirlo en el cuarto de los niños.

Isabel se sintió aliviada al poder salir del cuarto, ante la lamentable expresión de angustia de la pobre Catalina.

—Recibiré inmediatamente al arzobispo —decidió—. ¿Es que desea vernos a ambos?

—A ambos —le hizo eco Fernando. Después tendió la mano a Isabel y juntos salieron de la habitación.

En una pequeña antecámara, Jiménez se paseaba de un lado a otro. Al oír entrar a los Soberanos, se dio vuelta, pero no los saludó con la cortesía que exigía la etiqueta. Fernando lo advirtió y levantó un tanto las cejas, en un gesto que decía claramente a Isabel: Vaya modales que tiene *vuestro* arzobispo.

—¿Tenéis malas noticias, arzobispo? —preguntó Isabel.

—Malas en verdad, Vuestra Alteza. Desde que entré en esta ciudad, los golpes se suceden uno a otro. ¡Quién podría creer, al andar por estas calles, que estamos en un país cristiano!

—Es una ciudad próspera y feliz —le recordó Isabel.

—¡Su prosperidad es la prosperidad del demonio! —vociferó Jiménez—. ¡Y feliz! ¡Vos, cristiana, podéis decir que son felices gentes sumidas en la oscuridad!

—Son un pueblo trabajador —terció Fernando, con la frialdad con que hablaba siempre a Jiménez—, y que aporta gran riqueza al país.

—¡Que aportan gran riqueza! —repitió Jiménez—. Con sus ritos de adoración pagana, contaminan nuestro país. ¿Como podemos hablar de una España cristiana, cuando en su suelo alberga a gente así?

—Son gentes que tienen su propia fe —insistió suavemente Isabel—, y estamos haciendo todo lo posible por traerlos a la nuestra, que es la auténtica. Mi arzobispo de Granada ha estado diciéndome que aprendió el árabe y que ha hecho traducir a esta lengua el catecismo y parte de los Evangelios. ¿Qué más podríamos hacer?

—A mí se me ocurren muchas cosas que podríamos hacer.

—¿Qué? —preguntó Fernando.

—Podríamos obligarlos a que se bautizaran.

—Os olvidáis de que en el acuerdo firmado con Boabdil se establece que esta gente ha de continuar con su propio estilo de vida —se apresuró a intervenir Isabel.

—Ese acuerdo es monstruoso.

—Pienso que estaría bien que los hombres de la Iglesia se limitaran a prestar atención a los asuntos de la Iglesia —intervino Fernando— y que dejaran el gobierno del país a cargo de sus gobernantes.

—Cuando un arzobispo es también primado de España, le conciernen los asuntos de Estado —replicó Jiménez.

Fernando se quedó atónito ante la arrogancia del hombre, pero advirtió que Isabel le perdonaba inmediatamente su insolencia, considerando que todo lo que decía era para bien de la Iglesia, o del Estado. Frecuentemente, la Reina había defendido a Jiménez frente a Fernando, recordándole que el arzobispo era uno de los pocos, entre quienes los rodeaban, que no buscaban su ventaja personal, y que su aparente brusquedad de modales se debía a que decía lo que pensaba sin tener en cuenta el daño personal que eso pudiera causarle.

Pero respecto de los moros, la Reina se mantenía inflexible. Había dado su palabra a Boabdil, y tenía la intención de mantenerla.

Con esa voz fría y un tanto cortante que reservaba para esas ocasiones, expresó:

—El tratado que hicimos con los moros debe seguir vigente. Esperemos que llegado el momento, guiados por nuestro buen amigo Talavera, lleguen a ver la luz. Ahora habéis de retiraros, señor, pues hay asuntos que el Rey y yo debemos estudiar, ya que en breve debemos continuar nuestro viaje.

Jiménez, cuya mente bullía de proyectos que no tenía la menor intención de someter a consideración de los soberanos, se retiró.

—Este monje se pasa de las atribuciones de su rango —dijo Fernando—. No me sorprendería que el señor Jiménez se pusiera tan arrogante que con el tiempo ni siquiera vos pudierais ya soportar su insolencia.

—Oh, pero es un hombre bueno, y el mejor para el cargo que ocupa. No hay más remedio que perdonarle sus modales.

—No me gusta la idea de que nos acompañe a Sevilla. Ese hombre me irrita, con su cilicio y su santurronería ostentosa.

—Con el tiempo, aprenderéis a apreciarlo no menos que yo —suspiró Isabel.

—Jamás —aseguró Fernando con tono áspero, porque estaba pensando en el joven Alfonso, y en lo magnífico que habría quedado con las ricas vestiduras del Arzobispo de Toledo.

Fernando se alegró de que, cuando salieron hacia Sevilla, Jiménez no los acompañara.

12

EL DESTINO
DE LOS MOROS

Jiménez estaba excitado. Mientras esperaba a sus invitados, parecía casi humano. Había planeado la reunión tan cuidadosamente como correspondía al primer paso de una gran campaña. No había pedido autorización a los Soberanos para actuar como estaba haciéndolo, y se alegraba muchísimo de que Isabel y Fernando estuvieran ya camino de Sevilla. Cuando vieran los resultados de su empeño, estarían encantados, y sabrían también que, mejor de lo que los servía a ellos, Jiménez servía a Dios y a la Fe.

Había tenido ciertas dificultades con esos dos viejos tontos de Tendilla y Talavera, que le aseguraban que el método que se proponía usar no le daría resultado.

Los moros, corteses por naturaleza, escucharían lo que Jiménez tenía que decirles sin contradecir la afirmación de que quienes podían llamarse cristianos eran las gentes más afortunadas del mundo, pero seguirían siendo mahometanos.

Jiménez debía entender que no se trataba de salvajes, ni de niños a quienes se les pudiera enseñar el catecismo para que lo repitieran como loros.

—¡Que no son salvajes! —había gritado Jiménez—. Todos los que no son cristianos son salvajes.

De todas maneras, no pensaba apartarse para nada de su plan. Era el Primado de España, y como tal, la mayor autoridad después de los Soberanos; y en cuanto a estos... viajaban rumbo a Sevilla y ya nadie podía recurrir a ellos.

Ordenó que le fueran traídos fardos de seda y una cantidad de sombreros de color escarlata, que en ese momento estaba contemplando con una torcida sonrisa en los labios. Ése iba a ser su cebo, y Jiménez creía que lo que había gastado en esos artículos bien valdría la pena.

Cuando sus invitados llegaron, Jiménez los recibió cortésmente. Eran alfaquíes de Granada, los eruditos sacerdotes moriscos cuya palabra era ley para los musulmanes granadinos. Una vez que hubiera conseguido engatusar a esos hombres y hacerles abandonar su fe, la gente del pueblo estaría dispuesta a seguirlos.

Los alfaquíes lo saludaron con una reverencia. Sabían que estaban en presencia del arzobispo más importante de España, y los ojos se les iluminaron al ver los fardos de rica seda y los sombreros escarlatas que tan admirables les parecían, pues se imaginaban que eran regalos.

—Encantado estoy de que hayáis aceptado mi invitación —los saludó Jiménez, sin que su rostro traicionara en modo alguno el desprecio que le inspiraba esa gente—. Deseo hablar con vosotros. Pienso que sería de gran interés para nosotros que comparásemos nuestras respectivas religiones.

Los alfaquíes sonrieron y volvieron a saludarlo. Finalmente, se sentaron con las piernas cruzadas en torno del asiento de Jiménez, mientras éste les hablaba de la fe cristiana y de los gozos celestiales que esperaban a aquellos que la abrazaran, sin callar los tormentos del infierno, reservados para quienes la negaban. Les habló del bautismo, una sencilla ceremonia que permitía a todos los que se sometían a ella entrar en el Reino de los Cielos.

Después desplegó uno de los fardos de seda para exhibir la tela carmesí.

Entre los invitados circuló un murmullo de admiración.

Su intención, les dijo Jiménez, era hacer regalos a todos los que quisieran someterse al bautismo.

Al posarse sobre los fardos de sedas de colores, los ojos negros centelleaban... y esos hermosísimos sombreros rojos, ¡eran irresistibles!

Varios alfaquíes accedieron a dejarse bautizar, y Jiménez se mostró dispuesto a celebrar allí mismo la ceremonia, tras la cual los hombres se fueron con sus fardos de seda y sus sombreros rojos.

En las calles de Granada se empezó a hablar de la novedad.

Había entre ellos un gran hombre, que ofrecía ricos presentes, y para conseguirlos no se necesitaba otra cosa que participar en una pequeña ceremonia.

Día a día, pequeños grupos de moros se presentaban ante Jiménez para recibir el bautismo, amén de su fardo de seda y su sombrero escarlata.

Jiménez estaba tan encantado que le costaba dominarse. Parecía pecaminoso sentirse tan feliz. Estaba deseoso de que Talavera y Tendilla no se enteraran de lo que sucedía, porque sin duda intentarían hacer que los inocentes moros entendieran qué era lo que estaban haciendo al someterse al bautismo.

¿Qué importaba de qué manera se los llevara al seno de la Iglesia, preguntábase Jiménez, en tanto que se acercaran a ella?

Continuó, pues, con sus bautismos y sus relatos. Las sedas y los sombreros eran de un precio inquietante, pero Jiménez nunca se había privado de recurrir a las arcas de Toledo para ir en auxilio de la Fe.

La noticia de lo que sucedía en Granada llegó a oídos de uno de los alfaquíes más eruditos: Zegri, un tranquilo estudioso que hasta entonces no había sabido lo que pasaba. Uno de sus amigos fue a visitarlo, luciendo un hermoso sombrero rojo.

—Qué magnificencia —señaló Zegri—. Os habéis vuelto rico, amigo mío.

—Y esto no es todo —fue la respuesta—. Tengo una túnica de seda, y ambas cosas fueron presentes del gran arzobispo que está ahora de visita en Granada.

—Muchas veces se ofrece un presente costoso para recibir otro más costoso aún.

—Ah, pero lo único que hice para conseguir esto fue participar en un juego que los cristianos llaman bautismo.

—¡Bautismo! Pero... ¡ésa es la ceremonia que se celebra cuando uno acepta la Fe cristiana!

—Bueno, fui cristiano por un día... y por eso recibí mi túnica y mi sombrero.

—¿Qué es lo que decís? —se horrorizó Zegri—. ¡No se puede ser cristiano por un día!

—Fue lo que nos dijo el arzobispo. «Bautizaos», nos dijo, «y estos regalos son vuestros.» Nuestra gente acude diariamente a su palacio, y jugando ese jueguito, vuelven a salir con sus regalos.

—¡Que Alá nos guarde! —exclamó Zegri—. ¿No sabéis qué es lo que hacen estos cristianos a aquellos a quienes consideran herejes?

—¿Qué les hacen?

Zegri lo aferró de la túnica como si quisiera partírsela en dos.

—Aquí en Granada vivimos en paz —explicó—. En otras partes de España existe lo que llaman la Inquisición. A los que no practican el cristianismo, y el cristianismo de una manera muy especial, los llaman herejes, los torturan y los queman en la hoguera.

El visitante se había puesto pálido.

—Parecería —continuó Zegri, con impaciencia— que a nuestros conciudadanos los hubiera vuelto estúpidos la belleza de las flores que adornan nuestra ciudad, la prosperidad de nuestros comerciantes, el resplandor constante de nuestro sol.

—Pero... ¡es que acuden a centenares!

—Pues debemos convocar sin pérdida de tiempo una reunión. Enviad mensajes a todos, diciéndoles que yo tengo que hacerles una importante advertencia. Haced que vengan aquí tantos alfaquíes como podáis reunir. Es menester detener esto inmediatamente.

Jiménez esperaba más visitantes, pero no llegaban. Ahí estaban, esperando, los fardos de seda y los sombreros rojos, pero al parecer ya nadie los quería.

Furioso, Jiménez hizo llamar a Tendilla y a Talavera.

Los dos acudieron inmediatamente. Tendilla había descubierto lo que sucedía, y estaba enojadísimo. Talavera también lo sabía, pero no estaba tan alterado: como hombre de la Iglesia, admiraba el celo de Jiménez; jamás había visto un proselitismo tan eficiente.

—Tal vez vosotros podáis decirme qué es lo que está sucediendo en esta ciudad —atacó Jiménez.

—Parecería —respondió desdeñosamente Tendilla— que algunos simples se han convertido al cristianismo sin entender para nada lo que eso significa.

—Se diría que lo lamentáis —lo acusó Jiménez.

—Porque son gentes que han abrazado el bautismo sin entenderlo —insistió Tendilla—. Han aceptado vuestros regalos, y a cambio de ellos se han avenido a daros lo que vos les pedíais: bautizarse en la Fe cristiana por un sombrero rojo y un fardo de seda. Lo que me alegraría sería saber que han aceptado nuestra Fe sin ningún soborno.

—Sin embargo, desde que llegó aquí el Arzobispo de Toledo, en la ciudad hay más conversiones —le recordó Talavera.

—Yo no las considero auténticas conversiones al cristianismo —insistió el otro—. Son almas simples, que nada saben de lo que están haciendo.

—No es necesario que discutamos vuestras opiniones al respecto —interrumpió fríamente Jiménez—. Durante los dos últimos días, no ha habido conversiones, *y* alguna razón debe de haber. No es posible que de pronto a esos salvajes les disgusten las sedas *y* los sombreros.

—Han empezado a desconfiar del bautismo —señaló Tendilla.

— Vosotros dos andáis entre ellos como si fuerais de su misma raza, y sin duda debéis saber las razones de esta súbita ausencia. Os ordeno que me las digáis.

Tendilla guardó silencio, pero Talavera que, aunque de menor rango, también era arzobispo, obedeció la orden de su superior.

—Se debe a las advertencias de Zegri.

— ¿Zegri? ¿Quién es el tal Zegri?

—Es el principal de los alfaquíes —explicó entonces Tendilla— y no es tan simple como algunos otros. Entiende un poco cuál es el significado del bautismo en la fe cristiana. Está al tanto de lo que ha venido sucediendo, y ha advertido a sus conciudadanos moros que el bautismo exige algo más que recibir regalos.

—Ya veo —respondió Jiménez—. Conque es el tal Zegri. Os agradezco la información.

Cuando sus visitantes se hubieron retirado, Jiménez hizo llamar a uno de sus sirvientes, un hombre llamado León, y le ordenó:

—Quiero que lleves un mensaje mío a la casa de Zegri, el alfaquí.

Zegri estaba en presencia de Jiménez, que le mostraba dos fardos de seda.

—Podéis llevaros tantos sombreros como queráis —le aseguró Jiménez.

—No —rehusó Zegri—. Ya conozco este bautismo, y sé lo que significa. Aquí en Granada no hemos conocido la Inquisición, pero yo sé lo que hacen a los judíos que han aceptado el bautismo y vuelven luego a su propia fe.

—Una vez que seáis cristiano, ya no desearéis volver a vuestra fe. Cada día cobraréis más conciencia de las ventajas que puede ofreceros la condición de cristiano.

—Yo soy mahometano, y no me interesan las ventajas.

—Sois un hombre que anda a tientas en la oscuridad.

—Vivo muy bien y soy un hombre feliz... por amor de Alá.

—No hay más que una verdadera Fe —insistió Jiménez—, y es la Fe cristiana.

—Que Alá os perdone; no sabéis lo que estáis diciendo.

—En la hora de vuestra muerte, iréis al eterno tormento.

—Alá será bueno conmigo y con los míos.

—Si os hacéis cristiano, al morir iréis al Cielo. Dejadme que os administre el bautismo, y vuestra será la vida eterna.

Con una sonrisa, Zegrí insistió simplemente:

—Soy mahometano, y no cambio mi religión por un fardo de seda y un sombrero rojo.

Ante el brillo desafiante de sus ojos, Jiménez comprendió que sus argumentos no convencerían jamás a un hombre así; sin embargo, era necesario que se convenciera. Zegri era un hombre poderoso, un hombre capaz de mover multitudes: una palabra de él, y las conversiones se habían interrumpido.

Eso era intolerable, y a los ojos de Jiménez todo lo que se hiciera al servicio de la Fe estaba bien hecho.

—Ya veo que no puedo hacer de vos un buen cristiano.

—Ni creo que yo pudiera hacer de vos un buen musulmán —replicó Zegri con una amplia sonrisa.

Jiménez se persignó, horrorizado.

—Aquí en Granada seguiremos manteniendo nuestra fe —afirmó con calma Zegri.

¡Eso es lo que tú piensas!, díjose Jiménez. He jurado convertir esta ciudad al cristianismo, y lo haré.

—Permitidme que me despida de vos, y que os agradezca el haberme recibido en vuestro palacio, oh poderoso arzobispo —saludó Zegri.

Jiménez inclinó la cabeza y llamó a su sirviente León.

—Indica el camino a mi huésped, León —le dijo—. Ya volverá otra vez a hablar conmigo, pues aún tengo que persuadirlo.

—Se hará lo que vos digáis, Excelencia —respondió León, un hombre alto y de anchos hombros.

Zegri lo siguió, y juntos atravesaron cámaras que el visitante no recordaba haber visto al entrar, y descendieron escaleras que conducían a otras habitaciones.

Cuando León abrió una puerta y se hizo a un lado para dejarlo pasar, Zegri iba pensando que ése no era el mismo camino por donde habían entrado.

Desprevenido, dio un paso adelante. Después se detuvo, pero era demasiado tarde. León le dio un empujoncito en la espalda y lo hizo descender, tambaleante, unos oscuros escalones. Zegri oyó que la puerta se cerraba a sus espaldas y que una llave giraba en la cerradura.

No había salido del palacio del arzobispo: había entrado en una oscura mazmorra.

Zegri estaba tendido en el piso del calabozo. Se sentía débil, ya que hacía tiempo que no se llevaba alimento alguno a la boca. Al oír que la puerta se cerraba, la había golpeado y golpeado hasta que le sangraron las manos, gritando para que lo dejaran salir, pero sin que nadie le respondiera.

El piso estaba húmedo y frío, y el prisionero sentía los miembros entumecidos.

—Me han hecho caer en una trampa —dijo en voz alta—, como lo hicieron con mis amigos.

Pensó que lo dejarían allí hasta que se muriera, pero no era ésa la intención de sus carceleros.

Agotado, el prisionero seguía tendido en el suelo cuando recibió en el rostro un haz de luz cegadora. En realidad, no era más que un hombre con una linterna, pero hacía tanto tiempo que Zegri estaba en la oscuridad, que la luz le parecía tan brillante como la del sol de mediodía.

El que había entrado era León, que venía en compañía de otro hombre. Obligó a Zegri a ponerse de pie y le rodeó el cuello con una argolla de hierro, de la cual partía una cadena que aseguraron a un cerrojo amurado a la pared.

—¿Qué os proponéis hacer conmigo? —preguntó Zegri—. ¿Qué derecho tenéis a hacer de mí vuestro prisionero? No he hecho nada malo, y debo ser sometido a mi justo proceso, lo mismo que cualquier hombre en Granada.

Sin contestarle, León se rió de él. Poco después, entró en el calabozo el arzobispo de Toledo.

—¿Qué es lo que vais a hacerme? —volvió a preguntar Zegri.

—Hacer de vos un buen cristiano —le informó Jiménez.

—Torturándome, no lo conseguiréis.

En los ojos de Jiménez apareció un brillo fanático.

—Si aceptáis el bautismo no tenéis nada que temer.

—¿Y si no?

—Yo no me desanimo fácilmente; os quedaréis aquí en las tinieblas hasta que veáis la luz de la verdad, y no recibiréis alimento para el cuerpo mientras no estéis dispuesto a recibirlo para el alma. ¿Aceptaréis el bautismo?

—El bautismo es para los cristianos, y yo soy musulmán —respondió Zegri.

Con una inclinación de cabeza, Jiménez salió de la mazmorra. León lo siguió, y Zegri volvió a quedarse en la fría oscuridad.

Esas visitas se repitieron, y él las esperaba, convencido de que en alguna de ellas le traerían de comer y de beber. Hacía mucho que no comía, y sentía que su cuerpo se debilitaba. Fuertes dolores le estremecían el estómago, que clamaba por alimento. Las palabras de sus captores eran siempre las mismas: se quedaría allí, con frío y con hambre, hasta que aceptara el bautismo.

Pasados algunos días, el sufrimiento de Zegri fue intensificándose. El prisionero sabía que no podría vivir mucho tiempo en semejantes condiciones: había vivido toda su vida en la próspera ciudad de Granada, y era la primera vez que conocía tales privaciones.

¿De qué puede servir que siga yo aquí?, se preguntaba. No conseguiré otra cosa que la muerte.

Pensó en sus conciudadanos, a quienes habían engañado con los fardos de seda y los sombreros rojos. A ellos los habían seducido con sobornos para que se bautizaran; a él lo obligaban con la tortura.

Zegri sabía que no había más que una manera de salir de su calabozo.

La luz cegadora le bañó la cara. Ahí estaba León, el hombre de los ojos crueles, el sirviente de ese otro, más terrorífico aún, de la cara de cadáver y los ojos de poseído.

—Tráele una silla, León, que está demasiado débil para permanecer de pie —ordenó Jiménez.

Le trajeron la silla y Zegri se sentó.

—¿Tenéis algo que decirme? —preguntó Jiménez.

—Sí, señor arzobispo, tengo algo que deciros. Anoche, Alá vino a mi prisión.

A la luz de la linterna, el rostro de Jiménez era implacable.

—Y me dijo —prosiguió Zegri— que debo aceptar sin demora el bautismo cristiano.

—¡Ah! —lo que emitió el arzobispo de Toledo fue un largo grito de triunfo. Durante un segundo, sus labios se apartaron de los dientes en algo que podría haber sido una sonrisa—. Ya veo que vuestra permanencia entre nosotros ha sido fructífera... muy fructífera. León, despojadlo de sus grilletes. Lo alimentaremos y lo vestiremos de seda. Le pondremos en la cabeza un sombrero rojo y lo bautizaremos en el nombre de Nuestro Señor Jesucristo. Agradezcamos a Dios el haber ganado esta victoria.

Fue un gran alivio que le quitaran del cuello la pesada argolla de hierro, pero aún así, Zegri estaba demasiado débil para poder caminar.

Jiménez hizo un gesto a León, y el hombrón se cargó sobre los hombros a Zegri para sacarlo de la húmeda y oscura mazmorra.

Lo tendieron sobre una yacija, le frotaron los miembros, le ofrecieron caldo, caliente y sabroso. Jiménez estaba impaciente por bautizarlo. Raras veces se lo había visto tan excitado como al echar las gotas de agua bendita, con un hisopo, sobre la frente de su renuente converso. Fue así como Zegri recibió el bautismo cristiano.

—Deberíais dar las gracias por vuestra buena suerte —díjole Jiménez—. Confío en que ahora muchos de vuestros conciudadanos sigan vuestro ejemplo.

—Si vos y vuestro sirviente hacéis a mis conciudadanos lo que a mí me habéis hecho —respondió Zegri—, haréis entre ellos tantos cristianos que no quedará un solo musulmán dentro de las murallas de Granada.

Jiménez alojó a Zegri en su palacio hasta que éste se hubo recuperado de los efectos del encarcelamiento, pero se ocupó de que por la ciudad toda se difundiera debidamente la noticia: «Zegri se ha hecho cristiano».

El resultado satisfizo incluso a Jiménez. Centenares de moros volvieron a acudir al palacio arzobispal para recibir el bautismo y las gracias que lo acompañaban: los fardos de seda y los sombreros color escarlata.

La satisfacción de Jiménez no duró demasiado. La parte más culta de la población morisca se mantenía al margen de las conversiones e insistían para que sus amigos hicieran lo mismo. Destacaban lo que había sucedido con los judíos que, tras haber recibido el bautismo, habían sido acusados de volver a la fe de sus padres, y hablaban de los horripilantes autos de fe que se estaban convirtiendo en espectáculos habituales en muchas ciudades de España. En Granada no debía suceder lo mismo. Y esos tontos cuyo deseo de vestirse de seda y tocarse con sombreros rojos llegaba a ser más fuerte que el sentido común, estaban buscándose dificultades.

El pueblo de Granada no podía creer en nada de eso: estaban en Granada, donde la vida había sido fácil durante tantos años, donde —incluso después de terminado el reinado de Boabdil, y tras la derrota a manos de los cristianos— todo había seguido siendo como antes. Y el pueblo quería seguir siempre así. Muchos de ellos recordaban el día en que los grandes Soberanos, Fernando e Isabel, habían tomado posesión de la Alhambra. Entonces les habían prometido libertad de pensamiento, libertad de acción, libertad para conservar su propia fe.

Jiménez sabía que los que no dejaban que su empeño alcanzara el éxito que él deseaba eran los eruditos, y decidió asestarles un golpe decisivo. Los moros declaraban que ellos no necesitaban la cultura cristiana, porque la suya propia era mayor.

—¡Su cultura! —se escandalizaba Jiménez—. ¿Qué cultura es ésa? ¿Sus libros, acaso?

Era verdad que los árabes producían manuscritos de una belleza tal que daban que hablar en el mundo entero. Sus encuadernaciones, lo mismo que las ilustraciones coloreadas, eran exquisitas y no conocían igual.

—Celebraré un auto de fe en Granada —anunció a Talavera—: el primero. Así todos verán cómo las llamas se elevan hasta su bello cielo azul.

—Pero —el acuerdo con los Soberanos... —empezó a decir Talavera.

—En este auto de fe no arderán cuerpos, sino manuscritos. Les dará una idea anticipada de lo que sobrevendrá si olvidan sus votos bautismales. Que vean cómo se elevan las llamas hasta el cielo; que vean retorcerse al calor del fuego sus perversas palabras. Pero sería prudente que Tendilla no supiera nada todavía; es un hombre que indudablemente desearía rescatar esos manuscritos, porque están tan bien encuadernados. Me temo que nuestro amigo Tendilla es propenso a regirse por valores externos.

—Señor —señaló Talavera—, si destruimos la literatura de estas gentes, es posible que intenten vengarse de nosotros. Los moros sólos son tranquilos cuando están entre sus amigos.

—Pues ya verán que no han tenido jamás mejor amigo que yo —afirmó Jiménez—. ¡Mirad a cuántos de ellos he llevado al bautismo!

Decidido a seguir adelante con su proyecto, no estaba dispuesto a aceptar interferencias. Sólo cuando viera esas obras reducidas a cenizas tendría la sensación de estar haciendo algún progreso. Ya se aseguraría él de que ningún niño pudiera contaminarse con esas palabras paganas.

El decreto fue promulgado: debían ser entregados todos los manuscritos existentes en todos los hogares moros, apilándolos en las plazas de la ciudad. Los que intentaran ocultar cualquier obra escrita en árabe debían esperar que les fueran impuestas las más severas penalidades.

Aturdidos, los moros vieron cómo su literatura pasaba de sus manos a las del hombre a quien ahora conocían como su enemigo. Zegri había regresado completamente cambiado de su visita al palacio arzobispal. Estaba delgado y enfermo, daba la impresión de sentirse profundamente humillado, y era como si su antiguo espíritu lo hubiera abandonado por completo.

Jiménez había ordenado que las obras de religión fueran apiladas en las plazas; en cambio, las que trataban de medicina debían serle entregadas. Los árabes eran famosos por sus conocimientos médicos, y al arzobispo se le había ocurrido que no podía haber nada de pecaminoso en aprovecharse de ellos. Por eso seleccionó doscientos o trescientos volúmenes de textos de medicina, los examinó y los hizo enviar a Alcalá, para que integraran el patrimonio de la Universidad que estaba haciendo construir allí.

Después se entregó a la tarea que él consideraba un servicio para la Fe.

En todos los lugares abiertos de la ciudad ardían las hogueras.

Los moros miraban sombríamente cómo se reducían a cenizas sus más bellas obras de arte. Sobre la ciudad, bajo y oscuro, se cernía un palio de humo.

En el Albaicín, la parte de la ciudad habitada exclusivamente por los moros, la gente empezaba a reunirse detrás de los postigos, e incluso por las calles.

Tendilla fue a ver a Jiménez. No iba solo; lo acompañaban varios castellanos influyentes que vivían desde hacía muchos años en Granada.

—La situación es peligrosa —empezó, sin más preámbulos.

—No os entiendo —contestó con altanería Jiménez.

—Hace mucho tiempo que vivimos en Granada, y conocemos a su pueblo —se explicó Tendilla—. ¿No es verdad? —buscó la confirmación de sus acompañantes, quienes aseguraron a Jiménez que estaban totalmente de acuerdo con Tendilla.

—Deberíais regocijaros conmigo —exclamó despreciativamente Jiménez— de que no exista ya la literatura árabe. Si estas gentes no tienen libros, no podrán transmitir a sus hijos sus estúpidas ideas. Si nuestro próximo proyecto es educar a los niños en la verdadera Fe, en el término de una generación serán todos cristianos: hombres, mujeres y niños.

—¿Debo recordaros las condiciones que impone el tratado? —lo interrumpió Tendilla, con osadía.

—¡Vaya con el tratado! —se burló Jiménez—. Ya es hora de olvidarlo.

—Pues no se lo olvidará. Los moros lo recuerdan, y si han respetado a los Soberanos es porque desde el año 92 se han observado sus términos... Y ahora, vos queréis hacer caso omiso de él.

—Y pido a Dios que me perdone por no haber intentado hacerlo antes.

—Señor arzobispo, quisiera rogaros que tuvierais más tolerancia. En caso contrario, se producirán derramamientos de sangre en nuestra bella ciudad de Granada.

—A mí no me preocupan los derramamientos de sangre; lo único que me interesa es combatir el pecado.

—Seguir su propia religión no es pecado.

—Señor mío, cuidado, que os acercáis peligrosamente a la herejía.

Tendilla estaba rojo de furia.

—Escuchad el consejo de un hombre que conoce a este pueblo, señor arzobispo. Si debéis hacer de ellos cristianos, os ruego, si en algo valoráis vuestra vida...

—Lo cual no es el caso —lo interrumpió Jiménez.

—Pues entonces, las ajenas. Si en algo las valoráis, os ruego que suavicéis vuestra política con esta gente.

—Suavizar mi política sería adecuado a los asuntos temporales, pero no a aquellos en los que está en juego el alma. Si a los no creyentes no se los puede atraer a la salvación, hay que empujarlos. Cuando el mahometismo se tambalea, no es el momento de que tengamos escrúpulos. Tendilla miró con impotencia a los ciudadanos a quienes había traído consigo para que discutieran con Jiménez.

—Ya veo que es inútil el intento de haceros razonar —observó secamente.

—Completamente inútil.

—Entonces, la única esperanza que nos queda es que estemos en condiciones de defendernos cuando llegue el momento.

Tendilla y sus amigos se despidieron de Jiménez, que al quedarse a solas se echó a reír.

¡Tendilla! ¡Un militar! La Reina se había equivocado al designar alcalde a un hombre como él, falto de auténtico espíritu, enamorado de la comodidad. Para Tendilla, mientras esas gentes trabajaran y se enriquecieran, y por ende enriquecieran a la ciudad, las almas de los infieles no significaban nada.

Los que pensaban que él, Jiménez, no entendía a los moros, se equivocaban. Se daba cabal cuenta de la creciente animosidad de los infieles, y no le habría sorprendido en absoluto saber que estaban urdiendo algún ataque contra él. Era posible que intentaran asesinarlo, y morir al servicio de la Fe habría sido una muerte gloriosa. Pero Jiménez todavía no tenía deseos de morir porque, a diferencia de Torquemada, él no sabía de nadie que fuera digno de sucederlo.

Ese mismo día había enviado a tres de sus sirvientes al Albaicín, encargándoles que se detuvieran a comprar algunas cosas de las que se exhibían en los puestos... y a escuchar, por supuesto; a espiar a los infieles. A descubrir qué era lo que se decía de las nuevas condiciones que había impuesto Jiménez en la ciudad.

El arzobispo empezó a rezar, pidiendo éxito para sus planes, prometiendo a Dios más conversos a cambio de su ayuda. Ya estaba preparando sus planes para nuevos ataques contra los moros. Destruida ya su literatura, ¿qué faltaba? Ahora les prohibiría que siguieran con sus ridículas costumbres. Eran gentes que constantemente estaban bañándose y tiñéndose con alheña. Ya se ocuparía él de erradicar esas prácticas bárbaras.

Al advertir que el día se acercaba a su término, pensó que ya era hora de que regresaran los sirvientes y se aproximó a la ventana para mirar hacia afuera. Apenas si queda ya luz diurna, caviló.

Volvió a su mesa y a su trabajo, pero seguía preguntándose que sería lo que había detenido a los sirvientes.

Cuando oyó gritos abajo, se dirigió a toda prisa al vestíbulo, donde se encontró con uno de los sirvientes a quienes había mandado al Albaicín; el hombre entraba, tambaleándose, rodeado de otros, que al verlo gritaban horrorizados. Traía la ropa destrozada, y venía sangrando de una herida que tenía abierta en el costado.

—Mi señor —gemía—. Llevadme donde mi señor...

Jiménez se le acercó, presuroso.

—¿Qué es esto, buen hombre? ¿Qué té ha sucedido? ¿Dónde están tus compañeros?

—Muertos, mi señor. Asesinados. En el Albaicín. Nos descubrieron... comprendieron que éramos vuestros sirvientes, y vienen hacia aquí. Están armados de cuchillos, y han jurado asesinaros. Ya vienen, señor... queda muy poco tiempo...

El hombre se desmayó a los pies del arzobispo.

—Cerrad todas las puertas, y cuidad de que estén vigiladas —ordenó Jiménez—. Llevaos a este hombre y encargad a mi médico que lo atienda. Los infieles vienen contra nosotros. Con nosotros está el Señor, pero el Diablo es un formidable enemigo. No os quedéis ahí; obedeced mis órdenes, que debemos prepararnos.

Para todos los que estaban en el palacio, con excepción de Jiménez, las horas que siguieron fueron de terror. Desde una cámara de las plantas superiores el arzobispo observaba los rostros amenazantes, iluminados por la luz de las antorchas. A sus oídos llegaban los gritos coléricos de los atacantes.

Entre estos infieles y yo no hay más que estas frágiles murallas, pensaba.

—Señor —murmuró—, si es Tu voluntad llevarme al Cielo, que así sea.

Desde abajo arrojaban piedras. Ya habían intentado forzar las puertas, pero el palacio había resistido más de un asedio, e indudablemente resistiría muchos más.

Los atacantes maldecían a gritos al hombre que había llegado a su ciudad a perturbar la paz, pero Jiménez sonreía complacido diciéndose que las maldiciones de los infieles podían contarse como bendiciones.

¿Cuánto tiempo podría resistir el palacio a la multitud? ¿Y qué sucedería cuando irrumpieran en él esos hombres de piel atezada?

Afuera se produjo un silencio, pero Jiménez sabía que pronto volvería a iniciarse el tumulto. Los atacantes echarían abajo las puertas, encontrarían alguna manera de entrar, y entonces...

—Si es Tu voluntad, déjalos entrar —clamó en alta voz.

Erguido, siguió esperando; sería a él a quien buscaran. Se preguntó si lo torturarían antes de matarlo. Jiménez no tenía miedo; su cuerpo estaba adiestrado en el sufrimiento.

Afuera se oyó un grito, y a la luz de las antorchas distinguió un hombre a caballo que se encaminaba al encuentro del cabecilla de los moros.

Era Tendilla.

Jiménez no alcanzaba a oír lo que se decía, pero era evidente que Tendilla estaba discutiendo con los moros. Al verlo allí, entre ellos, Jiménez sintió una momentánea admiración por ese soldado que podía cuidarse tan poco de su seguridad como él mismo se cuidaba de la suya.

En ese momento, Tendilla se dirigía a los moros, entre ademanes y gritos, aplacándolos sin duda, tal vez haciéndoles promesas que Jiménez no tenía la menor intención de mantener.

Pero los moros lo escuchaban; habían dejado de gritar, y ahora allí afuera reinaba el silencio. Después, Jiménez vio que se daban vuelta y se iban.

Tendilla se quedó solo, fuera de los muros del palacio.

Cuando lo hicieron entrar en el palacio, los ojos de Tendilla relampagueaban de furia, de una furia que no se dirigía contra los moros, sino contra Jiménez.

—Pues bien, señor —lo increpó—, tal vez ahora comencéis a entender.

—Entiendo que vuestros dóciles moros han dejado de ser dóciles.

—Creen que ya han sufrido demasiadas provocaciones, y están sumamente enojados. ¿Os dais cuenta de que en muy breve tiempo habrían conseguido forzar la entrada en vuestro palacio? Entonces no habrían sido las cosas fáciles para vos.

—Lo que me estáis diciendo es que os debo la vida.

Tendilla hizo un gesto de impaciencia.

—No quisiera que imaginéis que el peligro ha pasado. Conseguí persuadirlos de que se volvieran a sus casas, y accedieron... por esta noche. Pero con esto no se acabará el asunto. Un pueblo orgulloso no ve reducir a cenizas su literatura mientras murmura: gracias, señor nuestro. En este lugar corréis peligro, y vuestra vida no vale mucho mientras sigáis aquí. Preparaos inmediatamente para acompañarme a la Alhambra, donde puedo ofreceros la protección adecuada.

Jiménez siguió inmóvil como una estatua.

—No pienso refugiarme tras los muros de la Alhambra, mi buen Tendilla. Me quedaré aquí, y si esos bárbaros vienen en mi busca, pondré la confianza en Dios. Si Su voluntad es que me convierta yo en mártir de su barbarie, mi respuesta será «Hágase Tu voluntad».

—Ellos sienten que han sido víctimas de vuestra barbarie, y claman venganza —replicó Tendilla—. Ahora volverán al Albaicín para preparar un verdadero ataque contra vuestro palacio. Y esta vez, volverán a sangre fría y armados hasta los dientes. ¿No os dais cuenta, señor arzobispo, de que está a punto de estallar una importante revuelta?

Por primera vez, Jiménez sintió un aguijonazo de inquietud. Había creído poder llevar tranquilamente a cabo su proselitismo sin ese tipo de dificultad. Si lo que estaba haciendo era, en definitiva, desencadenar una guerra entre moros y cristianos, a los Soberanos no les gustaría: su meta principal había sido preservar la paz interna del país con objeto de poder reservar sus fuerzas para combatir a los enemigos de allende las fronteras.

Pero mantuvo la cabeza alta, diciéndose que lo que había hecho había sido por la gloria de Dios, y comparada con eso, ¿qué era la voluntad de los Soberanos?

—Os pediré una cosa —concluyó Tendilla—. Si no queréis venir a la Albambra, quedaos aquí entonces, lo más vigilado que sea posible, y dejadme que yo haga frente a esta insurrección.

Con una seca reverencia, se separó del arzobispo.

Tendilla regresó a la Alhambra, donde su mujer, que lo esperaba, dejó traslucir su alivio al verlo.

—Tenía miedo, Iñigo —confesó.

Él le sonrió con ternura.

—No necesitabais tenerlo. Los moros son amigos míos, y saben que siempre he sido justo con ellos. Como son un pueblo amante de la justicia, no soy yo quien está en peligro, sino ese tonto de arzobispo que tenemos.

—Ojalá ese hombre no hubiera llegado jamás a Granada.

—Son muchos los que se harían eco de vuestras palabras, querida mía.

—Iñigo, ¿qué vais a hacer ahora?

—Voy al Albaicín. Me propongo hablar con ellos y pedirles que no sigan armándose para la revuelta. Jiménez es el responsable de este estado de cosas, pero si matan al arzobispo de Toledo, los moros tendrán que hacer frente a todo el poder de España lanzado contra ellos. Debo conseguir que así lo entiendan.

—Pero están en una actitud peligrosa.

—Por eso mismo no debo demorarme.

—Pero Iñigo, pensad que están levantándose contra los cristianos, y vos lo sois.

—No temáis —le sonrió él—. Esto es algo que hay que hacer, y soy yo quien debe hacerlo. Si las cosas no fueran como yo lo espero, estad preparada para salir de Granada con los niños sin pérdida de tiempo.

—¡Iñigo, no vayáis! Esto es asunto del arzobispo. Dejad que le invadan el palacio. Dejad que lo torturen... que lo maten si quieren. Él ha provocado esta situación en Granada; que sea él quien asuma las consecuencias.

Él le sonrió con ternura.

—No me habéis comprendido —respondió—. Yo soy el alcalde, y soy responsable de este celoso reformador nuestro. Tengo que protegerlo de los resultados de su propia locura.

—Entonces, ¿estáis decidido?

—Lo estoy.

—Id bien armado, Iñigo.

Tendilla no le contestó.

Entretanto, Talavera había sabido lo que sucedía en el Albaicín y pensó que había que hacer inmediatamente algo para calmar a los moros.

A él siempre lo habían respetado. Lo habían escuchado gravemente cuando les predicaba las virtudes del cristianismo, y lo tenían por hombre recto.

Talavera estaba seguro de que él, más que ningún otro hombre en Granada, podía ayudar a restablecer el orden en el Albaicín.

Llamó a su capellán y le dijo que se dirigirían hacia allí.

—Sí, mi señor —fue la respuesta.

—Vos y yo solos —precisó Talavera, atento a la expresión de su interlocutor.

Inmediatamente advirtió la alarma del hombre. Toda Granada debía estar al tanto, pensó Talavera, del fermento de inquietud que bullía en el sector morisco.

—Ya sé que hay disturbios —prosiguió el arzobispo de Granada—, y que los moros están muy mal dispuestos. Es posible que, en su cólera, nos ataquen y nos asesinen, pero no lo creo. Creo que me escucharán, como lo han hecho siempre. Son un pueblo feroz, pero sólo cuando están enojados, y no creo que nosotros, ni vos ni yo, mi apreciado capellán, hayamos hecho nada que pueda provocar su enojo.

—Mi señor, si lleváramos soldados para protegernos...

—Jamás me he mostrado con guardaespaldas entre ellos. Si lo hiciera ahora, parecería que no confío en ellos.

—¿Y realmente confiáis, mi señor?

—Confío en mi Dios —respondió Talavera—. Y no os pediría que me acompañarais si no estuvierais dispuesto a hacerlo por vuestra propia y libre voluntad.

—Donde vos vayáis, mi señor, iré yo con vos —respondió el capellán tras algunos segundos de vacilación.

—Entonces, preparaos, que tenemos poco tiempo.

De modo que, sin más compañía que la de su capellán, el arzobispo de Granada se dirigió al Albaicín. El capellán cabalgaba delante de él, llevando el crucifijo, y durante algunos momentos los moros, en hosco silencio, siguieron con la vista a los dos hombres.

Cuando estuvo en medio de ellos, el arzobispo les habló.

—Amigos míos, he sabido que os estáis armando, y desarmado vengo aquí a hablar con vosotros. Si queréis matarme, podéis hacerlo. Si queréis escucharme, os daré mi consejo.

Se dejó oír un débil murmullo. El capellán temblaba, al ver que entre los moros, muchos llevaban largos cuchillos. Pensó en la muerte, que tal vez no fuera rápida; después, al mirar el rostro calmo del arzobispo, se sintió consolado.

—¿Estáis dispuestos a hacerme el honor de escucharme? —preguntó el arzobispo.

Tras un corto silencio, uno de los alfaquíes contestó:

—Habla, señor de los cristianos.

—Sois un pueblo encolerizado que busca venganza; y eso, amigos míos, no es bueno para quienes lo planean ni para quienes soportan su impacto. La venganza es un arma de dos filos, que daña tanto al que asesta el golpe como a quien lo recibe. No hagáis nada con precipitación. Deteneos a considerar el resultado inevitable de vuestras acciones y rogad que os iluminen. No recurráis a la violencia.

—Hemos visto cómo destruían, ante nuestros propios ojos, nuestros hermosos manuscritos, oh Talavera —gritó una voz—. Hemos visto elevarse las llamas en las plazas de Granada. ¿Qué será lo próximo en arder? ¿Nuestros cuerpos? ¿Nuestras mezquitas?

—Manteneos calmos y rogad que os iluminen.

—¡Mueran los perros cristianos! —gritó una voz entre la multitud.

—¡Esperad! —exclamaron los alfaquíes que habían hablado primero, al advertir un movimiento entre la gente—. Este hombre es nuestro amigo; no es como el otro. No tiene culpa de nada. En todos los años que lleva entre nosotros, ha sido justo, y por más que intentara persuadirnos, jamás intentó obligarnos a hacer lo que no queríamos.

—Es verdad —reconoció otra voz.

—Sí, es verdad —gritaron varios—. Con este hombre no tenemos resentimientos.

—Que Alá lo guarde.

—No es enemigo nuestro.

Muchos recordaron ejemplos de la bondad de Talavera, que siempre había ayudado a los pobres, fueran moros o cristianos. Nadie tenía resentimientos con él.

Una mujer salió de la multitud y, arrodillándose junto al caballo del arzobispo, expresó:

—Vos habéis sido bueno conmigo y con los míos. Os ruego, señor, que me deis vuestra bendición.

—Ve en paz —respondió Talavera, tras haber puesto las manos sobre la cabeza de la mujer.

Otros se acercaron a pedirle su bendición, de modo que cuando Tendilla llegó al Albaicín, fue testigo de esa escena.

Tendilla venía con media docena de soldados, y cuando los moros lo vieron acompañado, muchas manos se pusieron tensas sobre los cuchillos. Pero la primera acción del recién llegado fue quitarse el gorro de la cabeza y arrojarlo entre los presentes.

—He ahí mi señal de que vengo en son de paz —gritó—. Muchos de vosotros estáis armados, pero si nos miráis veréis que hemos venido aquí sin armas.

Los moros comprobaron que así era, y recordaron también que de ese hombre no habían recibido otra cosa que justicia y tolerancia y se presentaba entre ellos desarmado; lo mismo que al arzobispo y a su capellán, podrían haberlo matado, junto a su puñado de hombres, sin tener que lamentar a su vez ninguna pérdida.

Eso era darles, ciertamente, señal de amistad.

—¡Viva el alcalde! —gritó alguien, y los demás se unieron a su voz.

Tendilla levantó la mano.

—Amigos míos, os ruego que me escuchéis. Estáis armados y planeáis recurrir a la violencia. Si lleváis a la práctica este plan, es posible que tengáis cierto éxito inicial, aquí en Granada. Y después, ¿qué? Detrás de Granada se congregará toda España para luchar contra vosotros. Si ahora cedéis a vuestros sentimientos, atraeréis sobre vosotros y sobre vuestras familias la muerte y el desastre, inevitablemente.

El alfaquí que encabezaba a los moros se adelantó hacia Tendilla para responder:

—Os agradecemos, señor alcalde, que hayáis venido a vernos esta noche. En vuestra venida tenemos prueba de la amistad que nos dispensáis, vos y el arzobispo de Granada. Pero hemos sufrido grandes agravios. Nos ha causado gran amargura ver nuestras obras de arte en la hoguera.

—Tenéis ciertamente motivos de queja —replicó Tendilla—. Si accedéis a volver a vuestros hogares, y apartáis de vuestras mentes toda idea de rebelión, yo llevaré vuestro caso ante los Soberanos.

—¿Lo haréis vos, personalmente?

—Yo mismo —prometió Tendilla—. Sus Altezas se encuentran en este momento en Sevilla. Tan pronto como pueda poner mis asuntos en orden, iré personalmente a hablar con ellos.

Zegri, que había aprendido en carne propia la magnitud que podía alcanzar la perfidia de los cristianos, se abrió paso entre la multitud.

—¿Cómo podemos saber —interrogó— si el alcalde no nos dice esto para ganar tiempo? ¿Cómo sabemos que no se convertirá en nuestro enemigo y pondrá contra nosotros a los cristianos?

—Os doy mi palabra —aseguró Tendilla.

—Señor alcalde, yo fui invitado a la casa del arzobispo de Toledo en calidad de huésped, y me vi convertido en su prisionero. Su actitud hacia mí cambió en el término de una hora. ¿Y si vos también cambiarais?

Se oyó murmurar a la multitud; todos recordaban la experiencia de Zegri.

Tendilla advirtió que volvía a encenderse en ellos el enojo, que la cólera movilizada por la conducta de Jiménez estaba a punto de estallar.

Rápidamente, tomó una decisión.

—Yo iré a Sevilla —reiteró—. Bien sabéis cuánto amo a mi mujer y a mis dos hijos. Los dejaré aquí, con vosotros, en calidad de rehenes. Ése será el signo de mis buenas intenciones.

Se hizo el silencio en la multitud.

—Bien habéis hablado, señor alcalde —dijo después el jefe de los alfaquíes.

La muchedumbre empezó a dar vivas. La violencia no les atraía, y confiaban en que Tendilla y Talavera los libraran del intrigante Jiménez, para que una vez más reinara la paz en la hermosa ciudad de Granada.

Jiménez recibió noticias de lo sucedido en el Albaicín, y se sintió alarmado. Tras haber abrigado la esperanza de poder seguir impunemente con su empeño proselitista, se daba cuenta ahora de que debía ser cauteloso.

Tendilla había entrado hecho una furia en su palacio, y le había dicho sin medias tintas lo que pensaba. Había echado a Jiménez toda la culpa de los primeros disturbios habidos en la ciudad desde la reconquista, agregando que en el término de unos días se iría a Sevilla, donde expondría la situación a la atención de los Soberanos.

Jiménez le contestó con frialdad que volvería a hacer nuevamente todo lo que había hecho, si necesario fuese, y que en Granada era muy necesario.

—No haréis nada —insistió Tendilla— mientras Sus Altezas no estén en conocimiento de este asunto.

Jiménez, naturalmente, había convenido en que ésa era la actitud prudente.

Sin embargo, tan pronto como Tendilla se hubo retirado, él se puso de rodillas, en oración. Era un momento muy importante en su vida. Bien comprendía él que la versión de las cosas que los Soberanos recibirían de Tendilla sería muy diferente de la historia que podía contarles él; y era importantísimo que Fernando e Isabel oyeran primero la campana de Jiménez.

Era probable que ya al día siguiente Tendilla saliera de viaje, de manera que Jiménez debía adelantársele.

Se levantó y mandó llamar a uno de sus sirvientes negros, un atleta alto y de miembros esbeltos, que podía correr con más rapidez que ningún otro hombre en el distrito.

—Prepárate, que quiero que dentro de media hora salgas hacia Sevilla —le ordenó.

El esclavo salió con una reverencia y, al quedarse a solas, Jiménez se sentó a escribir su explicación de lo que había sucedido en Granada. La necesidad de salvar almas era imperativa. Él necesitaba más poder y, cuando lo tuviera, daba garantías de llevar a los moros de Granada al redil del cristianismo. Se había sentido incapaz de mantener una calma imparcial al contemplar las costumbres paganas que se practicaban en esa comunidad. Había actuado bajo la inspiración de Dios, y rogaba ahora porque sus Soberanos no cerraran los ojos a la voluntad divina.

Nuevamente, hizo llamar al esclavo.

—A Sevilla, a toda prisa —le ordenó.

Y sonrió satisfecho, pensando que Isabel y Fernando recibirían la noticia de él horas antes de que pudieran ver a Tendilla. Para ese momento ya habrían leído la versión de la revuelta contada por Jiménez, y toda la elocuencia de Tendilla sería incapaz de persuadirlos de que el arzobispo estaba equivocado en lo que había hecho.

El esclavo negro hizo a la carrera las primeras millas. Por el camino lo pasó un moro que montaba un tordillo, y el negro deseó por un momento tener también montura, pero pronto apartó la idea para entregarse al placer del ejercicio.

Conocido por la rapidez con que corría, el esclavo se enorgullecía de ella. Cualquiera podía montar a caballo, pero su velocidad en la carrera nadie la igualaba.

Pero el camino era largo, y hasta el corredor más veloz se cansaba y se le secaba la garganta. De camino entre Granada y Sevilla, el esclavo vio una taberna. Atado a un poste estaba el caballo que lo había pasado por el camino, y muy cerca de su montura, el jinete.

—Buenos días —lo saludó al verlo llegar—. Te vi corriendo por el camino.

—Yo te envidié el caballo —confesó el negro, deteniéndose.

—Sed has de tener, corriendo como corres.

—En eso dices verdad.

—Pues aquí hay una posada, y tienen buen vino ¿Porqué no te fortificas con un poco de este excelente vino?

—Oh... tengo una misión que cumplir, y he de llegar con toda rapidez a Sevilla.

—El vino te dará más rapidez.

El negro lo pensó; tal vez fuera verdad.

—Ven a beber conmigo —le insistió el moro—. Déjame que te invite.

—Eres generoso —comentó el esclavo con una sonrisa.

—Ven, entra, que nos traerán vino a ambos.

Juntos se sentaron a beber, mientras el moro instaba a su invitado a hablar de sus triunfos: de las muchas carreras que había ganado, y de cómo en los últimos años no había encontrado a nadie que pudiera vencerlo.

El moro volvía a llenarle el vaso, sin que el negro advirtiera lo mucho que estaba bebiendo, ni pensara en que no tenía el hábito de hacerlo.

Empezó a hablar con más lentitud, olvidado incluso del lugar donde estaba y cuando se desplomó hacia adelante, el moro se levantó, sonriente, y cogiéndole el pelo le sacudió la cabeza. El negro, que ya no sabía siquiera quién era el otro, estaba demasiado ebrio para protestar.

El moro llamó al tabernero.

—Que vuestros sirvientes lleven a este hombre a la cama —le dijo—. Ha bebido demasiado vino, y hasta la mañana no estará sobrio. Entonces dadle de comer y más vino... vino en abundancia. Es necesario que se quede aquí un día y una noche más.

El tabernero aceptó el dinero que le entregaban y aseguró a su cliente que sus deseos serían cumplidos al pie de la letra.

Con una sonrisa de satisfacción, el moro fue en busca de su caballo y emprendió el viaje de regreso a Granada.

Esa misma noche, el conde de Tendilla y su séquito emprendían el viaje a Sevilla. El júbilo reinaba en el Albaicín; habían contrarrestado la astucia de Jiménez, y los Reyes tendrían los primeros informes de la revuelta morisca de labios de un amigo de los moros, no de su enemigo.

Cuando Fernando oyó relatar a Tendilla lo que había sucedido en Granada su primera reacción fue de cólera y después de consternación, pero sus sentimientos no tardaron en teñirse de una débil satisfacción.

Sin pérdida de tiempo, fue a hablar con Isabel.

—Espléndida situación tenemos —clamó—. Revuelta en Granada. Y todo por culpa de ese hombre, Jiménez. Así de caro tenemos que pagar por la conducta de *vuestro* arzobispo. Aquello por lo cual luchamos durante años se ha visto en pocas horas amenazado por la imprudencia de ese hombre a quien sacasteis de su humilde condición para hacer de él el arzobispo de Toledo y el primado de España.

Isabel, que se enorgullecía muchísimo de haber mantenido el tratado, se quedó atónita ante la noticia. Siempre se había deleitado en oír hablar de la prosperidad de su ciudad de Granada, de la laboriosa disposición de su población morisca y de la forma en que vivían pacíficamente junto a los cristianos. Y se había llenado de alegría al enterarse de que Talavera había conseguido entre ellos algunas conversiones al cristianismo. Pero, ¡revuelta en Granada! Y que Jiménez, su arzobispo, como lo llamaba siempre Fernando, hubiera sido aparentemente el causante....

—No hemos oído su versión de la historia... —empezó a decir.

—¿Y por qué no? —la interrumpió Fernando—. ¿Acaso vuestro arzobispo piensa que puede actuar sin nuestra aprobación? No le ha parecido conveniente informarnos. ¿Quiénes somos nosotros? Los Soberanos, nada más. El que gobierna en España es Jiménez.

—Confieso que estoy tan alarmada como atónita —admitió Isabel.

—No es para menos, Señora. Es lo que resulta cuando se confían altos cargos a quienes no son capaces de ocupar los con la dignidad y la responsabilidad debidas.

—Le escribiré inmediatamente —decidió la Reina—, informándole de mi disgusto y llamándolo sin demora a nuestra presencia.

—Indudablemente, será prudente sacarlo de Granada antes de que nos veamos con una guerra entre manos.

Isabel fue hasta su mesa de trabajo y se puso a escribir en los términos más severos, expresando su profunda preocupación y su enojo al ver que el arzobispo de Toledo había olvidado sus deberes para con sus Soberanos y su propio cargo al punto de haber actuado contra el tratado de Granada y, tras haber obtenido tan deplorables resultados, no hubiera considerado la necesidad de informar a los Soberanos.

Con una lenta sonrisa en la boca, Fernando la observaba. Aunque estuviera inquieto por la situación de Granada, no podía dejar de sentir cierta satisfacción. Era muy halagador ver confirmadas sus profecías referentes a ese advenedizo. Qué diferentes habrían sido las cosas si su queridísimo hijo, Alfonso, hubiera ocupado el cargo más alto de España.

Con el rostro pálido, pero tan arrogante como siempre, Jiménez estaba ante los Soberanos.

No sentía contrición alguna, observó Fernando, azorado. ¿Qué clase de hombre era ése? No sabía lo que era el miedo. Se lo podía despojar de su cargo y de sus posesiones, y seguiría haciendo alarde de su fariseísmo. Se lo podía castigar, torturar, llevarlo a la hoguera... pero no perdería su aire de arrogancia.

Hasta el propio Fernando se sentía un poco inseguro al mirar a ese hombre, y en cuanto a Isabel, tan pronto como Jiménez se plantó ante ella, se preparó para escucharlo con simpatía y para creer que lo que le habían dicho antes no había sido, en realidad, un relato imparcial.

—No comprendo —empezó Isabel— con qué autoridad habéis actuado en Granada como lo hicisteis.

—Con la de Dios —fue la respuesta.

Fernando hizo un gesto de impaciencia, pero Isabel continuó, con dulzura:

—Señor arzobispo, ¿no sabíais que el Tratado de Granada establece que la población morisca ha de mantener su propio culto?

—Lo sabía, Alteza, pero consideré que ese tratado es aberrante.

—¿Era eso de vuestra incumbencia? —preguntó sarcásticamente Fernando.

—La lucha contra el mal es siempre de mi incumbencia, Alteza.

—Si deseabais tomar esas medidas —preguntó Isabel—, ¿no habría sido más prudente habernos consultado, habernos pedido autorización para hacerlo?

—Habría sido sumamente imprudente —replicó Jiménez—, porque Vuestras Altezas jamás me habrían dado tal autorización.

—¡Qué monstruosidad! —se indignó Fernando.

—Esperad, os lo ruego —se interpuso Isabel—, y dejad que el arzobispo nos dé su versión de la historia.

—Era necesario emprender la acción contra estos infieles —continuó Jiménez—, y Vuestra Alteza no lo consideraba indicado. En el nombre de la Fe, me vi obligado a hacerlo yo mismo.

—Y una vez que lo hicisteis, no os tomasteis siquiera la molestia de informarnos —bufó Fernando.

—Me agraviáis al decirlo. Os despaché un mensajero a toda prisa. El hombre debería haber llegado a vuestra presencia antes de que recibierais la noticia por ninguna otra vía. Lamentablemente, mis enemigos lo interceptaron y lo emborracharon para que no pudiera llegar a vosotros... Y después, como no había cumplido con su deber, no se atrevió a presentarse ante vosotros, ni ante mí.

Isabel pareció aliviada.

—Ya sabía que podía confiar en que nos mantuvierais informados, y veo que el hecho de que vuestro mensaje no nos llegara no fue, ciertamente, culpa vuestra.

—Queda aún sin explicar esa vuestra asombrosa conducta que provocó la revuelta en Granada —le recordó Fernando.

Jiménez se volvió entonces hacia él para endilgarle una de las invectivas que lo habían hecho famoso. Recordó a los monarcas la forma en que se había puesto a su servicio, al de Dios y al del Estado. Les habló de la cantidad de las rentas de Toledo que habían ido a parar a su labor proselitista. Les dio a entender que ambos habían sido culpables de indiferencia ante la Fe: Fernando por su deseo de engrandecimiento, Isabel por el afecto que le inspiraba su familia. Los tocó a los dos en lo que tenían de más vulnerable. Los hizo sentir culpables; lentamente, con una astucia infinita, dio vuelta la discusión en su propio favor, de modo que pareció que fueran los Reyes quienes estaban en la obligación de darle explicaciones, en vez de ser él quien les rindiera cuentas.

Siempre he sentido la necesidad de luchar, de proteger lo que es mío y de ponerlo a salvo, decíase Fernando; he visto que sólo aumentando mis posesiones puedo lograr la seguridad de Aragón.

Isabel, a su vez, pensaba: tal vez sea pecado que una madre ame a sus hijos como yo los he amado, que eluda su deber en su deseo de conservarlos junto a ella.

Finalmente, Jiménez llegó al punto donde le interesaba hacerlos llegar.

—Es verdad —admitió— que existe ese tratado de Granada. Pero los moros de la ciudad se han rebelado contra Vuestras Altezas. Al hacerlo han violado el tratado, cuyo núcleo central era que ambas partes debían mantener la amistad. Fueron ellos quienes se alzaron contra nosotros. Por consiguiente, han faltado a su palabra y no es necesario que sintamos remordimiento alguno por cambiar nuestra actitud hacia ellos.

Sutilmente, Jiménez trajo a colación la época de la expulsión de los judíos, cuando gran parte de las propiedades de aquellos desdichados había pasado a engrosar los caudales del Estado. La idea hizo que a Fernando le brillaran los ojos. Para engatusar a Isabel, le habló de la gran obra que podría hacerse cobijando a esos infieles bajo el ala del cristianismo.

—Ellos han roto el tratado —vociferó—, y a vosotros no os liga obligación alguna. Debéis usar cualquier medio para atraer al cristianismo a esas pobres almas.

Jiménez había ganado la batalla. El Tratado de Granada ya no tenía vigencia.

Una expresión casi benévola se pintó sobre el rostro del arzobispo, que estaba ya haciendo sus planes para obligar a bautizarse a los moros de Granada. En breve tiempo, Granada sería lo que con propiedad se podría llamar una ciudad cristiana.

13

LA PARTIDA DE MIGUEL Y DE CATALINA

María y su hermana Catalina estaban mirando desde la ventana el movimiento de la gente que entraba y salía del Alcázar. En ambos rostros se leía una expresión atenta, y las dos niñas pensaban en el matrimonio.

Catalina sabía reconocer inmediatamente a los mensajeros ingleses, y en las ocasiones en que los veía llegar, portadores de las cartas del Rey a sus padres, se sentía enferma de angustia. La Reina le había dicho que en cada despacho se advertía la creciente impaciencia del Rey de Inglaterra.

—En esos momentos, conteniendo las lágrimas, Catalina se aferraba desesperadamente a su madre durante algunos segundos, y aunque la Reina expresara su desaprobación, la niña advertía en su voz una nota quebrada que traicionaba el hecho de que ella, a su vez, estaba al borde del llanto.

Ya no puede faltar mucho, se decía la infanta todas las mañanas. Y cada día que pasaba sin que le hubieran llegado noticias de Inglaterra era algo que agradecía a los santos al rezar su plegaria nocturna.

María era diferente; en ese momento estaba tan excitada como casi nunca la había visto su hermana.

—Catalina —le insistía—, ¿no has visto la librea de Nápoles? Si la ves, avísame.

¿Es que no le importa tener que alejarse de casa?, se preguntaba Catalina. Aunque tal vez Nápoles no pareciera tan remoto como Inglaterra.

En todo el Alcázar se comentaba que el próximo matrimonio sería el de María con el duque de Calabria, heredero del Rey de Nápoles, o bien el de Catalina con el príncipe de Gales.

María disfrutaba muchísimo hablando de su proyectado matrimonio.

—Yo temía que se olvidaran de mí —explicaba—. Para todo el mundo había marido, salvo para mí. Me parecía injusto.

—Si a mí no me hubieran encontrado marido, estaría encantada —le señaló Catalina.

—Es porque tú eres demasiado pequeña. Todavía no puedes imaginarte otra cosa que quedarte toda la vida en casa, junto a nuestra madre. Pero eso es imposible.

—Me temo que tienes razón.

—Cuando tengas mi edad, ya no sentirás lo mismo —consoló María a su hermana.

—En tres años más tendré la edad que tú tienes ahora. ¿Qué estaré haciendo para entonces? Dentro de tres años... será el año 1503. Falta muchísimo. Mira, ahí viene un mensajero. Es de Flandes, estoy segura.

—Entonces, serán noticias de nuestra hermana.

—Oh —exclamó Catalina, y se quedó callada. Después de las noticias de Inglaterra, las que más temía eran las que llegaban de Flandes, porque sabía que eran las que podían hacer sentir más desdichada a su madre.

Las niñas fueron llamadas a presencia de sus padres. Al ver que además de ellos había otras personas en el gran salón, comprendieron que se trataba de una ocasión especial. Sus padres estaban de pie, uno junto a otro, y Catalina comprendió inmediatamente que estaban a punto de hacer algún anuncio importante.

La Reina tenía en la mano los despachos que habían llegado de Flandes.

Debe de ser algo que se refiere a Juana, pensó Catalina; pero no había necesidad de preocuparse. Había sucedido algo que hacía muy feliz a su madre y en cuanto a su padre, tenía aire de verdadero júbilo.

En las habitaciones reales fueron congregándose todos los funcionarios que residían en ese momento en el Alcázar, y una vez que estuvieron todos reunidos, un trompetero que se encontraba próximo a los soberanos hizo oír unas cuantas notas.

En el salón se hizo el silencio, y después habló la Reina.

—Amigos míos, hoy tengo que daros una gran noticia. Mi hija Juana ha dado a luz un hijo varón.

Sus palabras fueron seguidas por fanfarrias de triunfo.

—¡Viva el príncipe! —gritaron después todos los que se encontraban en la habitación.

Finalmente, Isabel y Fernando se quedaron solos.

Fernando tenía el rostro arrebatado de placer, y a la Reina le brillaban los ojos.

—Confío en que esto tenga efecto calmante sobre nuestra hija —murmuró.

—¡Un varón! ¡Qué alegría! —exclamaba Fernando—. El primogénito, ¡y que sea varón!

—Le hará bien ser madre —siguió cavilando Isabel—. Al tener nuevas responsabilidades, se estabilizará.

Después recordó a su propia madre, y las horrorosas escenas en el castillo de Arévalo, cuando deliraba sobre los derechos de sus hijos. Isabel recordaba que cuando le había parecido más inquietantemente rara era cuando temía que sus hijos no llegaran a entrar en posesión de lo que ella consideraba sus derechos.

Pero ahora no quería pensar en esas cosas. Juana era fértil, tenía su hijo, y eso ya era motivo bastante para regocijarse.

—Lo llamarán Carlos —murmuró Isabel.

Fernando frunció el ceño.

—Un nombre extranjero. Jamás ha habido un Carlos en España.

—Si este niño llegara a ser Emperador de Austria, para ellos sería Carlos Quinto —calculó Isabel—. En Austria sí ha habido otros Carlos.

—No me gusta el nombre —insistió Fernando—. Habría sido un gesto de cortesía si su primer hijo lo hubieran llamado Fernando.

—Claro que sí. Pero espero que consigamos acostumbrarnos al nombre.

—Carlos Quinto de Austria —repitió Fernando—, y Carlos Primero de España.

—Mientras Miguel viva, no puede ser Carlos Primero de España —le recordó Isabel.

—No... mientras Miguel viva, no —repitió Fernando.

Y miró a Isabel con ese rostro inexpresivo que ella había empezado a entender desde los primeros años de su matrimonio. Fernando no creía que Miguel viviera y eso, que antes de la llegada de la carta de Juana lo había angustiado muchísimo, ya no le preocupaba. Porque si Miguel moría, ahora seguía habiendo un heredero varón para conformar al pueblo de Aragón: Carlos, el hijo de Juana.

—Según todos los informes —comentó Fernando—, nuestro nieto del nombre exótico parece ser un robusto jovencito.

—Eso es lo que dicen.

—Yo lo he sabido de varias fuentes —insistió Fernando—, y fuentes que saben bien que no han de decirme mentiras.

—Entonces, Carlos es grande para su edad, y es fuerte y robusto. Carlos vivirá.

Los labios de Isabel temblaban apenas; la Reina estaba pensando en el pálido niño que vivía en Granada, la alborotada ciudad donde a la población morisca se le había dado a elegir, recientemente, entre el bautismo y el exilio.

Miguel era un niño tan bueno..., casi nunca lloraba, aunque tosía un poquito, de la misma manera que había solido toser su madre antes de morir.

—Fernando —Isabel se había vuelto hacia su marido—, el niño que ha tenido nuestra Juana será un día el heredero de todas las riquezas de España.

Fernando no le contestó, pero estaba de acuerdo con ella.

Era la primera vez que Isabel verbalizaba la gran angustia que Miguel había traído a su vida desde el momento de nacer.

Pero ahora todo estaba bien, pensaba Fernando. Aunque un heredero les fuera arrebatado, quedaba otro para ocupar su lugar.

Isabel volvió a leerle el pensamiento y pensó que debería tratar de emular el calmo y práctico sentido común de su marido. No debía seguir llorando tanto tiempo a Juan, ni a Isabel. Si tenían al pequeño Miguel. Y si Miguelito seguía a su madre a la tumba, su heredero sería el robusto Carlos Habsburgo.

Por esa época, Fernando estaba muy preocupado por Nápoles. Cuando Luis XII había sucedido a Carlos VIII de Francia, se había visto claramente que Luis tenía los ojos puestos en Europa, ya que inmediatamente planteó sus reclamos sobre Nápoles y Milán. El propio Fernando tenía, desde largo tiempo atrás, los ojos codiciosamente puestos en Nápoles, que estaba ocupada por su primo Federico. Federico pertenecía a una rama ilegítima de la casa de Aragón, razón por la cual Fernando ardía en deseos de apoderarse de la corona.

En vez de haber recibido de su primo la ayuda que podría haber esperado contra el rey de Francia, Federico había encontrado frustrado su esfuerzo por casar a su hijo, el duque de Calabria, con María, la hija de Fernando.

La gran esperanza de Federico consistía en vincularse más con su primo Fernando mediante ese matrimonio, que podría haber interesado al monarca español de no ser por el hecho de que el Rey de Portugal había enviudado.

Entre todos sus potenciales enemigos, al que más temía Fernando era al Rey de Francia, que tras la conquista de Milán se había convertido en una potencia en Italia. La situación se agravaba más a causa de la conducta del Papa Borgia, evidentemente decidido a adueñarse de riquezas, honores y poder para sí mismo y para su familia. El Papa no era amigo de Fernando. Isabel estaba profundamente escandalizada por la conducta del Santo Padre. Alejandro VI había transferido de la Iglesia al ejército a su hijo César —a quien previamente había elevado a la dignidad de cardenal— por la sencilla razón de que el ambicioso joven, cuya reputación era tan mala como la de su padre, creía que podría llegar a ser más poderoso fuera de la Iglesia. Fernando, convencido de que nada podía ganar si se ponía de parte de los Borgia, se había unido a Isabel para denunciar los crímenes del Papa.

Enfurecido, Alejandro había hecho pedazos la carta en que los monarcas españoles le planteaban sus quejas y se había vengado refiriéndose a ellos con agresiva indecencia.

En semejante situación era imposible cualquier alianza entre España y el Vaticano. Maximiliano estaba abrumado por sus compromisos y, de todas maneras, no tenía medios para ayudar a Fernando. Entretanto los franceses, triunfantes en Milán, se preparaban para adueñarse de Nápoles.

Federico de Nápoles era un hombre manso y amante de la paz, que esperaba con ansiedad la tormenta que estaba a punto de estallar sobre su pequeño reino. Temía a los franceses y sabía que no podía contar con la ayuda de su primo Fernando que a su vez quería quedarse con Nápoles. Al parecer, para su dilema no había otra solución que recurrir a la ayuda del sultán turco, Bajazet.

Al saberlo, Fernando no cupo en sí de alegría.

—Es una monstruosidad —explicó a Isabel—. El tonto de mi primo, aunque más que tonto debería decir perverso, ha pedido ayuda al mayor enemigo de la cristiandad. Ahora no tenemos por qué tener escrúpulo alguno en emprender las acciones necesarias para apoderarnos de Nápoles.

Isabel, que hasta entonces no había estado demasiado interesada en la campaña napolitana, se dejó convencer fácilmente por los argumentos de Fernando cuando éste le informó que Federico había pedido ayuda a Bajazet.

Pero Fernando se encontraba ante un dilema tan grande como el de su primo Federico. Si se aliaba con el poderoso Luis, y entre los dos conseguían la victoria, era seguro que Luis terminaría por expulsar de Nápoles a Fernando. Y en ayudar a Federico en contra de Luis no había que pensar siquiera, porque convertirse en campeón de Federico no le aportaría ventaja alguna.

Cuando se trataba de sus propias ventajas, Fernando era un hábil estratega a cuyos ojos ávidos y sagaces no se les escapaba nada.

Cuando Bajazet desoyó el pedido de ayuda de Federico, Fernando inició negociaciones entre Francia y España, cuyo resultado fue un nuevo tratado de Granada.

El documento era un tanto santurrón. En él se expresaba que la guerra era un mal, y que era deber de todos los cristianos preservar la paz. Los únicos que podían tener pretensiones sobre el trono de Nápoles eran los Reyes de Francia y de Aragón, y como el Rey actual había solicitado la ayuda del enemigo de todos los cristianos, a los Reyes de Francia y de Aragón no les quedaba otra alternativa que tomar posesión del reino de Nápoles y dividírselo entre ambos. El norte sería francés, el sur español.

Era un tratado secreto, y en secreto debía mantenerse mientras españoles y franceses se preparaban para adueñarse de lo que en virtud del mismo se concedían.

—Esto no será difícil —aseguró Fernando a la Reina—. El Papa Alejandro nos dará su apoyo en contra de Federico. Mi primo fue un idiota al negarse al matrimonio de su hija Carlota con César Borgia. Alejandro jamás le perdonará ese agravio a un hijo por quien chochea; y el odio de los Borgia es implacable.

Isabel estaba encantada con la artera estrategia de su marido.

—No sé qué habría sido de nosotros, sin vos —le dijo en ocasión de la firma del tratado.

Sus palabras fueron un placer para Fernando, que con frecuencia pensaba qué esposa ideal habría sido

Isabel si al mismo tiempo no hubiera sido Reina de Castilla, y estado tan decidida a cumplir con su deber que a él subordinaba todo lo demás; y sin embargo, si él la quería por esposa era precisamente porque Isabel era Reina de Castilla.

La afanosa mente de Fernando, miraba ya hacia el futuro. Habría que hacer una campaña contra Nápoles. Era importante que la amistad con el Rey de Inglaterra se mantuviera, y sería de alegrarse que se concretara el matrimonio de María con Portugal.

Pero lo prudente sería hablar del asunto de Inglaterra con Isabel en ese momento, en que ella se mostraba humilde.

Apoyó una mano en el hombro de su mujer y la miró serenamente en los ojos.

—Isabel, querida mía —le dijo—, he sido paciente con vos porque sé cuánto amáis a vuestra hija menor. Pero el tiempo pasa, y Catalina debe empezar a prepararse para su viaje a Inglaterra.

Vio cómo aparecía súbitamente el miedo en los ojos de Isabel.

—Me aterra decírselo —confesó.

—Oh, vamos, ¿qué es esta tontería? Nuestra Catalina será Reina de Inglaterra.

—Es que es tan pegada a mí, Fernando, mucho más que cualquiera de las otras. Se verterán muchas lágrimas amargas cuando nos separemos. Catalina está tan alarmada ante la idea de este viaje que a veces temo que tenga una premonición de algo malo.

—La que habla así, ¿es mi prudente Isabel?

—Sí, Fernando, yo misma. Nuestra hija mayor creía

que moriría al dar a luz, y así fue. Es el mismo horror que siente la más pequeña por Inglaterra.

—Es hora de que me ponga yo firme con todas vosotras —decidió Fernando—. Hay una sola manera de cortar esas fantasías de nuestra Catalina. Que se vaya a Inglaterra, que vea con sus propios ojos lo que es ser la esposa del heredero del trono inglés. Juraría que en pocos meses nos llegan unas cartas radiantes desde Inglaterra, y que Catalina se habrá olvidado muy pronto de España y de nosotros.

—Tengo la sensación de que Catalina jamás nos olvidará.

—Pues dadle la noticia, entonces.

—Oh, Fernando, ¿tan pronto?

—Ya llevamos años, y me maravilla la paciencia del Rey de Inglaterra. No podemos quedarnos sin esa alianza, Isabel. Es importante para mis planes.

Isabel suspiró.

—Le dejaré unos días más de placer —decidió—. Que disfrute de una semana más en España, que ya no le quedarán muchas para disfrutar de su hogar.

La Reina recibió una llamada urgente desde Granada, donde el pequeño Miguel padecía una fiebre, y se dirigió hacia allá en compañía de Fernando y de sus dos hijas. La noticia de la enfermedad de Miguel había tenido su lado bueno, porque por esa causa Isabel había podido postergar la conversación en que anunciaría a Catalina que debía prepararse para abandonar España.

Muy diferente le pareció ese día la ciudad. Las torres de la Alhambra se elevaban, rosadas, a la luz del sol; los riachos seguían centelleando, pero Granada había perdido su alegría. Desde que Jiménez se aposentara en ella y decidiera que sólo los cristianos tenían derecho a disfrutarla, Granada era una ciudad triste.

Por todas partes se veían testimonios de los días en que había sido la capital morisca, de manera que era imposible andar por las calles sin pensar en la tarea que se iba cumpliendo implacablemente bajo las instrucciones del arzobispo de Toledo.

Isabel sentía oprimido el corazón, e iba preguntándose con qué se encontraría al llegar al palacio. ¿Estaría muy enfermo el pequeño? Al leer entre líneas los mensajes que había recibido, la Reina conjeturaba que sí.

La noticia la tenía aturdida, preguntándose si acaso cuando los golpes se sucedían uno a otro, uno se preparaba ya para el siguiente.

Fernando no se dolería, y le recordaría que debían estar agradecidos, porque tenían a Carlos.

Pero Isabel no quería pensar en que Miguel se muriera. Ella misma lo cuidaría, se quedaría con él. No permitiría que ni siquiera los asuntos de Estado la separaran del niño. Miguel era el hijo de su querida Isabel, que al morir se lo había dejado. Por más nietos que llegaran a darle sus hijas, para la Reina el mimado sería siempre Miguel: el primer nieto, el heredero, el más amado.

Al llegar a la magnífica parte del edificio levantada en torno del Patio de los Arrayanes, se dirigió hacia las habitaciones que daban al Patio de los Leones.

Su pequeño Miguel no habría podido vivir su corta vida en un lugar más hermoso. ¿Qué pensaría de las cúpulas doradas y de la exquisita delicadeza del estucado?

Todavía era demasiado pequeño para entender las loas al Profeta inscriptas en las paredes.

Al llegar a la habitación que era el cuarto del pequeño advirtió inmediatamente que las niñeras tenían ese aire de gravedad que Isabel se había acostumbrado a ver en los rostros de quienes atendían a algún enfermo de la familia real.

—¿Cómo está el príncipe? —preguntó.

—Alteza, está muy callado hoy.

¡Callado, hoy! Isabel sintió que la invadía la angustia al inclinarse sobre la camita donde estaba tendido su nieto, tan parecido a la madre, con la misma resignación paciente en la dulce carita.

—Miguel no —rogaba Isabel—. ¿Acaso no he sufrido bastante? Llévate a Carlos, si necesitas llevarme alguno, pero déjame con mi pequeño Miguel. Déjame al hijo de Isabel.

¿Qué arrogancia era esa? ¿Presumía ella, acaso, de dar instrucciones a la Providencia?

—Hágase Tu voluntad, no la mía —murmuró la Reina, persignándose rápidamente.

Día y noche siguió sentada junto al lecho; sabía que Miguel iba a morirse, que sólo por un milagro podría vencer esa fiebre y llegar a heredar el reino de sus abuelos.

Se morirá, pensaba Isabel con tristeza, y ese día nuestra heredera será Juana, y aunque el pueblo de Aragón no acepte a una mujer, aceptarán al hijo de esa mujer. A Carlos lo aceptarán. Carlos es fuerte y robusto, aunque su madre esté más loca cada día. Juana hereda su locura de mi madre; ¿será posible que el pequeño Carlos la herede a su vez de ella?

¿Qué nuevas penurias esperaban a España? ¿No habría término para los males que podían abatirse sobre ellos? ¿Habría alguna verdad en los rumores según los cuales la de España era una casa real maldita?

De pronto, Isabel percibió la respiración irregular y entrecortada del niño.

Mandó llamar a los médicos, que reconocieron que no podían hacer nada.

El frágil hilo de vida se extinguía lentamente.

—¡Oh, Dios! ¿Qué me espera ahora? ¿Qué me espera? —murmuraba Isabel.

Después, el niño se quedó quieto, en silencio, y los médicos se miraron, sin hablar.

—¿Es que se ha ido ya mi nieto? —preguntó la Reina.

—Eso nos tememos, Alteza.

—Entonces, dejadme un rato con él —pidió Isabel—. Ya rogaré por él; todos rogaremos. Pero primero, dejadme que esté un rato con él.

Cuando se quedó sola, levantó al niño de su lecho y se quedó teniéndolo en brazos, mientras las lágrimas le resbalaban lentamente por las mejillas.

Poco tiempo hubo para el duelo. Había que planear la invasión de Nápoles, y el asunto de Cristóbal Colón reclamaba también la atención de la Reina.

Sus sentimientos hacia el aventurero eran ambiguos. Colón había incurrido en la ira de la Reina al usar a los indios como esclavos, una práctica que Isabel deploraba. No entendía el razonamiento de la mayoría de los católicos, para quienes ya que esos salvajes estaban de todas maneras condenados a la perdición, poco importaba lo que sucediera a sus cuerpos sobre la tierra. El gran deseo de colonización de Isabel no se había dirigido tanto a aumentar las riquezas de España como a incorporar al cristianismo esas almas a quienes hasta entonces les había estado vedado recibirlo. Colón necesitaba mano de obra para la nueva colonia, y no tenía excesivos escrúpulos respecto de la forma de conseguirla. Pero Isabel, en España, se preguntaba con qué autoridad se atrevía él a disponer de sus súbditos. Ordenó que fueran inmediatamente devueltos a su país todos los hombres y mujeres que habían sido capturados como esclavos.

Era la primera vez que se sentía irritada por el comportamiento de Cristóbal Colón.

En cuanto a Fernando, siempre había mirado con cierta animosidad al aventurero. Desde el descubrimiento de las pesquerías de perlas de París, pensaba con irritación creciente en el acuerdo que había hecho, en virtud del cual Colón debía tener participación en los tesoros que descubriera. Fernando se moría por hacer que una parte cada vez mayor de ese tesoro fuera a parar a sus arcas.

Les habían llegado quejas desde la colonia, y finalmente Isabel había accedido a enviar a un tal don Francisco de Bobadilla, pariente de su amiga Beatriz de Bobadilla, para que investigara lo que en realidad sucedía.

A Bobadilla se le habían concedido grandes poderes. Debía tomar posesión de todas las fortalezas, naves y propiedades, y tenía el derecho de mandar de vuelta a España a cualquier hombre que en su opinión no estuviera trabajando en bien de la comunidad, para que esas personas tuvieran que responder de su conducta ante los Soberanos.

Al principio, Isabel había concedido con agrado ese importante cargo a Bobadilla, por ser pariente lejano de su querida amiga, pero después lamentó profundamente su decisión, porque don Francisco no tenía con Beatriz más semejanza que su apellido.

Mientras estaban en Granada, llorando la muerte del pequeño Miguel, Fernando trajo a Isabel la noticia de que Colón había regresado a España.

—¡Colón! —exclamó Isabel.

—Bobadilla lo envía para que sea procesado —explicó Fernando.

—Pero es increíble —declaró Isabel—. ¡Cuando concedimos semejantes poderes a Bobadilla, no nos imaginamos que los usaría contra el Almirante!

Fernando se encogió de hombros.

—Bobadilla tenía derecho a usar su poder en la forma que le pareciera más adecuada.

—¡Pero no a mandar de vuelta a Colón!

—¿Por qué no, si lo considera incompetente?

Isabel olvidó el desacuerdo que había tenido con el Almirante respecto de la venta de esclavos, e inmediatamente sintió que debía salir en su defensa, al recordar aquel día de 1493 en que Colón había regresado, triunfante, como descubridor de las nuevas tierras, a poner a los pies de sus Soberanos las riquezas del Nuevo Mundo.

¡Y que ahora Francisco de Bobadilla lo obligara a volver! Era demasiado humillante.

—Fernando —exclamó—, ¿es que no os dais cuenta de que ese hombre es el más grande explorador que el mundo haya conocido? ¿Pensáis que está bien que haya de regresar así, en desgracia?

—No sólo en desgracia —la interrumpió Fernando—. Ha vuelto engrillado, y engrillado sigue en este momento, en Cádiz.

—Eso es intolerable —decidió Isabel, y sin discutir más el asunto con Fernando, redactó inmediatamente una orden por la que Cristóbal Colón debía ser puesto sin demora en libertad y había de acudir con toda prisa a Granada.

—Le enviaré mil ducados para cubrir sus gastos —explicó a Fernando—, y para que venga en el estilo que corresponde a un gran hombre que ha sido agraviado.

Cristóbal Colón entró en Granada en medio de las aclamaciones del pueblo. Estaba delgado, consumido casi, y todos recordaban que ese gran hombre había atravesado el océano con grilletes.

Al saber de su presencia en Granada, Isabel lo mandó llamar sin tardanza, y cuando el recién llegado se encontró ante ellos no quiso permitirle que se arrodillara. Lo abrazó calurosamente, lo mismo que el Rey.

—Mi querido amigo —exclamó la Reina—, ¿cómo podré expresaros mi pesar de que hayáis sido tan mal tratado?

Con la cabeza alta, Colón respondió:

—He atravesado el océano engrillado como un criminal. Entiendo que he de responder de los cargos que me han sido formulados, los cargos de haber descubierto un Nuevo Mundo para ponerlo en manos de Vuestras Altezas.

—Eso es imperdonable —declaró la Reina.

Fernando, entretanto, pensaba: no lo pusiste del todo en manos de tus Soberanos, Cristóbal Colón. Algo te reservaste para ti.

Estaba calculando cuánto más rico sería si Cristóbal Colón no tuviera participación en las riquezas del Nuevo Mundo.

—He sufrido grandes humillaciones —les contó Colón, e Isabel comprendió que para él la humillación era el dolor más profundo. Era un hombre orgulloso, un hombre que durante muchos años de su vida se había esforzado por convertir en realidad un sueño. Había sido un hombre que, con la visión de un mundo nuevo, con su habilidad de navegante y su extrema paciencia, negándose obstinadamente a apartarse de su proyecto, había conseguido hacer de ese Nuevo Mundo una realidad.

—Vuestros agravios serán remediados —le prometió Isabel—. Bobadilla tendrá que regresar y habrá de responder por el tratamiento que os ha dado. Debemos pediros que procuréis olvidar todo lo que habéis padecido. Nada necesitáis temer; vuestros honores os serán devueltos.

Cuando el orgulloso Colón cayó de rodillas ante ella y se echó a llorar como un niño, la Reina no pudo mantener la serenidad.

¡Cuánto ha sufrido! pensaba. Y yo, que también a mi manera he sufrido, puedo entender lo que siente.

Le apoyó una mano en el hombro.

—Llorad, amigo mío —le dijo—. Llorad, que gran consuelo nos traen las lágrimas.

Y allí, a los pies de la Reina, Cristóbal Colón siguió llorando, mientras Isabel pensaba en sus propias penas, al recordar de pronto a los apuestos muchachos que había visto junto a Colón... Su hijo Fernando, habido con Beatriz de Arana, y su hijo Diego, del primer matrimonio. Colón tenía dos hijos varones, y sin embargo había sufrido profundamente. Su gran amor era el Nuevo Mundo que había descubierto.

Yo no tengo hijos, quería decirle Isabel. Consolaos vos, amigo mío, que tenéis dos.

Pero, ¿acaso podía ella, la Reina, hablar de sus penas con un aventurero?

No podía más que apoyar la mano en sus hombros encorvados, para así ofrecerle algún consuelo.

Fernando también estaba dispuesto a consolar a ese hombre. Estaba pensando que al pueblo no le gustaría saber que el héroe del Nuevo Mundo había vuelto a España engrillado como un delincuente común. Al mismo tiempo, se preguntaba cómo podría evitar que Colón tuviera una participación tan grande en las riquezas del Nuevo Mundo, y cómo canalizar hacia sus propios cofres esas riquezas.

Durante un brillante día de mayo del año 1501, Catalina se despidió de la Alhambra.

El recuerdo de aquel bellísimo edificio perduraría por siempre en su memoria. La infanta se decía que en la brumosa tierra sin sol a donde se dirigía, al cerrar los ojos, volvería muchas veces a ver la Alhambra, alzándose sobre las piedras rojas mientras a sus pies corría, centelleante, el Darro. Recordaría siempre el dulce aroma de las flores, la vista que se tenía desde el Salón de los Embajadores, los doce leones de piedra que sostenían la fuente del Patio de los Leones. Y sentiría una punzada en el corazón cada vez que pensara en ese hermoso palacio que había sido su hogar.

Ya no había esperanzas de demorar nada; el día había llegado. Catalina debía emprender el viaje a La Coruña, donde se embarcaría para Inglaterra.

Abrazaría por última vez a su madre, porque aunque la Reina hablase continuamente de un reencuentro, Catalina sentía que en esa separación había algo de definitivo.

La Reina estaba pálida, y daba la impresión de no haber dormido mucho.

Para quienes llevamos el sello de la realeza, se preguntaba Isabel, ¿la vida ha de ser siempre una cadena de amargas separaciones?

Una última mirada a las torres rojas, a las murallas rosadas.

—Adiós, mi hogar querido —susurró Catalina—. Adiós para siempre.

Después, resueltamente, volvió el rostro e inició el viaje hacia La Coruña... hacia Inglaterra.

14

LA SABIA ANCIANA
DE GRANADA

Miguel había muerto, y Catalina estaba en Inglaterra. La Reina se arrancó de su dolor. Tenía un deber que cumplir, y era un deber que tendría que ser un placer.

—Ahora que Miguel ha muerto —dijo a Fernando—, no debemos perder tiempo en llamar a España a Juana y a Felipe. Ahora, Juana es nuestra heredera, y debe regresar aquí para que la acepten como tal.

—Ya le he hecho anunciar que debe venir —respondió Fernando—. Había pensado que tendría ya la noticia de que ambos han emprendido el viaje.

—Felipe es ambicioso, y no tardará en venir.

—También es un amante de los placeres.

Isabel estaba evidentemente angustiada, y al recordar lo que había sufrido con sus recientes pérdidas, Fernando se esforzaba por mostrarse tierno con ella.

Mi pobre Isabel, pensaba, está perdiendo fortaleza. Parecería que fuera más que un año mayor que yo. Ha cavilado demasiado sobre las muertes habidas en nuestra familia, y eso la ha envejecido.

—Juraría que estáis ansiosa de conocer a vuestro nieto —le dijo.

—Al pequeño Carlos —susurró pensativamente Isabel, pero hasta el nombre le parecía extranjero. El hijo de la indómita Juana y el egoísta Felipe, ¿qué clase de hombre podía llegar a ser?

—Sé que cuando lo vea, lo amaré —respondió.

—Es posible que podamos persuadirlos de que dejen a Carlos aquí, con nosotros, para que lo eduquemos —expresó Fernando—. Después de todo, será el heredero de nuestros dominios.

Isabel se dejó consolar, pero tenía presente que Juana y Felipe no tenían nada en común con Isabel y Manuel; tampoco creía que Carlos pudiera tener jamás, para ella, la importancia que había tenido Miguel.

Así y todo, esperaba con ansias la visita de su hija y de su yerno, pero los meses pasaban sin que le llegara ninguna noticia de su viaje.

En sus habitaciones de la Alhambra, mientras trabajaba celosamente por la cristianización de Granada, Jiménez se sintió de pronto atacado por una fiebre. Con su habitual estoicismo, no hizo caso de su debilidad y procuró no pensar en ella, pero el malestar persistía.

La Reina envió sus médicos a Granada, para que pudieran atender al arzobispo. Isabel se había convencido ya de que lo que estaba haciendo Jiménez en Granada se debería haber comenzado en el momento mismo en que habían reconquistado la ciudad de manos de los moros, y decía a Fernando que jamás deberían haberse avenido a ese arreglo con Boabdil para asegurarse una entrega pacífica. Ahora ya respaldaba firmemente a Jiménez en todo lo que éste hacía.

Se sintió inquieta al saber que Jiménez no se recuperaba, que la fiebre iba acompañada de una languidez que lo retenía en cama, y ordenó que pasara a residir en el palacio de verano, el Generalife, donde estaría siempre a un paso de la Alhambra, pero en un lugar más tranquilo.

Jiménez aceptó el ofrecimiento, pero su salud no mejoró; la fiebre y la languidez se mantenían.

Tendido en sus habitaciones, en ese bellísimo palacio de verano, miraba por la ventana los jardines dispuestos en terrazas donde crecían mirtos y cipreses; estaba ansioso de poder abandonar el lecho para pasearse entre los patiecillos y meditar junto a las fuentes rumorosas.

Pero ni siquiera la paz del Generalife le permitió recuperar la salud; con frecuencia, Jiménez recordaba a Tomás de Torquemada, que recluido así en el monasterio de Ávila, había esperado largamente su fin.

Torquemada había vivido con plenitud su vida, y Jiménez tenía la sensación de que él apenas si la empezaba. No había terminado su obra en Granada que —por lo demás— en su intención no era más que un comienzo. Ahora admitía que se había visto como el gran poder que actuaba desde atrás del trono, como el jefe de ese gran país, con el Rey y la Reina en andadores.

La Reina estaba mal de salud; Jiménez lo había advertido en la última ocasión en que la viera, y pensaba que si ella llegase a morir, y Fernando quedaba solo, necesitaría que lo guiaran con mano firme. El hecho de saber que no era del agrado de Fernando, y que el Rey estaría siempre resentido con él no lo inquietaba. Conocía bien a Fernando en su condición de hombre ambicioso y avaro, y sabía que necesitaba la orientación de un hombre de Dios.

No debo morir, porque mi obra no está terminada todavía, decíase Jiménez.

Sin embargo, día a día se debilitaba.

Un día, mientras estaba tendido en su cama, una sirvienta mora del Generalife se le acercó y se quedó mirándolo.

Durante un momento, el enfermo pensó que la mujer había venido a hacerle daño, y recordó el día en que su hermano Bernardín había intentado sofocarlo apretándole una almohada contra la cara. Desde aquel día no había vuelto a ver a Bernardín.

Tal vez los moros sintieran la necesidad de vengarse de alguien que había perturbado la paz de sus vidas. Jiménez sabía que muchos de ellos habían aceptado el bautismo porque lo preferían al exilio que habría de serles impuesto si no se avenían a aceptar la fe cristiana. No eran un pueblo tan emocional como los judíos, y Jiménez creía que muchos de ellos se habían dicho:

—Seamos musulmanes en privado y cristianos en público. ¿Por qué no, si es la única manera de vivir en Granada?

Claro que para tratar a los culpables de semejante perfidia estaría la Inquisición. Los inquisidores tendrían que vigilar con la máxima atención a esas gentes; había que enseñarles lo que les sucedería si pensaban hacer burla del bautismo y de la Fe cristiana.

Todas esas ideas pasaron por la mente de Jiménez mientras la mujer seguía de pie junto a su cama.

—¿Qué hay, mujer? —le preguntó.

—Oh, señor arzobispo, estáis enfermo de muerte. Yo he visto muchas veces esta fiebre y esta languidez. Eso tiene un significado. Con cada día y cada noche que pasan, la fiebre se hace más ardiente, y la languidez más intensa.

—Si es así —dijo Jiménez—, tal es la voluntad de Dios y debo regocijarme de ello.

—Oh, señor arzobispo, una voz me ha dicho que venga a veros, y a deciros que sé de alguien que podría curar vuestra enfermedad.

—¿Alguien de vuestro pueblo?

La mujer hizo un gesto afirmativo.

—Una mujer, señor. Una mujer muy anciana. Ochenta años hace que vive en Granada. Muchas veces la he visto curar a enfermos que los mejores médicos desahuciaban. Tiene hierbas y medicinas que sólo nuestro pueblo conoce.

—¿Y por qué deseas salvarme? En tu pueblo hay muchos que se gozarían en mi muerte.

—Yo os he servido, señor. Sé que sois un hombre bueno, un hombre que cree que todo lo que hace, lo hace en el servicio de Dios.

—¿Eres cristiana?

La mujer lo miró con ojos inciertos.

—He recibido el bautismo, señor.

Sí, pensó Jiménez, y sin duda practicas el mahometismo en privado. Pero no dio expresión a sus pensamientos. Estaba un poco excitado; quería vivir. Ahora sabía que quería vivir, desesperadamente. Un poco antes, en sus oraciones, había pedido un milagro. ¿Sería ésa la respuesta de Dios? Muchas veces, las obras de Dios eran misteriosas. ¿Habría decidido acaso curar a Jiménez por mediación de los moros a quienes él tanto se había esforzado por atraer hacia Él?

Los moros eran hábiles en medicina. El propio Jiménez había conservado los libros de medicina al tiempo que condenaba a las llamas el resto de su literatura.

—¿Te propones traer a mi presencia a esa sabia anciana? —preguntó Jiménez.

—Eso mismo, señor. Pero sólo podría venir a veros a medianoche, y en el mayor secreto.

—¿Por qué?

—Porque, señor, en mi pueblo hay quienes os desean la muerte por todo lo que ha sucedido desde que vos llegasteis a Granada, y a quienes no agradaría que esa sabia anciana os curase.

—Comprendo —admitió Jiménez—. ¿Y qué recompensa quiere esa mujer por curarme?

—Ella cura por amor de la medicina, señor. Dice que vos estáis enfermo de muerte, y que ni siquiera los médicos de la Reina pueden curaros y quisiera demostraros que nosotros, los moros, tenemos una medicina superior a la vuestra, eso es todo.

Durante unos segundos, Jiménez se mantuvo en silencio. Podía ser que esa mujer intentara vengar a su pueblo; podía ser que se propusiera darle algún veneno.

Volvió a pensar en Bernardín, su propio hermano, que lo había odiado tanto como para llegar a un intento de asesinarlo.

En el mundo había mucha gente que aborrecía a los hombres virtuosos.

Rápidamente, tomó su decisión. Día a día, su estado empeoraba y se sentía más débil. De todas maneras moriría, a menos que se produjera algún milagro. Decidió confiar en Dios, y si la voluntad de Dios era que él hubiera de vivir para gobernar España —por medio de los Soberanos— la aceptaría con regocijo, como aceptaría la muerte con resignación, si debía morir.

Pensó que sus plegarias habían recibido respuesta.

—Veré a esa mujer —contestó.

A medianoche, furtivamente, vino a verlo una mora vicjísima, cuyos ojos negros apenas si alcanzaban a verse entre los pliegues de carne que los circundaban.

La mujer lo palpó para apreciar la fiebre, y examinó con cuidado la lengua, los ojos, el cuerpo consumido.

—Puedo curaros en ocho días —le aseguró—. ¿Me creéis?

—Sí, oste creo —le contestó Jiménez.

—Entonces viviréis. Pero no debéis decir a nadie que os estoy tratando, ni debéis tomar otra cosa que las medicinas que yo os daré. Nadie debe saber que vengo a veros. Yo vendré furtivamente, a medianoche, ocho veces. Pasado ese tiempo, la fiebre os habrá abandonado y empezaréis a estar bien. Entonces debéis renunciar a vuestra dieta rigurosa, hasta que os hayáis recuperado. Debéis comer carne y caldos de carne. Si así lo hacéis, podré curaros.

—Así lo haré. ¿Qué recompensa me pides si me curas?

La mujer se acercó más al lecho y los pliegues de carne se apartaron un poco, hasta dejar ver los ojos oscuros. En ellos brillaba una mirada digna de los de Jiménez. Esa mujer creía en el trabajo que hacía, como Jiménez creía en el suyo. Para ella, él no era el hombre que había traído la tragedia a Granada: era una fiebre maligna que los médicos de su propia raza no sabían curar.

—Vos intentáis salvar almas —le dijo—, y yo intento salvar cuerpos. Si mi gente supiera que he salvado el vuestro, no lo entenderían.

—Es una pena que no te consuma el mismo celo impulsándote a salvar almas.

—Entonces, señor arzobispo, bien podría ser que dentro de ocho días ya hubierais muerto.

La anciana le dio a beber una poción y le dejó algo más a la mujer que la había traído. Después, siempre furtivamente, se retiro.

Después de su partida, Jiménez se quedó pensando en ella, preguntándose si las hierbas que le había dado no estarían envenenadas, pero pronto abandonó la idea. ¿No había visto, acaso, la mirada de esos ojos?

¿Por qué esa mujer, una mora, arriesgaba quizá la vida al venir a verlo? Bien sabía Jiménez que tenía muchos enemigos en el Albaicín, y que para ellos, cualquier amigo de él sería un enemigo. ¿Esperaría la mujer que, si ella le salvaba la vida, Jiménez se ablandara con el pueblo de Granada y restaurara, a cambio de su vida, el antiguo orden en la ciudad? Pues si así pensaba, se equivocaba.

Entre el sueño y la vigilia, siguió pensando en la mujer. A la mañana, sin necesidad de que sus médicos se lo dijeran, advirtió que la fiebre había bajado un poco.

Se negó a tomar sus medicinas y siguió considerando tan extraña situación hasta la medianoche, cuando la anciana volvió nuevamente a visitarlo. Esa vez había traído consigo ungüentos y aceites para frotarle el cuerpo. De nuevo le dio a beber hierbas y se retiró, asegurando que volvería a la noche siguiente.

Antes de la cuarta noche, Jiménez estaba seguro del progreso de la curación, y por cierto que, como ella había dicho, al octavo día después de haberla visto por primera vez la fiebre había desaparecido por completo, y a la Reina le fue enviada la buena noticia de que su arzobispo estaba camino de la recuperación.

Finalmente, Jiménez pudo pasearse por los encantadores jardincillos del Generalife. El sol le calentaba los huesos, y el convaleciente recordó las advertencias de la mujer, insistiéndole en que debía alimentarse bien.

Muchas veces esperó verse enfrentado con ella, y que le planteara la exigencia de algún pago por sus servicios, pero la anciana no regresó.

Era un milagro de Dios, terminó por decirse. Tal vez la mujer fuera un visitante celestial, vestido a la usanza morisca. ¿Debo acaso atemperar mi actitud hacia estos infieles porque uno de ellos me haya curado? ¡Qué manera de agradecer a Dios Su milagro!

Jiménez se dijo que había sido sometido a una prueba. Su vida se había salvado, pero debía demostrar a Dios que poco valía para él esa vida, por comparación con la magna obra de hacer de España un país del todo cristiano.

De manera que cuando se sintió bien siguió siendo tan cruel como de costumbre para con los conciudadanos de la mujer que le había salvado la vida, y tan pronto como se sintió en plena posesión de sus fuerzas volvió al cilicio, la dieta de hambre y el leño usado como almohada.

15

EL REGRESO DE JUANA

Finalmente, Felipe y Juana emprendieron el viaje a España.

Cuando recibió una carta de Felipe, Fernando entró hecho una furia en las habitaciones de Isabel.

—Ya han comenzado el viaje —anunció.

—Pues eso debe ser causa de regocijo —respondió Isabel.

—Es que vienen por Francia.

—Pero... no pueden hacer eso.

—Pueden, y lo están haciendo. ¿Es que ese joven mequetrefe no tiene ni la menor idea de lo delicadas que son las relaciones entre nosotros y Francia? En el momento actual, eso podría dar origen a... no sé a qué.

—¿Y Carlos?

—¡Carlos! A Carlos no lo traen, es muy pequeño —Fernando se rió con amargura—. ¿Veis lo que eso significa? No quieren permitir que se lo eduque como español; quieren hacer de él un flamenco. Pero, ¡pasar por Francia! Además, dan a entender que podría haber un compromiso entre Carlos y la hija pequeña de Luis, la princesa Claudia.

—No tomarán una decisión como ésa sin nuestro consentimiento.

Fernando apretó los puños, enojado.

—Ya veo que tendremos problemas. Estas alianzas con los Habsburgo no son lo que yo esperaba.

—Así y todo —respondió Isabel—, veremos a nuestra hija. Yo estoy ansiosa de verla. Estoy segura de que cuando hable con ella sabré que toda la angustia que nos ha causado se debió a que tuvo que obedecer a su marido.

—Ya me ocuparé yo de poner en su lugar al joven Felipe —refunfuñó Fernando.

Isabel siguió esperando ansiosamente las noticias del viaje de su hija. Llegaron cartas y despachos donde se describían las fiestas y los banquetes con que el Rey de Francia agasajaba a los viajeros.

En Blois había habido celebraciones muy especiales. Allí Felipe había confirmado el tratado de Trento, acordado entre su padre, el emperador Maximiliano, y el Rey de Francia; en una de las cláusulas del tratado se establecía que la hija mayor del Rey, Claudia, celebraría sus esponsales con el pequeño Carlos.

Fernando lo consideró, furioso, un insulto directo a España. ¿Se había olvidado Felipe de que Carlos era el heredero de España? ¡Qué atrevimiento, convenir un compromiso para el heredero de España sin haber consultado siquiera con los Soberanos españoles!

El viaje por Francia era, evidentemente, tan placentero que ni Felipe ni Juana parecían sentir prisa alguna por abreviarlo.

Fernando sospechaba que el taimado Luis los demoraba detenía deliberadamente, como una forma de agraviarlos, a él y a Isabel. Entre Francia y España había problemas motivados por la partición de Nápoles, y ambos monarcas esperaban que en un futuro cercano el conflicto estallara abiertamente. Por eso Luis se divertía deteniendo en Francia a la hija y al yerno de Fernando, y vinculándolos con él mediante el tratado de Trento y el propuesto matrimonio de Carlos con su hija Claudia.

Pero para fines de marzo les llegó la noticia de que Felipe y Juana se acercaban, con su séquito, a la frontera española.

Pronto veré a mi Juana, se dijo Isabel, pensando que podría comprobar por sí misma hasta qué punto se habían acentuado las rarezas de su hija.

Mientras Isabel se preparaba para ir a Toledo, donde tendría lugar el encuentro con Juana, les llegó de Inglaterra una noticia inquietante.

Catalina había escrito con frecuencia a su madre, y aunque en sus cartas no había quejas, Isabel conocía lo bastante bien a su hija como para comprender hasta qué punto la niña adoraba su hogar. La etiqueta le vedaba establecer comparaciones entre su nuevo país y aquel donde había nacido, o hacer referencias a su desdicha, pero Isabel sabía cómo se sentía Catalina.

Aparentemente Arturo —el joven marido de Catalina— era cortés y bondadoso, de manera que con el tiempo todo terminaría por andar bien. En un año, en dos tal vez, se aseguraba Isabel; su hija sentiría a España como algo muy lejano y empezaría a sentir que su hogar estaba en Inglaterra.

Después les llegó la noticia que perturbó tanto a Isabel como para hacerla olvidar incluso de la perpetua angustia de pensar en cómo estaría Juana.

Catalina había viajado con su joven esposo a Ludlow, una ciudad desde la cual debían gobernar el principado de Gales. Allí debían establecer una corte que se ajustara al modelo de la corte de Westminster. Isabel se había complacido en imaginarse a su hija, con sus dieciséis años, y al marido de Catalina, con apenas quince, reinando sobre una corte como la que le describían. Será una buena práctica para ellos, había comentado con Fernando, como preparación para el día en que deban gobernar Inglaterra.

En una carta, Catalina les había relatado el viaje desde Londres a Ludlow, durante el cual ella había ido en ancas de la cabalgadura de su caballerizo mayor; cuando se cansaba de viajar así, la transportaban en una litera. La ciudad de Ludlow le había encantado, y aparentemente, escribía, la gente le había cobrado afecto, porque la vivaban tanto como a Arturo cuando los dos se presentaban en público.

—Mi pequeña Catalina...., ¡sólo seis meses de casada! —murmuraba Isabel.

Se preguntaba si el matrimonio se habría consumado, o si el Rey de Inglaterra consideraría que su hijo era todavía demasiado joven. Habría sido mejor que Arturo fuera un año mayor que Catalina, no un año menor.

Fernando estaba con ella cuando les llegó la noticia. Al leer el despacho, Isabel sintió que las letras le bailaban ante los ojos.

—Al poco tiempo de estar en Ludlow, el príncipe Arturo cayó víctima de una peste, fue desmejorando rápidamente y ¡oh, dolor!, la Infanta de España acaba de enviudar.

¡Catalina viuda! Ella, que apenas si había estado casada. Fernando se había puesto pálido.

—Pero, ¡es una mala suerte endiablada! —exclamó—. Dios del Cielo, ¿es que todos los planes de matrimonio que hacemos para nuestros hijos han de quedar en la nada?

Isabel procuró olvidar una especie de euforia que la había inundado. ¡Catalina viuda! Eso significaba que podría regresar a España, que podía ser devuelta a su madre como le había sido devuelta una vez su hija mayor, Isabel de Portugal.

Isabel y Fernando entraron en Toledo, para allí esperar la llegada de Juana y de Felipe. Las campanas de la ciudad repicaban y el pueblo se amontonaba en las calles, dispuestos todos a dar la bienvenida no sólo a sus Soberanos, sino a su heredera.

En Toledo no les importaba que Juana fuera mujer. Era la sucesora legítima de Isabel, y cuando llegara el momento la aceptarían como Reina.

La nerviosidad de la Reina iba en aumento a medida que se acercaba el momento del encuentro con su hija.

Me daré cuenta tan pronto como la vea, se decía con inquietud. Si en ella ha habido algún cambio, para mí será inmediatamente visible. Oh, Juana, hija querida, ojalá estés tranquila, mi amor. Ruego a Dios que estés tranquila.

De pronto recordó que no tardaría en tener también a Catalina de regreso. ¿De qué podía servir ahora que se quedara en Inglaterra, como viuda del príncipe de Gales? Debía regresar junto a su madre, para poder recuperarse más rápidamente del impacto que debía haber sido para ella la muerte de su marido.

Cuando Felipe y Juana entraron en Toledo era un hermoso día de mayo. A las puertas del Alcázar, Isabel y Fernando los esperaban para recibirlos.

Los ojos de Isabel se dirigieron inmediatamente a su hija. A la primera mirada, no parecía haber más cambios que los que cabía inevitablemente esperar después de un nuevo parto. Antes de salir de Flandes, Juana había dado a luz una niña, llamada también Isabel. Estaba un poco envejecida, y además, nunca había sido la más hermosa de las hijas de la Reina.

Y ahí estaba su marido. Al mirar a ese hombre joven y apuesto que se adelantaba con tanta arrogancia, Isabel sintió un estremecimiento de miedo. Era indudablemente bien plantado, y lo sabía sin lugar a dudas. Mi pobre Juana, pensó Isabel. Espero que no sea verdad que lo amas tan desesperadamente como se rumorea.

Los recién llegados estaban poniéndose de rodillas ante los Soberanos, pero la Reina levantó a su hija para estrecharla en sus brazos; era una de las raras ocasiones en que Isabel pasaba por alto la etiqueta. El amor y la angustia la embargaban. Necesitaba tener en sus brazos a esa hija, la que le había causado más angustias que ninguna de las otras, porque había descubierto que no por eso la amaba menos.

Sonriente, Juana abrazó durante algunos segundos a su madre.

Se alegra de haber vuelto, pensó la Reina.

Terminada la breve ceremonia, Isabel anunció:

—Quiero tener a mi hija para mí durante un rato. Permitidme ese placer. Felipe, vuestro suegro desea hablar con vos.

Isabel llevó a su hija a la misma cámara donde Juana había nacido, hacía algo más de veinte años.

—Juana —le dijo, sin dejar de abrazarla—, no puedo decirte cuánto me alegro de verte. Ha sido tanto lo que hemos sufrido desde que tú nos dejaste…

Juana guardaba silencio.

—Eres feliz, queridísima, ¿no es verdad? —prosiguió la Reina—. Eres la más feliz de mis hijas. Tu matrimonio ha sido fecundo y amas a tu marido.

Juana hizo un gesto afirmativo.

—La felicidad de haber regresado a casa te abruma demasiado para que puedas expresarla con palabras. Es eso, ¿no es verdad, mi amor? Mi felicidad es igual a la tuya. ¡Cuánto he pensado en ti desde que te fuiste! Tu marido... ¿es bondadoso contigo?

El rostro de Juana se ensombreció, y en él apareció una expresión que sobresaltó de terror el corazón de la Reina.

—Hay mujeres... siempre hay mujeres. Las había en Flandes, las ha habido por el camino... las habrá en España. Las aborrezco a todas.

—Mientras esté en España, no debe haber escándalos —previno con seriedad Isabel.

Juana se rió con esa risa desaforada que hacía pensar en su abuela.

—No veo cómo podríais mantenerlas apartadas. Si lo persiguen por todas partes. ¿Os sorprende acaso? ¿Es que hay en el mundo un hombre más apuesto que mi Felipe?

—Tiene buen porte, pero debe recordar su dignidad.

—Son ellas quienes no lo dejan; la culpa no es de él. Siempre están detrás —Juana cruzó tensamente las manos—. Oh, ¡cuánto odio a las mujeres!

—Querida mía, tu padre hablará con él.

Juana soltó una nueva carcajada.

—No lo escuchará —impaciente, hizo chasquear los dedos—. No le importa ni esto de nadie... ni de mi padre, ni del Rey de Francia. Oh, deberíais haberlo visto en Francia. Las mujeres de Blois, e incluso de todas las ciudades y pueblos por donde pasamos... no podían resistírsele, lo seguían... rogándole que se las llevara con él a la cama...

—Y él, ¿no se resistía?

Con un gesto de cólera, Juana se volvió hacia su madre.

—Él no es más que un ser humano. Tiene la virilidad de diez hombres comunes. La culpa no es de él, es de las mujeres... de las malditas mujeres.

—Juana, querida mía, debes tranquilizarte. No debes pensar demasiado en esas cosas. Los hombres que por fuerza deben dejar en ocasiones a su esposa, buscan muchas veces consuelo en otras mujeres. Es lo más natural.

—No es sólo cuando tiene que dejarme —explicó lentamente Juana.

—Entonces, querida mía, no debes tomarte esas cosas tan a pecho. Tu marido ha cumplido su deber contigo; tenéis hijos.

—¿Y pensáis que a mí eso me interesa? ¡El deber! ¿Acaso me acuesto yo con el deber? Os digo que al único que quiero es a Felipe. Felipe... Felipe... Felipe...

Isabel miró furtivamente a su alrededor, aterrorizada al pensar que pudieran oírse los desaforados gritos de Juana. Había que impedir que se difundieran los rumores por el Alcázar.

Una cosa era segura: el matrimonio no había servido para calmar a Juana.

Ahora debían prepararse para prestar juramento como herederos de Castilla. La ceremonia tendría lugar en la gran catedral gótica, y el temor de Isabel era que la inestabilidad de Juana se traicionara durante su transcurso.

Hizo llamar a su yerno y tuvo la impresión de que, al entrar en sus habitaciones, Felipe lo hacía con insolencia, pero inmediatamente se recordó que los modales flamencos no eran los de España, y pensó en las ocasiones en que se había escandalizado un poco por las actitudes de la hermana de Felipe, Margarita, una criatura por demás encantadora.

Ordenó que se retiraran todos los presentes para poder quedarse a solas con su yerno.

—Felipe —le dijo—, me han llegado rumores que me inquietan.

Él alzó con insolencia las bien delineadas cejas. ¡Qué apuesto es!, pensó Isabel. Jamás había visto un hombre tan perfectamente proporcionado, de tez tan clara, de tal arrogancia, con tal aire de masculinidad ni con esa insinuación de poder y de seguridad en que él podía hacer cualquier cosa mejor que nadie.

Cuánto mejor habría sido que Juana se fuera a Portugal, a casarse con el paciente Manuel.

—Mi hija está muy pendiente de vos, pero entiendo que vos no lo estáis tanto de ella. Ha habido asuntos desdichados.

—Puedo asegurar a Vuestra Alteza que no han tenido nada de desdichados.

—Felipe, debo pediros que no os mostréis despreocupado en un asunto que para mí es tan grave. Mi hija es... no es de naturaleza serena.

—¡Ja! —se burló Felipe—. Eso no es más que una manera de decirlo.

—Y vos, ¿cómo lo diríais? —preguntó Isabel, temerosa.

—Que es desequilibrada, señora, peligrosa; que está al borde de la locura.

—Oh, no, no... no es así. Sois cruel.

—Si lo que queréis es que os haga lindos discursos, puedo hacerlos. Creí que me preguntabais por la verdad.

—Entonces... ¿es así como la habéis encontrado?

—Así es.

—Pero es tan afectuosa con vos.

—Demasiado afectuosa, diría yo.

—¿Podéis decir eso de vuestra esposa?

—Su afecto bordea la locura, señora.

Isabel sintió deseos de ordenarle que se retirara; encontró que ese hombre le repugnaba. Ojalá se hubiera podido volver atrás en el tiempo; si eso se pudiera, ahora jamás permitiría que se realizara ese matrimonio.

—Si la tratarais con bondad y dulzura —empezó a decir—, como siempre procuré hacerlo yo...

—Yo no soy su madre; soy su marido. Y a mí me pide algo más que bondad y dulzura.

—¿Más de lo que estáis dispuesto a darle?

Felipe le dedicó una sonrisa sardónica.

—Le he dado hijos. ¿Qué más que eso podéis pedir?

De nada servía argumentar con él; Felipe no renunciaría a sus aventuras. Para él, Juana no era nada más que la heredera de España. Si por lo menos también para ella él no fuera otra cosa que el heredero de Maximiliano, todo sería más fácil para Juana. Pero para ella, Felipe era el sentido mismo de la existencia.

—La ceremonia me tiene ansiosa —expresó Isabel—. Es menester que no se advierta la rareza de ella. No sé cómo reaccionaría el pueblo, y no sólo aquí en Castilla debe conservar la calma; después estará la ceremonia en Zaragoza. Ya sabréis que el pueblo de Aragón no se mostró demasiado amable con su hermana, Isabel.

—Pero aceptaron como heredero a su hijo Miguel, y nosotros tenemos a Carlos para ofrecerles.

—Ya lo sé, pero Carlos es muy pequeño. Quiero que os acepten a vos y a Juana como nuestros herederos. Si ella se muestra con dignidad ante ellos, creo que la aceptarán, pero si no, no puedo responder de las consecuencias.

Los ojos de Felipe se achicaron.

—Vuestra Alteza no tiene por qué temer. Juana se conducirá con el máximo decoro ante las Cortes.

—¿Cómo podéis estar tan seguro?

—Puedo estarlo, porque yo puedo darle órdenes —respondió Felipe, con arrogancia.

¡Cuánto podría hacer por ella!, pensó Isabel cuando él se hubo retirado. Pero no quiere; es cruel con ella, con mi pobre y confundida Juana.

Isabel se dio cuenta de que aborrecía a su yerno, y atribuía al cruel tratamiento que él le daba el triste cambio que se había operado en su hija.

Felipe entró en las habitaciones de su mujer en el Alcázar de Toledo. Juana, que había estado recostada, se levantó de un salto, con los ojos brillantes de placer.

—¡Dejadnos! ¡Dejadnos! —ordenó, agitando las manos, mientras Felipe se hacía a un lado para dejar pasar a sus camareras, sonriendo con calculadora lascivia a la más bonita de todas. Ya la tendría presente.

Juana corrió hacia él y lo tomó del brazo.

—No la mires así, nNo la mires —gimió.

—¿Por qué no, si es un grato espectáculo? —se burló él, quitándosela de encima.

—¿Más grato que el que yo te ofrezco?

Harto de su ansiedad, Felipe estuvo a punto de decirle que cada vez la encontraba más repulsiva.

—Déjame que te mire, así podré decidir —contestó en cambio.

Toda ansiedad y deseo, Juana levantó hacia él el rostro, con los labios entreabiertos, suplicantes los ojos, mientras pegaba su cuerpo al de él.

Felipe la mantuvo a distancia.

—He estado hablando con tu madre. Tú anduviste contándole falsedades sobre mí.

En el rostro de Juana se pintó el terror.

—Oh, no, Felipe... ¡no, no! Yo no he dicho de ti más que cosas buenas.

—A los ojos de tu santa madre, yo soy un frívolo galán.

—Oh... ella es tan severa que no puede entenderlo.

Felipe la tomó de la muñeca con tanta fuerza que la hizo gritar, no de dolor sino de placer. Juana se sentía feliz de que él la tocara, aunque el motivo pudiera ser la cólera.

—Pero tú sí comprendes, ¿no es verdad, mi querida esposa? Tú no me culpas.

—No te culpo, Felipe, pero espero...

—No querrás otro hijo todavía, ¿verdad?

—Oh, sí. Debemos tener hijos, muchos hijos.

El se rió.

—Escucha —le dijo después—, tenemos que participar en esa ceremonia con las Cortes. ¿Lo sabías?

—Sí, para que nos declaren herederos. A tí te gustará, Felipe. Es lo que tú quieres. Nadie más podría darte una cosa así. Yo soy la heredera de Castilla y tú, que eres mi marido, compartes mi herencia.

—Exactamente. Por eso te encuentro tan atractiva. Ahora, escúchame. Quiero que te conduzcas perfectamente durante la ceremonia. Quédate callada, sin reír ni sonreír. Seria, todo el tiempo. Si no lo haces así, jamás volveré a tocarte.

—Oh, Felipe, haré todo lo que tú digas. ¿Y si lo hago...?

—Si lo haces como yo quiero, me quedaré contigo durante toda la noche.

—Felipe, haré lo que quieras... todo lo que quieras...

Él le tocó ligeramente la mejilla.

—Haz lo que te digo, y estaré contigo.

Juana se arrojó sobre él, riéndose, tocándole la cara.

—Felipe, mi apuesto Felipe —gimió.

Él volvió a alejársela.

—Todavía no me has demostrado que me darás lo que yo quiero. Después de la ceremonia, veremos. Pero si te veo sonreír una vez, si dices una palabra fuera de lugar, todo habrá acabado entre nosotros.

—¡Oh, Felipe!

Su marido se soltó de sus manos y salió, en busca de la bonita azafata.

Las dos ceremonias, la de Toledo y la de Zaragoza, habían transcurrido sin inconvenientes. El pueblo de Zaragoza había aceptado sin protestas a Juana, que tenía ya a su hijo Carlos; y era muy improbable que Carlos no estuviera en edad de gobernar para el momento en que Fernando debiera cederle la corona.

Isabel, profundamente inquieta ante un posible exabrupto de Juana, estaba encantada de que todo hubiera resultado tan bien.

Por lo demás, sabía que Felipe había ordenado a su mujer que se comportase con decoro. Tal vez nadie más hubiera notado la mirada de triunfo que Juana había dirigido a su marido en cierta ocasión, durante la ceremonia, pero Isabel la había visto, y la conmovió profundamente. Era casi como si un niño estuviera diciendo: mira qué bueno soy.

Era tanto lo que Juana podía hacer por él. ¡Y lo que él podría hacer por ella, si quisiera! Juana lo amaba con tal abandono, que con sólo que él fuera bondadoso y dulce, podría salvarla del desastre.

Tal vez, si Juana se quedaba en España, fuera posible cuidarla hasta que recuperara la salud. Cuando se trató de cuidar a su propia madre, Isabel había sido infatigable. Había hecho frecuentes visitas a Arévalo para asegurarse de que se estaba haciendo todo lo posible por la pobre mujer. Si Juana estuviera con ella, Isabel podría cuidada con no menos devoción de la que había puesto para atender a su madre.

Cuando sintiera que era el momento adecuado, lo plantearía, pero ni por un momento podía pensar que Felipe quisiera permanecer en España, y en ese caso, ¿cómo persuadir a Juana de que se quedara, si él se iba?

Isabel procuró pensar en cosas más placenteras. Pronto estaría de regreso su pequeña Catalina; ya se estaban realizando las negociaciones con Inglaterra. Se había pagado ya la mitad de la dote de Catalina, pero Fernando se había negado a pagar la segunda mitad. ¿Por qué había de hacerlo, si ahora Catalina había enviudado y volvería a vivir con su familia?

¡Oh, tenerla de vuelta! ¡Qué increíble alegría! Isabel pensaba que eso le compensaría un poco todos sus problemas con Juana.

Tal vez, finalmente, me llegue un poco de buena suerte, se decía la Reina. Si puedo conseguir que Juana se quede conmigo, si Catalina regresa, habré recuperado a dos de mis hijas.

Cuando llegó una carta de Inglaterra, Isabel y Fernando la recibieron juntos.

Al leer la noticia, Isabel se deprimió terriblemente, pero la expresión de Fernando se hizo astuta y calculadora. La misma nueva que llenaba de tristeza a Isabel constituía para él una buena noticia.

—¿Por qué no? —exclamó Fernando—. ¿Por qué no? Imposible encontrar mejor solución.

—Yo había esperado que Catalina volviera a mi lado —suspiró Isabel.

—Eso sería un gran trastorno para ella. Es una verdadera suerte que Enrique tenga otro hijo. Debemos acceder inmediatamente al matrimonio de Catalina con el joven Enrique.

—Es varios años menor que Catalina; Arturo ya era un año menor.

—Y eso, ¿qué importa? Catalina podrá darle muchos hijos; es un matrimonio excelente.

—Dejadla volver a España por un tiempo. Me parece un poco indecente estar hablando de casarla con el hermano de su marido, cuando él no ha tenido tiempo de enfriarse en su tumba.

—Enrique está muy interesado en este matrimonio y en la carta da a entender que si no estamos de acuerdo en la unión de Catalina con el joven Enrique, elegirá para el muchacho a una princesa francesa. Y eso es algo que no podemos enfrentar. ¡Imaginaos, en este momento! Está pendiente la guerra por la partición de Nápoles, y nadie puede saber qué es lo que se guarda en la manga ese viejo marrullero de Luis. Los ingleses deben estar de nuestra parte, y no en contra de nosotros... y seguramente se pondrían en nuestra contra si rechazáramos este ofrecimiento y Enrique se casara con una joven francesa.

—Accedamos al matrimonio, pero que haya un intervalo.

—Pues claro que debe haber un intervalo. Será necesario conseguir una dispensa del Papa, que la dará sin duda de buena gana, pero eso llevará algún tiempo.

—Quisiera saber qué es lo que piensa nuestra Catalina de todo esto.

Fernando dirigió a su mujer una mirada artera, y después sacó otra carta del bolsillo.

—Sobre eso me ha escrito —anunció.

Isabel se apoderó con ansiedad de la carta. Se sentía un poco dolida al pensar que, en un asunto tan importante, Catalina hubiera escrito a su padre, pero inmediatamente cayó en la cuenta de que era la actitud más adecuada. En lo que se refería al destino de una hija era Fernando, el padre, quien tenía derecho a tomar la decisión definitiva.

«No siento inclinación a un nuevo matrimonio en Inglaterra,» escribía Catalina, «pero os ruego que no tengáis en cuenta mis deseos o mis gustos, sino que actuéis en la forma que mejor os convenga...»

Isabel leía entre líneas, y la mano le temblaba. Mi hijita nos echa de menos... a mí, y a España.

Pero era inútil pensar en un regreso; Isabel sabía que Catalina no volvería de Inglaterra.

Una especie de premonición le decía que cuando había dicho adiós a su hija en el puerto de La Coruña, la había visto por última vez en este mundo.

Casi inmediatamente, se evadió de sus ideas enfermizas.

Me estoy poniendo vieja, se dijo, y las cosas que han sucedido el año pasado han sido golpes muy fuertes para mí. Pero es mucho el trabajo que me espera; y las cartas de Catalina me consolarán.

—No debe haber demoras —decía en ese momento Fernando—. Escribiré inmediatamente a Inglaterra.

Los viajes por España, en compañía de la corte, para que él y Juana fueran proclamados herederos de Castilla, no tardaron en hacerse fastidiosos para Felipe, que no hacía secreto alguno de su aburrimiento, de manera que empezó a contagiárselo también a Juana.

—Qué harto me tienen estas ceremonias —exclamaba con impertinencia—. Vosotros los españoles no sabéis disfrutar de la vida.

Juana lloraba la frustración, pensando que no le agradaba, y declaraba también su deseo de volver a Flandes.

—Pues te digo —le aseguró Felipe— que tan pronto como hayan terminado todas las formalidades necesarias, nos iremos.

—Sí, Felipe —asintió ella.

Sus damas, entre quienes las había que eran también sus fieles amigas, sacudían tristemente la cabeza al mirarla diciéndose entre sí que por lo menos Juana no debería dejar traslucir la profunda necesidad que tenía de él. A Felipe no le importaba un ardite de ella, ni le interesaba que todos lo supieran. Era algo vergonzoso.

Nadie estaba más hondamente afectado por la situación que la Reina, que frecuentemente se encerraba en sus habitaciones diciendo que tenía que atender asuntos de Estado. Pero cuando se quedaba a solas, muchas veces se tendía sobre su cama sintiéndose demasiado agotada para hacer ninguna otra cosa. El más leve ejercicio la dejaba sin aliento, y sentía el cuerpo torturado por el dolor, pero no quería mencionar nada de eso a sus médicos y procuraba convencerse de que simplemente estaba cansada y necesitaba reposar un poco.

En el silencio de sus habitaciones, rezaba muchísimo, y sus plegarias eran por sus hijas: por la pequeña Catalina que, con la serenidad que ya en sus pocos años había aceptado como propia de una Infanta de España y se resignaba a que la casaran con un muchacho que no sólo tenía cinco años menos que ella, sino que era, además, su cuñado. Isabel se alegraba de que Enrique no estuviera en condiciones de casarse hasta unos años más adelante.

Tenía la sensación de que Catalina sería capaz de cuidarse. La disciplina de su niñez, la forma en que había aprendido a aceptar lo que le traía la vida, serían una ayuda para ella. La que asustaba a Isabel era Juana.

Un día, Juana irrumpió en sus habitaciones mientras la Reina estaba en oración. Con un esfuerzo, con las rodillas rígidas, Isabel se levantó y se quedó mirando a su hija, que venía excitada y con los ojos desorbitados.

—Siéntate, querida, por favor —la invitó—. ¿Es que ha sucedido algo?

—Sí, madre, ha vuelto a suceder. Voy a tener otro hijo.

—Pero es una excelente noticia, hija mía.

—¡Sin duda! A Felipe le agradará.

—Nos agradará a todos. Pero tú debes descansar más de lo que lo has venido haciendo.

A Juana le temblaron los labios.

—Si yo descanso, él se irá con otras mujeres.

Con un encogimiento de hombros, Isabel desechó la observación, como dando a entender que era una tontería.

—Debemos pasar más tiempo juntas —le dijo—. Yo también siento necesidad de descanso, y como tú también debes descansar, pues lo haremos juntas.

—Yo no tengo necesidad de descansar, madre. El parto no me asusta. Es algo a lo que ya me he acostumbrado, y tengo siempre partos fáciles.

Sí, pensaba Isabel. Débil como eres mentalmente, eres bastante fuerte de cuerpo. Son tus hijos los que nacen robustos; los que se mueren son los de mi pobre Juan y mi querida Isabel.

Fue hacia su hija y la rodeó con un brazo. El cuerpo de Juana temblaba de excitación, y su madre comprendió que no estaba pensando en el niño que tendría, sino en las mujeres que serían compañeras de Felipe mientras ella estuviera incapacitada.

Hacia diciembre de ese año, con seis meses de embarazo, Juana empezaba a estar pesada. Felipe se estremecía de disgusto al mirarla, y no ocultaba para nada su aburrimiento.

Un día le dijo con aire casual:

—La semana próxima me voy a Flandes.

—¡A Flandes! —Juana trató de imaginarse, en su estado, haciendo ese largo viaje invernal—. Pero... ¿cómo podré viajar?

—Yo no hablaba de ti. Dije que *yo* me iba.

—¡Felipe! ¿Y me dejarías?

—Vamos, si estás en buenas manos. Tu santa madre quiere cuidarte cuando nazca el niño. Ya sabes que no tiene confianza en nosotros, los flamencos.

—Felipe, espera hasta que nazca el niño y nos iremos juntos.

—El niño debe nacer en marzo, ¿y tú esperas, por Dios, que yo me quede aquí tres meses más? Después pasará otro mes, o más, hasta que tú estés en condiciones de viajar. ¡Cuatro meses en España! No puedes condenarme a eso. Yo creí que me amabas.

—Con toda mi alma y mi corazón.

—Entonces, no me fastidies.

—Por ti daría todo lo que tengo.

—No es tanto lo que te pido, querida mía. Lo único que tienes que hacer es despedirte buenamente de mí la semana próxima. Es lo único que quiero de ti.

—Oh, Felipe... Felipe... —dejándose caer de rodillas, Juana le abrazó las piernas. Felipe la apartó de un empujón y la dejó caída en el suelo, grotesca en su estado.

Con los ojos cerrados para no tener que mirarla, salió presurosamente del cuarto.

No hubo forma de hacerlo cambiar de opinión. Isabel le había rogado que se quedara con una humildad excepcional en ella pero Felipe se mantuvo inflexible, declarando que su deber lo reclamaba en Flandes.

Después se volvió hacia Fernando.

—Volveré pasando por Francia —anunció.

—¿Será prudente? —observó su suegro.

—Sin duda alguna. El Rey de Francia es *mi* amigo.

Isabel deploró la insolencia, pero Fernando la pasó por alto, porque no podía dejar de calcular si ese viaje de su yerno por territorio francés podía significar para él alguna ventaja.

—Tal vez fuera posible que vos negociarais en mi nombre con el Rey de Francia —sugirió.

—Nada me sería más grato —respondió Felipe, que secretamente había decidido que cualquier negociación que concluyera con Luis estaría condicionada por sus propias conveniencias, y no por las de Fernando.

—Ya que Carlos está comprometido con Claudia, podríamos pedir ciertas concesiones —continuó Fernando—; a los dos se les podría dar el título de Rey y Reina de Nápoles.

—Es una excelente idea —coincidió Felipe—. Entretanto, dejemos que el Rey de Francia designe su propio gobernador para su parte del territorio, y yo gobernaré en vuestro nombre. No podríais hacer mejor elección, siendo yo el padre de Carlos.

—Será necesario pensarlo un poco —respondió Fernando.

—Pues tenéis una semana para tomar vuestra decisión—respondió Felipe, con una sonrisa.

Juana se había sumido en la más profunda melancolía; toda su excitación la había abandonado. Era un estado que Isabel nunca le había conocido. Su hija apenas si comía, y la Reina no creía que durmiera mucho. Juana sólo pensaba en que Felipe regresaba a Flandes, y la dejaba a ella en España.

Enero y febrero habían pasado sin que Juana saliera de su depresión. Se pasaba las horas sentada a la ventana, mirando hacia afuera como si esperara ver volver a Felipe.

Parecía que aborreciera todo lo que fuese español, y las raras veces que hablaba era para quejarse de su habitación, de lo que la rodeaba, de las mujeres que la servían.

Isabel la visitaba con frecuencia, pero Juana no tenía de qué hablar, ni siquiera con su madre. Lo curioso era que, pese a que se negaba a comer los alimentos que le ofrecían, y apenas si hacía algún ejercicio, su salud no había decaído.

Durante un frío día de marzo le empezaron los dolores, y su madre, que había pedido que se lo avisaran sin pérdida de tiempo, estaba junto a ella cuando nació el niño.

Otra vez era un varón, un niño robusto y sano.

Qué extraña era la vida. Otra vez, un hijo sano para esa pobre muchacha delirante.

Juana se recuperó rápidamente, y parecía que al sentir de nuevo libre su cuerpo estuviera un poco más feliz.

Cuando sus padres fueron juntos a verla, levantó en sus brazos al niño y declaró que se parecía mucho a su padre.

—Pero yo veo en él a mi propio padre —agregó—, de manera que lo llamaremos Fernando.

Fernando estaba encantado con el niño, y al parecer no se daba ni remotamente cuenta de las rarezas de su hija. Juana era capaz de dar a luz robustos varoncitos, y para él eso era suficiente.

16

Juana La Loca

Isabel había tenido esperanzas de que cuando el niño naciera, su hija dejara de estar pendiente de Felipe y volcara su atención sobre el pequeño, pero no fue así. Juana no cambió. Apenas si miraba a su hijo, y su único deseo era reunirse con Felipe.

—Todavía no estás lo bastante fuerte —decíale su madre—. En tu estado, no podemos permitirte en modo alguno que hagas semejante viaje.

—¿Qué estará haciendo él mientras yo no estoy? —se preguntaba Juana.

—Me temo que más o menos lo mismo que si tú estuvieras —contestó tristemente Isabel.

—Debo irme —gemía Juana.

—Tu padre y yo no te lo permitiremos mientras no estés más fuerte.

Juana volvió a entregarse una vez más a la melancolía. A veces se pasaba días enteros sin decir palabra. Otras veces se podía oír cómo, en sus habitaciones, proclamaba a voces su resentimiento.

Isabel había dado instrucciones para que la vigilaran.

—Está tan ansiosa de ir a reunirse con su marido —explicó—, que es posible que intente fugarse. El Rey y yo hemos decidido que antes de viajar debe estar completamente recuperada.

Un mes después del nacimiento del pequeño Fernando, Felipe había firmado en Lyon el tratado entre los Reyes de España y de Francia, pero era obvio que el tratado significaba muy poco, y cuando los ejércitos avanzaron para tomar posesión de las respectivas partes del dividido reino de Nápoles, se hizo evidente la inminencia del conflicto.

La guerra estalló al año siguiente, obligando a los Soberanos a concentrar en ella toda su atención.

Isabel, sin embargo, se las componía para pasar con Juana tanto tiempo como le era posible. Cada vez le daba más miedo dejarla sola, porque desde la partida de Felipe la enfermedad de Juana se iba haciendo cada vez más manifiesta. Ya no servía de nada hacer como si la princesa fuera normal. En la corte se daban cuenta de su inestabilidad mental, y los rumores no tardarían mucho en difundirse por todo el país.

Juana había escrito a su marido muchas cartas plañideras.

«No me dejan ir a reunirme contigo» le decía. «Tú tienes que ordenarme que viaje, y entonces ya no podrán detenerme.»

Un día de noviembre recibió la carta de Felipe. Aunque descortés, era de todas maneras una invitación a regresar a Flandes. Si le parecía que valía la pena hacer el viaje por mar en esa época, o si estaba dispuesta a pasar por Francia, un país indudablemente hostil a España, ¿por qué no lo hacía?

Cuando terminó de leer la carta, Juana la besó. La mano de Felipe había tocado ese papel, que para ella era sagrado.

Inmediatamente salió de su melancolía.

—Me voy —anunció—. ¡Me voy inmediatamente para Flandes!

Las damas que la atendían, aterrorizadas ante lo que estaba a punto de hacer, pusieron a la Reina al tanto de la nueva situación.

La corte residía por entonces en Medina del Campo, e Isabel había insistido en que Juana estuviera con ellos para poder estar junto a su hija toda vez que le fuera posible. En breve, sin embargo, la Reina debía dirigirse a Segovia, y cuando se enteró de la noticia se alegró de no haberlo hecho todavía.

Inmediatamente se dirigió a las habitaciones de Juana, donde encontró a su hija con el pelo suelto sobre los hombros y los ojos desorbitados.

—¿Qué ha sucedido, hija mía? —le preguntó dulcemente la Reina.

—Felipe me ha mandado llamar. Me ordena que me vaya.

Madre Santa, rogó Isabel, ¿es que entonces quiere deshacerse de ella? ¡Sugerirle que viaje en esta época del año, con el tiempo que hace en el mar! ¿Y cómo es posible que viaje por Francia en este momento?

—Querida mía —le señaló—, eso no significa ahora. Quiere decir que vayas cuando llegue la primavera.

—Él dice *ahora*.

—Pero no podrás viajar con un tiempo tan inclemente. Lo más probable sería que naufragaras.

—Puedo cruzar a través de Francia.

—Y ¿quién sabe lo que podría sucederte? Estamos en guerra con Francia.

—El Rey es amigo de Felipe, y no haría daño a su esposa.

—Tampoco olvidaría que eres la hija de tu padre.

Juana se retorció un largo mechón de pelo, tironeándoselo con vehemencia.

—Quiero ir. Quiero irme.

—No, mi querida. Cálmate, y deja que lo decida tu madre.

—Vos estáis contra mí —la acusó Juana—. Todos estáis contra mí, y es porque estáis celosos, porque yo estoy casada con el hombre más apuesto del mundo.

—Querida mía, no hables así, te lo ruego. No digas esas cosas. Las dices sin intención. Oh, mi querida Juana, yo sé que las dices sin intención. Estás demasiado nerviosatensa. Déjame que te ayude a meterte en cama.

—En cama no. ¡Yo quiero irme a Flandes!

—Te irás en la primavera, querida.

—¡Ahora! —chilló Juana, y los ojos empezaron a desorbitársele—. ¡Ahora!

—Entonces, espera aquí un poco.

—¿Vos me ayudaréis?

—Tú sabes que yo siempre te ayudo.

De pronto, Juana se arrojó en los brazos de su madre.

—Oh, madre, madre.., es que lo amo tanto. Lo necesito tanto. Vos, que sois tan fría, tan correcta... ¿cómo podéis entender lo que él significa para mí?

—Lo entiendo —le aseguró la Reina, mientras la llevaba hacia la cama—. Pero esta noche debes descansar. No puedes salir de viaje durante la noche, ¿no crees?

—Mañana.

—Veremos. Pero esta noche debes descansar.

Juana se dejó llevar hasta el lecho, mientras seguía murmurando:

—Mañana me iré con él. Mañana...

Isabel cubrió a su hija con una manta.

—¿Dónde vais? —le preguntó Juana.

—A encargar una poción calmante para ti.

—Mañana —susurraba Juana.

Isabel fue hasta la puerta de la habitación y ordenó que llamaran a su médico.

—Una poción para que mi hija se duerma —pidió al verlo llegar.

El médico se la trajo, y Juana la bebió con avidez.

Estaba deseando dormir. Su ansiedad la tenía agotada, y una noche de sueño la acercaría más a mañana.

Isabel se quedó junto a la cama hasta verla dormida.

Finalmente, fue así, se decía. Ya no puedo ocultar la verdad, y todos la sabrán. Tengo que hacer que la vigilen. Esto es el primer paso en el camino a Arévalo.

Tenía el rostro pálido, casi sin expresión. Le había sido asestado el más fuerte de todos los golpes, y la Reina estaba sorprendida de poder aceptarlo con tal resignación.

Pasado el mediodía, Juana se despertó del sueño provocado por la droga.

Inmediatamente recordó la carta que había recibido de Felipe.

—Me voy a Flandes —se dijo en alta voz—. Hoy me voy a Flandes.

Intentó levantarse, pero la invadió una sensación de enorme lasitud y volvió a recostarse en las almohadas, sin pensar ya en el viaje a Flandes sino en el final de éste: en su reencuentro con Felipe.

La idea era tan embriagadora que Juana se sacudió la modorra y de un salto se bajó del lecho.

—¡Venid y ayudadme a vestirme! —gritó a sus damas—. Y vestidme para un viaje, que hoy me voy a Flandes.

Las mujeres entraron, con un aire diferente, un poco furtivo tal vez. Juana lo advirtió y se preguntó por qué.

—Venid y daos prisa —les ordenó—. Hoy partimos, y es mucho lo que hay que hacer.

—Alteza, la Reina ha dado órdenes de que hoy debíais descansar en vuestras habitaciones.

—¿Como puedo descansar, cuando tengo que salir de viaje?

—La Reina dio instrucciones de que...

—Yo no obedezco las instrucciones de la Reina, cuando el que me ordena que viaje es mi marido.

—Alteza, el tiempo está malo.

—Hará falta algo más que mal tiempo para mantenerme separada de él. ¿Dónde está la Reina?

—Partio para Segovia, y estas son las instrucciones que nos ha dejado a todos aquí: que hemos de cuidar de vos hasta su regreso, y que entonces ella hablará con vos de vuestro viaje.

—¿Cuándo regresará?

—Nos dijo que debíamos deciros que tan pronto como terminara con sus obligaciones de Estado en Segovia, regresaría a vuestro lado.

—¿Y cree que yo la esperaré hasta que regrese?

Juana había empezado a retorcer la tela de la bata en la que se había envuelto al levantarse de la cama.

—Tememos que no hay otra alternativa, Alteza. Son las instrucciones que todos hemos recibido.

Juana guardo silencio. En sus ojos brilló una mirada de astucia, pero se dominó, y no se le escapó el profundo alivio de sus camareras.

—Hablaré con la Reina cuando vuelva —accedió—. Venid, ayudadme a vestirme y a arreglarme el pelo.

Se quedó en silencio mientras la atendían, comió poco y después se instaló en su asiento de la ventana y se pasó horas mirando hacia afuera.

La melancolía había vuelto a adueñarse de ella.

A la noche, Juana se despertó súbitamente y sintió las mejillas cubiertas de lágrimas.

¿Por qué estaba llorando? Por Felipe. Porque la mantenían alejada de Felipe cuando él le había pedido que volviera. Le ponían excusas para que siguiera allí. Su madre estaba aún en Segovia sin darse prisa en volver a Medina del Campo, porque sabía que cuando volviera debía disponer las cosas para la partida de su hija.

Era una conspiración, una conspiración cruel y perversa destinada a mantenerla lejos de Felipe. Todos estaban celosos porque Juana se había casado con el hombre más apuesto del mundo.

Se enderezó en la cama y vio la habitación inundada por la pálida luz de la luna. Se bajó de la cama; en el cuarto adyacente se oía la calma respiración de sus camareras.

—No tengo que despertarlas —se dijo en un susurro—, porque entonces me detendrán.

¿Detenerla? ¿Es que iba a hacer algo?

Se rió para sus adentros. No iba a seguir esperando. Iba a irse... ahora mismo.

No había tiempo que perder. Tampoco tiempo para vestirse. Cubrió con una bata su cuerpo desnudo. y, con los pies descalzos, salió sigilosamente de la habitación.

Sin que nadie la oyese, descendió la gran escalera y llegó al vestíbulo.

Uno de los hombres que guardaban la puerta se sobresaltó como si hubiera visto un fantasma, y en verdad que Juana se veía lo bastante extraña como para parecerlo, con el pelo suelto y en desorden sobre los hombros y la bata ondulante en torno de su cuerpo desnudo.

—Madre Santa... —balbuceó el guardia.

Juana pasó corriendo junto a él.

—¿Quién vive? —preguntó el hombre.

—Yo. Soy, la hija de vuestros Soberanos.

—En verdad que es doña Juana, en persona. Vuestra Alteza, señora, ¿qué hacéis aquí? ¡Y así vestida! Os moriréis de frío, con esta noche helada.

Ella se le rió en la cara.

—Vuelve a tu puesto —le ordenó—, y déjame cumplir con mi deber, que voy camino de Flandes.

El aterrado guardia despertó a sus compañeros, y media docena de ellos acudieron sin tardanza.

Juntos vieron la fugitiva imagen de la heredera del trono que atravesaba corriendo el patio, hacia las puertas.

—Están cerradas —aseguró uno de los hombres—. No podrá ir muy lejos.

—Dad la voz de alarma —aconsejó otro—. Mi Dios, está tan loca como su abuela.

Juana les hizo frente, con la espalda contra las murallas, levantando la cabeza en un gesto desafiante.

—Abrid las puertas —vociferó al obispo de Burgos, a quien habían hecho venir de sus habitaciones en el palacio para que hiciera frente a la situación.

—Alteza, es imposible —respondió el obispo—. La Reina ha dado órdenes de que no se abran.

—Soy yo quien os doy órdenes —le gritó Juana.

—Alteza, debo obedecer las órdenes de mi Soberana.

—Permitidme que llame a vuestras doncellas para que os ayuden a volver a la cama.

—No quiero volver a la cama. Tengo que irme a Flandes.

—Más tarde, Alteza. Por esta noche...

—No, no —chillaba Juana—. No volveré. Abrid las puertas y dejadme seguir mi camino.

—Id a las habitaciones de Su Alteza a pedir a sus doncellas que le traigan ropa más abrigada —indicó el obispo, volviéndose hacia uno de los hombres.

—¿Qué estáis susurrando? —gritó Juana, mientras el hombre se alejaba—. Estáis celosos de mí... todos vosotros. Por eso me tenéis aquí encerrada. Abrid esas puertas si no queréis que os haga azotar.

En ese momento se le acercó una de sus camareras.

—Alteza —suplicó la mujer—, si os quedáis aquí os moriréis de frío. Os ruego que vengáis a acostaros.

—¿Tú también quieres detenerme, entonces? Tú también quieres mantenerme apartada de él. No creas que no lo he comprendido. Ya vi cómo lo mirabas con ojos lascivos.

—Alteza, por favor, Alteza —le rogaba la mujer.

Otra de las azafatas se le acercó, trayendo ropa de abrigo, e intentó deslizar sobre los hombros de Juana una gruesa capa, pero la heredera se la arrancó de las manos y con un grito de furia la arrojó a la cara de quienes la rodeaban.

—Os haré azotar a todos —vociferó—. A todos, por haber intentado mantenerme alejada de él.

—Por favor, volved al palacio, Alteza —imploró el obispo—. Haremos llamar inmediatamente a la Reina, para que podáis hablar con ella de vuestro viaje.

Pero el estado anímico de Juana había vuelto a modificarse. De pronto se sentó y se quedó mirando hacia adelante, como si no los viera, sin responder tampoco cuando la interpelaban.

El obispo no sabía muy bien qué hacer. No podía ordenar a Juana que volviera a sus habitaciones, pero sin embargo temía por su salud, e incluso por su vida, si la infanta permanecía durante toda la noche a la intemperie.

Decidió volver al palacio y llamó a uno de sus servidores.

—Ve inmediatamente a Segovia. No podrás salir por la puerta principal, de modo que te harán salir discretamente por un pasadizo secreto. Irás a toda prisa a ver a la Reina. Cuéntale lo que ha sucedido... todo lo que has visto, y pídele instrucciones respecto de la forma de proceder. Ve, no te demores, que no hay tiempo que perder.

Durante toda la noche, Juana siguió ante las puertas del palacio. El obispo trató de persuadirla, y en ocasiones se olvidó incluso de su rango y llegó a enfurecerse con ella, sin que Juana le prestara la menor atención; a veces, parecía no advertir siquiera su presencia.

La distancia entre Medina del Campo y Segovia era de unas cuarenta millas, de modo que no se podía esperar que la Reina llegara ese día, y quizá tampoco el siguiente. El obispo creía que si volvía a pasarse otra noche al aire libre y sin la vestimenta adecuada, Juana se moriría de frío.

Durante todo el día siguiente siguió negándose a moverse, pero cuando volvió a caer la noche el obispo consiguió convencerla de que se refugiara en un pequeño cobertizo, una especie de choza donde evidentemente era imposible encerrarla, pero que le brindaría por lo menos cierta protección contra el intenso frío.

Finalmente, Juana aceptó lo que le proponían, de manera que en la choza pasó la segunda noche, pero tan pronto como amaneció volvió de nuevo a instalarse junto a las puertas.

Cuando recibió la noticia de lo que sucedía, Isabel se sintió abrumada de dolor. Desde su llegada a Segovia se había sentido muy enferma; la guerra, sus múltiples obligaciones, la desilusión de no volver a tener consigo a Catalina y su persistente inquietud respecto de Juana iban minándola poco a poco.

Aunque quería regresar .inmediatamente a Medina, la Reina temía que, débil como estaba, no podría hacerlo con la rapidez necesaria.

Hizo llamar a su presencia a Jiménez, pero como temía la rigidez del arzobispo en lo referente a su hija, convocó también a Henríquez, el primo de Fernando.

—Quiero que acudáis a toda prisa a Medina del Campo —les explicó—. Yo os seguiré, pero debo hacerlo a un ritmo más lento. Mi hija... se está conduciendo de una manera extraña.

Los puso al tanto de lo que sucedía, y. no había pasado una hora desde la entrevista cuando los dos hombres emprendieron el viaje, mientras Isabel iniciaba los preparativos para partir a su vez.

Cuando Jiménez y Henríquez llegaron a Medina, el obispo los recibió con un alivio enorme. Estaba frenético de angustia, porque Juana, con una mueca de hosca determinación, los pies y las manos azules de frío, seguía aún inmóvil, sentada en el suelo y con la espalda apoyada contra la muralla, junto a las puertas del palacio.

Cuando se abrieron las puertas para dejar paso a Jiménez y su acompañante, la infanta procuró levantarse, pero tenía los miembros entumecidos de frío y, antes de que pudiera llegar a las puertas, éstas habían vuelto a cerrarse.

Jiménez la increpó furiosamente: Juana debía volver sin tardanza a sus habitaciones. Era el colmo de la impropiedad, el colmo de la desvergüenza, que una princesa de la Casa real anduviera paseándose así a medio vestir.

—Vuélvete a tu universidad —le gritó Juana—. Ve a ocuparte de tu Biblia políglota. Ve a torturar a las pobres gentes de Granada, pero a mí déjame en paz.

—Parecería, Alteza, que os ha abandonado todo sentido de la decencia.

—Guárdate tus palabras para quienes las necesiten, que a mí no tienes derecho de torturarme, Jiménez de Cisneros —le espetó Juana.

Henríquez intentó un acercamiento con palabras más dulces.

—Mi querida prima, nos tenéis a todos preocupados, angustiados al pensar que os enfermaréis si seguís quedándoos aquí.

—Si tan angustiados estáis por mí, ¿por qué me impedís que vaya a reunirme con mi marido?

—No os lo impedimos, Alteza. Únicamente os pedimos que esperéis hasta que haya mejor tiempo para hacer el largo viaje que os aguarda.

—Dejadme tranquila —volvió a vociferar Juana.

Después bajó la cabeza, se quedó con la vista fija en el suelo y se negó a responder.

Jiménez se preguntaba si lo mejor no sería hacerla entrar en el palacio por la fuerza, pero no era fácil encontrar quien se aviniera a llevar a la práctica una orden semejante. Juana era la futura Reina de España.

Al pensar en ella, el arzobispo se estremecía. La infanta estaba castigando su cuerpo, como él mismo lo había hecho infinidad de veces, pero ¡con qué propósito tan diferente! Jiménez mortificaba su carne como un medio para lograr mayor santidad, en tanto que la mortificación de Juana representaba un desafío frente a quienes le negaban la gratificación de su lujuria.

Una vez más, Juana pasó la noche en la choza y, al romper el alba, volvió a ocupar su lugar junto a las puertas. Esa misma mañana, llegó Isabel.

Tan pronto como entró, la Reina se dirigió rectamente hacia su hija. No la riñó ni le habló de sus deberes; simplemente, tomó en sus brazos a Juana y, por primera vez, Isabel perdió el dominio de sí. Las lágrimas le corrían por las mejillas al abrazar a su hija. Después, llorando todavía, se despojó de su pesada capa para cubrir con ella las heladas formas de Juana.

Entonces, pareció que la infanta olvidaba su determinación. Con un gritito se abandonó en los brazos de su madre susurrando:

—Madre, oh, madre querida.

—Ya estoy aquí —la tranquilizó Isabel—. Todo está bien. Madre está aquí.

Parecía que volviera a ser una niña, que los años hubieran vuelto atrás. Era otra vez la rebelde Juana que, cuando la castigaban por haberse hecho culpable de alguna travesura, se sentía asustada e insegura y no quería otra cosa que el consuelo y la seguridad que sólo su madre podía brindarle.

—Ahora vamos adentro —la invitó la Reina—, para que tú y yo podamos conversar. Haremos planes y hablaremos de todo lo que tú quieras hablar. Pero, querida mía, estás tan helada, y tan débil... Debes hacer lo que te dice tu madre, y entonces te pondrás fuerte y bien, y podrás ir a Flandes a reunirte con tu marido. En cambio, si estás enferma no podrás, ¿no te parece? Ni él tampoco querrá una esposa enferma.

Con esas palabras, Isabel había logrado lo que no pudieron conseguir las furibundas invectivas de Jiménez, la persuasión de Henríquez ni el angustiado empeño del obispo de Burgos.

Rodeando a su hija con un brazo, la Reina condujo a Juana hacia el palacio.

Ahora que sobre Isabel se había abatido el golpe decisivo, el que durante tanto tiempo había temido y que ya no podía seguir negando, la salud de la Reina se resintió.

Durante varios días estuvo tan enferma que no le quedó otra alternativa que permanecer en cama. No podía seguir viajando con Fernando, pese a que España pasaba por momentos de verdadera ansiedad, ya que estaban bajo la amenaza de una invasión de los franceses.

A la llegada de la primavera, Juana emprendió su viaje a Flandes. Isabel se despidió afectuosamente de su hija, segura de que jamás volvería a verla. No hizo intento alguno de aconsejarla, ya que bien sabía que todos sus consejos serían desoídos.

La Reina se daba cuenta de que sus días en este mundo estaban contados.

Mientras abrazaba a Juana, estaba diciéndose que debía poner sus asuntos en orden.

Llena de gozo, Juana se encaminó hacia la costa. Por el camino, el pueblo la saludaba con aclamaciones. En la campiña y en las aldeas había muchos que nada sabían de su locura, y creían que la infanta había estado cruelmente prisionera para mantenerla lejos de su marido.

Mientras atravesaba el país, con una graciosa sonrisa, no se advirtió en ella signo alguno de locura. Cuando se sentía pacíficamente feliz, Juana parecía estar del todo cuerda, y en esos momentos se sentía feliz porque se dirigía a reunirse con Felipe.

En Laredo se demoraron a la espera de que pudiera emprenderse el viaje por mar, y durante ese tiempo Juana empezó a mostrar signos de tensión, pero antes de que su locura pudiera adueñarse de ella se habían hecho ya a la vela.

Para la infanta era una alegría volver a Bruselas, y se inquietó un poco al comprobar que Felipe no había acudido a esperarla a la costa. Aquellas de sus damas que conocían ya los signos de su extravío la observaban atentamente, manteniéndose a la expectativa.

En el palacio, Felipe la recibió tan desaprensivamente como si la separación no hubiera durado meses. Pero si Juana se sintió decepcionada, también era tal su regocijo de volver a estar con él que no lo demostró.

Su marido pasó con ella la primera noche que siguió al arribo de Juana, pero no transcurrió mucho tiempo sin que ésta descubriera que había alguien más que ocupaba ampliamente la atención de Felipe.

Tampoco tardó mucho en descubrir quién era la nueva amante que lo tenía cautivado, ya que no faltaron lenguas maliciosas, ávidas de tener oportunidad de señalársela.

Cuando Juana la vio, se sintió inundada por olea-das de cólera. Físicamente, la mujer parecía una Juno: una típica belleza flamenca, amplia de caderas y abun-dante de pechos, de cutis fresco y que lucía como su rasgo más característico una maravillosa cabellera do-rada, una abundante cascada que le caía en rizos por los hombros hasta la cintura, y de la cual estaba evi-dentemente tan orgullosa que usaba siempre el pelo suelto, con lo cual estaba, incluso, imponiendo una nueva moda en la corte.

Durante días enteros, Juana estuvo observándola, sintiendo cómo el odio crecía dentro de ella. Y a la no-che, mientras estaba sola deseando que Felipe acudiera a su lado, pensaba en esa mujer y en lo que le haría si alguna vez llegaba a ponerle las manos encima.

Felipe la descuidaba por completo y la frustración de estar tan cerca de él y verse, no obstante, privada de su compañía, era tan grande para Juana como la de ha-berse sentido prisionera en Medina del Campo.

Felipe tuvo que ausentarse de la corte durante al-gunos días y, para gran alegría de Juana, no se llevó consigo a su blonda amante.

Cuando Felipe no estaba, Juana podía dar órdenes: era su mujer, la princesa de España, la archiduquesa de Flandes. De eso no podía él despojarla para concedér-selo a la prostituta de cabellos de oro.

Juana estaba en un frenesí de excitación. Hizo reu-nir a sus doncellas y exigió que la amante de su mari-do fuera traída a su presencia.

La mujer se irguió ante ella con arrogancia, segura de su poder, con plena conciencia de hasta qué punto Juana amaba y necesitaba a su marido, y en sus ojos apareció una mirada de compasiva insolencia, como si recordara todos los favores que le eran negados a Juana, porque era ella quien los obtenía de Felipe.

—¿Habéis traído las cuerdas que os pedí? —preguntó Juana—. Entonces —prosiguió cuando una de las camareras le aseguró que las tenía—, id a llamar a los hombres.

Varios sirvientes que, advertidos ya de que se los llamaría, habían estado esperando afuera, entraron en la habitación.

Juana les señaló la amante de Felipe.

—Atadla. Atadla de pies y manos.

—No hagáis eso, que será peor para vos si lo hacéis —gritó la mujer.

En su locura, Juana asumió toda la dignidad que tanto se había esforzado siempre por inculcarle su madre.

—¡Obedecedme! —ordenó tranquilamente—. Yo soy aquí la que manda.

Los hombres se miraron, Y cuando la rubia belleza de cabellos de lino se preparaba para escapar de la habitación, uno de ellos la atrapó y la retuvo. Los otros, siguiendo su ejemplo, hicieron lo que Juana les había ordenado y la ataron firmemente con las cuerdas. Como un paquete, la mujer quedó a los pies de Juana, con los ojos azules dilatados por el espanto.

—Ahora haced venir al barbero —prosiguió Juana.

—¿Qué vais a hacer? —gimió la mujer.

—Ya lo veréis —le aseguró Juana, que sentía cómo una risa desaforada quería apoderarse de su cuerpo, pero la dominó; si iba a vengarse, quería hacerlo con calma.

El barbero entró, con todos los instrumentos de su oficio.

—Sentad a esta mujer en una silla —indicó Juana.

De nuevo, la risa se agitó dentro de ella, pugnando por desatarse. Muchas veces, Juana se había imaginado lo que haría con las mujeres de Felipe si alguna vez llegaba a tener a su disposición a una de ellas. Había imaginado torturas, mutilaciones, incluso la muerte para quienes tanto sufrimiento le habían causado.

Pero ahora se le había ocurrido una idea brillante, que sería indudablemente la mejor venganza.

—Cortadle el pelo —ordenó—. Afeitadle la cabeza.

La mujer dejó escapar un chillido, mientras el barbero se quedaba espantado, con los ojos fijos en esa gloriosa cabellera dorada.

—Ya oísteis lo que dije —gritó a su vez Juana—. Haced lo que os digo si no queréis que os haga llevar a prisión. Si no me obedecéis inmediatamente, os haré torturar. Haré que os ejecuten.

—Sí, sí...Vuestra Gracia —murmuró el barbero—. Sí, sí, mi señora.

—Está loca, está loca —gritaba la aterrorizada mujer, para quien pocas tragedias podía haber más tremendas que la pérdida de su hermoso cabello.

Pero el barbero ya había puesto manos a la obra y los gritos de nada le sirvieron. Juana ordenó a otros dos hombres que la inmovilizaran, y los hermosos rizos no tardaron en estar desparramados por el suelo.

—Ahora, afeitadle la cabeza —exigió Juana—. Quiero verla completamente calva.

El barbero obedeció.

Juana se ahogaba de risa.

—¡Qué diferente queda! Ya no se la reconoce. ¿La reconoceríais vosotros? Ahora ya no es una belleza. Simplemente, parece una gallina.

La mujer, que había vociferado sus protestas de manera no menos demencial que la de Juana, estaba ahora inmóvil, jadeante, en su silla, con el evidente agotamiento que sigue a una crisis.

—Ya podéis soltarla y llevárosla —decidió Juana—. Traedle un espejo, para que pueda ver cuánto debía a esos hermosos rizos dorados de los cuales acabo de despojarla.

Mientras volvían a llevarse a la mujer, Juana se entregó a un paroxismo de risa.

A grandes pasos, Felipe entró en las habitaciones de su mujer.

—¡Felipe! —exclamó Juana, mientras los ojos se le encendían de placer.

Después, al ver que él la miraba fríamente, pensó: entonces, fue primero a verla a ella; ya la ha visto.

La acometió entonces un miedo terrible. Felipe estaba enojado, y no con su amante, porque hubiera perdido la espléndida cabellera que a él le resultaba tan atractiva, sino con su mujer, que había sido responsable de que se la cortaran.

—¿Ya la has visto? —tartamudeó. Y muy a pesar de sí la risa le subió por la garganta, sofocándola, gorgoteante. Parece... parece una gallina.

Felipe la cogió de los hombros y la sacudió. Ya la había visto, sí. Durante el viaje a Bruselas había venido pensando en ella, imaginándose con placer el momento del reencuentro... todo para encontrarlda... detestable. ¡Esa cabeza afeitada, en vez de los suaves rizos dorados! La mujer le había parecido repulsiva, y Felipe no había podido ocultar su impresión. Había leído en su rostro la más profunda humillación, y no había sentido más que un deseo: el de alejarse de ella.

—Me ataron, me inmovilizaron, y me cortaron el pelo... me afeitaron la cabeza —le había contado ella— y fue vuestra mujer... la loca de vuestra mujer.

—Ya crecerá —había respondido Felipe, mientras pensaba: «mi mujer... la loca de mi mujer».

Después había ido directamente a ver a Juana, rebosante de disgusto.

Juana estaba loca, y le repugnaba como jamás le había repugnado mujer alguna. ¡Y las cosas que se había atrevido a hacer mientras él no estaba! Creía que podía tener algún poder en la corte de Felipe, pero era porque sus padres, arrogantemente, le habían inculcado que era la heredera de España.

—Felipe —gimió Juana—, lo hice porque esa mujer me volvía loca.

—Tú no necesitabas que nadie te volviera loca —respondió él, cortante—. Ya estabas loca de antes.

—Loca no, Felipe. No. Loca de amor por tí, Únicamente. Si tú fueras bueno conmigo, yo siempre estaría tranquila. Si hice eso, fue solamente porque estaba celosa de ella. Dime que no estás enojado conmigo. Dime que no serás cruel. Oh, Felipe, si quedaba tan cómica... con esa cabeza... —la risa volvió a surgir dentro de ella.

—¡Cállate! —le ordenó fríamente Felipe.

—Felipe, no me mires así. Si lo hice fue únicamente porque...

—Ya sé por qué lo hiciste. Quítame las manos de encima, y nunca vuelvas a acercarte a mí.

—Pero... te has olvidado. Soy tu esposa. Debemos tener hijos...

—Ya tenemos bastantes hijos —la interrumpió él—. Aléjate de mí, que no quiero volver a verte jamás. Estás loca. Ten cuidado, si no quieres que te encierre donde corresponde.

Con el rostro alzado hacia él, tironeándole el jubón, a Juana empezaban a resbalarle las lágrimas por las mejillas.

Felipe la apartó de un empujón y la arrojó al suelo; después, salió presurosamente de la habitación.

Juana siguió en el suelo, sollozando, hasta que de pronto empezó otra vez a reírse, al recordar la grotesca cabeza afeitada.

Nadie se le acercó. Fuera de la habitación, sus doncellas susurraban entre ellas.

—Dejémosla. Es lo mejor, cuando le da la locura. ¿Qué será de ella? Con cada día que pasa está más loca.

Pasado un rato, Juana se levantó y fue a tenderse sobre su cama.

—Preparadme para la noche —indicó a las doncellas cuando se le acercaron—, que mi marido pronto
vendrá a visitarme.

Lo esperó durante toda la noche, sin que Felipe viniera. Y durante las noches y los días que siguieron
continuó esperándolo, sin verlo jamás.

Solía quedarse sentada, con una expresión de melancolía en el rostro, pero algunas veces prorrumpía en
una risa estrepitosa, y en el palacio de Bruselas se comentaba continuamente:

—Con cada día que pasa está más loca.

17

EL FIN DE ISABEL

En Medina del Campo, Isabel estaba enferma. Decíase que padecía unas fiebres tercianas, y que mostraba signos de hidropesía en las piernas.

Corría el mes de junio cuando le llegó la noticia del desdichado episodio en la corte de Bruselas.

—Oh, hija mía —murmuró la Reina—, ¿qué será de tí?

¿Qué puedo yo hacer?, se preguntaba. Y en verdad, ¿qué podía hacer por ninguna de sus hijas? Catalina estaba en Inglaterra, e Isabel temía por Catalina. Verdad que ya estaba formalmente comprometida con Enrique, a esa altura ya príncipe de Gales y heredero de Enrique VII, pero su madre estaba ansiosa por la dispensa que, según se decía, había negado Roma y sin la cual no podía ser legal el matrimonio entre Catalina y el príncipe Enrique. Pero Isabel no había visto la bula de dispensa. ¿Podría confiar en el astuto Rey de Inglaterra? ¿Y si éste sólo quisiera poner sus ávidas manos sobre la dote de Catalina, sin que le importara si el matrimonio de la infanta con el hermano de su difunto esposo era legal o no?

—Debo ver esa bula —se dijo Isabel—. Debo verla antes de morir.

María, como Reina de Portugal, sería indudablemente feliz. En Manuel se podía confiar. La calma María, que al parecer no sentía emociones ni las provocaba, jamás había dado a sus padres ningún motivo de angustia, y su futuro parecía más seguro que el de cualquiera de las otras dos hijas de Isabel.

Pero toda inquietud por Catalina abandonaba a Isabel cuando la Reina pensaba en Juana. ¿Qué terrible tragedia le reservaría el futuro?

Enferma como estaba, Isabel seguía siendo la Reina y no debía olvidar sus obligaciones. Siempre había visitantes venidos del extranjero a quienes había que atender, y estaban los derechos de su pueblo para defender. Fernando no podía estar con ella. Los franceses habían intentado la invasión de España, pero Fernando había conseguido frustrar el intento.

Ahora que Isabel estaba enferma, también se había enfermado Fernando, y no podía estar con ella, de modo que la ansiedad que sentía por él intensificaba la melancolía de Isabel.

¿Qué sucederá cuando Fernando y yo no estemos? Carlos es muy pequeño, Juana está loca... Felipe gobernará España. Eso no debe ser; Fernando no debe morir.

Isabel rogaba por su marido, rogaba porque le fueran dadas las fuerzas para recuperarse, para vivir hasta el momento en que Carlos hubiera crecido y fuera un hombre; y rogaba porque su nieto no hubiera heredado la tara de la madre.

Después recordó a Jiménez, su arzobispo, y la invadió una gran alegría. Jiménez respaldaría a Fernando, y los dos gobernarían España.

Isabel dio las gracias a Dios por el arzobispo.

Después llegó la noticia de que Fernando se había recuperado de su dolencia; tan pronto como estuviera en condiciones de viajar, iría a reunirse con ella. Con alivio en el corazón, Isabel hizo su testamento.

Deseaba, expresó, descansar en Granada, en el monasterio franciscano de Santa Isabel, en la Alhambra, sin otro recordatorio que una sencilla inscripción.

Pero, pensó, debo estar junto a Fernando, y tal vez él quiera ser sepultado en un lugar diferente. ¡En vida se había visto obligada tantas veces a estar en desacuerdo con él! Pero en la muerte haría lo que él deseara.

Con mano un tanto insegura, escribió: «Si el Rey, mi señor, prefiriera un sepulcro en otro lugar, entonces es mi voluntad que allí sea transportado mi cuerpo, para que descanse a su lado».

Siguió escribiendo, especificando que la corona debía pasar a Juana, como Reina Propietaria y al archiduque Felipe, su marido, pero designó a su esposo Fernando como único regente de Castilla hasta la mayoría de edad de su nieto Carlos, porque debía tomar las debidas providencias referentes al gobierno en caso de ausencia o incapacidad de su hija Juana.

Isabel virtió algunas lágrimas al pensar en Fernando. Recordaba con toda claridad el aspecto que tenía la primera vez que se había presentado ante ella, en aquella época en que Isabel lo había encontrado perfecto, la materialización de su ideal. ¿Acaso no estaba decidida a ser la mujer de Fernando desde muchos años antes de haberlo visto? Joven, apuesto, viril... ¿cuántas mujeres habían sido tan afortunadas como para tener un marido así?

—Si hubiéramos sido gente humilde —murmuró Isabel—, si hubiéramos estado siempre juntos, nuestra vida habría sido muy diferente. Los hijos que él tuvo con otras mujeres habrían sido mis hijos. ¡Qué grande y hermosa familia tendría yo entonces!

«Suplico al Rey, mi señor,» siguió escribiendo, «que se digne aceptar todas mis joyas, o las que él considere convenientes, para que al verlas pueda recordar el especial amor que siempre le tuve en vida, y no olvide que lo espero ahora en un mundo mejor y para que este recuerdo lo estimule a vivir en éste con mayor santidad y justicia.»

Designó como los dos principales albaceas testamentarios al Rey y a Jiménez.

Cuando todo estuvo en orden, Isabel se preparó para morir, pues sabía que muy poco tiempo le quedaba ya de vida sobre la tierra.

Aquel oscuro día de noviembre del año 1504 pesaba sobre el país una profunda tristeza. En toda España se sabía que la Reina se estaba muriendo.

Reclinada en su cama, Isabel estaba lista para la partida. Había vivido su vida, y estaba en paz con

Dios. Ya no podía hacer nada más por sus amadas hijas, pero dedicaba sus últimos minutos a orar por ellas.

Fernando estaba junto a ella, pero Isabel no lo percibía como el hombre en quien se había convertido, sino como su joven esposo. Pensaba en los primeros días de su matrimonio, cuando el país se encontraba dividido, y bandas de ladrones asolaban montañas y llanuras y volvía a experimentar aquella felicidad, aquel glorioso sentimiento de certeza.

—Vos y yo juntos, Fernando, haremos grande a España —le había dicho en aquellos días.

¿Lo habían conseguido? De ellos era el honor de la reconquista, de ellos la gloria de una España totalmente cristiana. Habían desembarazado al país de judíos y de moros, y en todas las ciudades ardían las hogueras de la Inquisición. Allende los mares, de ellos era el Nuevo Mundo.

—Y sin embargo... —murmuró Isabel—. Sin embargo...

Era tanto lo que estaba aún por hacer, que se aferraba a la vida.

Sus labios articularon el nombre de Catalina.

—Catalina... Catalina, ¿qué será de tí en Inglaterra?

—Juana... —murmuró después—, mi pobre y loca Juana, ¿qué clase de vida te espera?

Eran cosas que jamás sabría, ahora que iba sumergiéndose poco a poco en otra vida.

—Jiménez —susurró—, vos debéis seguir junto a Fernando. Ambos debéis olvidar vuestro recíproco disgusto para apoyaros.

Entonces le pareció oír, llena de desprecio, la voz de Fernando:

—¡*Vuestro* arzobispo!

Pero Isabel se sentía demasiado cansadá, demasiado débil, y ya no era ella quien podía resolver esos problemas. Tenía cincuenta y cuatro años, y hacía treinta que reinaba; había tenido una vida larga y rica.

Los que rodeaban su lecho estaban llorando.

—No lloréis por mí —les dijo Isabel—, ni perdáis el tiempo rogando por mi recuperación. Es mi hora; rogad únicamente por la salvación de mi alma.

En ese momento le administraron la Extremaunción y, poco antes del mediodía, la reina Isabel abandonó silenciosamente este mundo.

ÍNDICE